Dreizehn bei Tisch

*Die Autorin*

Agatha Mary Clarissa Miller wurde am 15. September 1890 in Torquay, Devon, als Tochter einer wohlhabenden Familie geboren. 1912 lernte Agatha Miller Colonel Archibald Christie kennen, den sie bei Ausbruch des Ersten Weltkriegs heiratete. Die Ehe wurde 1928 geschieden. Zwei Jahre später schloss sie die Ehe mit Max E. L. Mallowan, einem um 14 Jahre jüngeren Professor der Archäologie, den sie auf vielen Forschungsreisen in den Orient als Mitarbeiterin begleitete. Im Lauf ihres Lebens schrieb die «Queen of Crime» 73 Kriminalromane, unzählige Kurzgeschichten, 20 Theaterstücke, 6 Liebesromane (unter dem Pseudonym «Mary Westmacott»), einen Gedichtband, einen autobiografischen Bericht über ihre archäologischen Expeditionen sowie ihre Autobiografie. Ihre Kriminalromane werden in über 100 Ländern verlegt, und Agatha Christie gilt als die erfolgreichste Schriftstellerin aller Zeiten. 1965 wurde sie für ihr schriftstellerisches Werk mit dem «Order of the British Empire» ausgezeichnet. Agatha Christie starb am 12. Januar 1976 im Alter von 85 Jahren.

Agatha Christie

# Dreizehn bei Tisch

Roman

Scherz

Besuchen Sie uns im Internet:
www.scherzverlag.de

Die Originalausgabe erschien unter dem Titel
«Lord Edgwar Dies» bei HarperCollins, London

1. Auflage der Neuausgabe 2003

Überarbeitete Fassung der einzig berechtigten Übertragung
aus dem Englischen von Dr. Otto Albrecht van Bebber.

ISBN 3-502-51942-0
Umschlaggestaltung: ja DESIGN, Bern:
Julie Ting & Andreas Rufer
Umschlagbild: Getty Images, München
Gesamtherstellung: Ebner & Spiegel, Ulm

I

Das Gedächtnis des Publikums ist kurz. Schon fielen das Interesse und die Aufregung, die die Ermordung von George Alfred Vincent Marsh, des vierten Lords Edgware, entfacht hatte, der Vergessenheit anheim.

Mein Freund Hercule Poirot wurde öffentlich nie in Verbindung mit diesem Fall genannt, was – ich muß dies hinzufügen – seinen eigenen Wünschen entsprach. Die Ehre des Erfolges heimste daher ein anderer ein, und das war Poirots Absicht. Überdies betrachtete er von seinem ganz privaten Standpunkt aus den Fall als eine seiner Nieten. Er schwört auch heute noch, daß ihn lediglich die zufällige Bemerkung eines gänzlich fremden Passanten auf die richtige Fährte gebracht habe.

Vielleicht trifft dies zu; aber nichtsdestoweniger war es sein Genie, das die Wahrheit entdeckte. Und ich bin fest davon überzeugt, daß ohne Hercule Poirot der Täter straflos ausgegangen wäre.

Deshalb dünkt es mich an der Zeit, alles, was mir über dieses Verbrechen bekannt ist, schwarz auf weiß niederzulegen. Ich kenne den Fall in- und auswendig und möchte nicht unerwähnt lassen, daß ich, indem ich ihn zu Papier bringe, im Sinne einer ungemein bezaubernden Frau handle.

Wie oft habe ich mir schon jenen Tag in Poirots nettem, behaglichem Wohnzimmer in Erinnerung gerufen, als mein kleiner Freund, auf einem schmalen Streifen des Teppichs auf und ab wandernd, uns seine meisterhafte und erstaunliche Zusammenfassung des Falles vortrug! Ich werde meine Erzählung beginnen, wie auch er damals begann: mit einem Londoner Theater im Juni des vergangenen Jahres.

Zu jenem Zeitpunkt war Carlotta Adams vielleicht die Künstlerin, für die die Londoner sich am meisten begeisterten. Ein Jahr zuvor hatte sie etliche Matineen veranstaltet und mit ihnen einen ungeheuren Erfolg gehabt. Dieses Jahr gab sie ein dreiwöchiges Gastspiel, das nun zu Ende ging.

Carlotta Adams, eine junge Amerikanerin, verfügte über das fabelhafteste Talent für Sketches, die keiner großartigen Aufmachung oder Szenerie bedurften. Jede Sprache schien sie mit gleicher Geläufigkeit zu sprechen. Ihr Sketch, der einen Abend in einem internationalen Hotel darstellte, war wirklich einzigartig. Der Reihe nach flitzten amerikanische und deutsche Touristen, kleinbürgerliche englische Familien, Halbweltdamen, verarmte russische Aristokraten und gelangweilte Kellner über die Bühne.

Diese Sketches waren ein Wechselbad von Tragik und Komik. Bei ihrer Darstellung einer sterbenden slowakischen Bäuerin stieg einem ein dicker Klumpen unterdrückter Tränen in die Kehle. Eine Minute später krümmte man sich vor Lachen, wenn ein Zahnarzt während der Behandlung liebenswürdig mit seinen Opfern schwatzte.

Carlotta Adams' Programm schloß mit einer Nummer, die sie «einige Imitationen» betitelte.

Auch hierbei war sie wieder unglaublich geschickt. Ohne sonderliche Hilfsmittel schienen ihre Züge sich plötzlich aufzulösen und sich in jene eines berühmten Politikers oder einer gefeierten Schauspielerin oder einer stadtbekannten Modeschönheit zu verwandeln. Jeden Charakter vervollständigte sie durch einen kurzen Kommentar. Übrigens zeichneten sich diese Anmerkungen durch Witz und Scharfsinn aus, sie schienen jede Schwäche der auserwählten Persönlichkeit zu erraten und zu treffen.

Zuletzt verkörperte sie Jane Wilkinson, eine in London wohlbekannte junge Schauspielerin von ebenfalls amerikanischer Herkunft.

Und hierbei übertraf sie alles bisher Gebotene. Ihr rührendes Geplauder, die betörende, heisere Stimme, die verhaltenen Bewegungen, der gewandte, schmiegsame Körper, selbst der Ausdruck von großer physischer Schönheit – wie sie das wiederzugeben verstand, ist mir ein Rätsel!

Ich war immer ein Bewunderer der schönen Jane Wilkinson gewesen. Sie packte mich in ihren gemütvollen Rollen, und ich hatte sie stets gegen jene verteidigt, die ihr wohl Schönheit zugestanden, aber andererseits erklärten, sie sei keine wahre Künstlerin, sondern verfüge nur über beträchtliche schauspielerische Fähigkeiten. Beinahe war es ein wenig unheimlich, jetzt diese vertraute, leicht belegte Stimme aus einem fremden Mund zu hören, diese theatralischen Gesten der sich zusammenballenden und wieder öffnenden Hand zu beobachten oder das jähe Zurückwerfen des Haares aus der Stirn, mit dem sie eine dramatische Szene abzuschließen pflegte.

Jane Wilkinson gehörte zu jenen Schauspielerinnen, die bei ihrer Vermählung die Bühne nur verlassen, um sie nach wenigen Jahren von neuem zu betreten. Vor drei Jahren hatte sie den reichen, aber etwas überspannten Lord Edgware geheiratet und, wie das Gerücht ging, kurz hinterher verlassen. Jedenfalls übernahm sie achtzehn Monate nach der Hochzeit in Amerika eine Filmrolle und spielte in dieser Theatersaison in einem erfolgreichen Stück in London.

Während ich Carlotta Adams' geschickte und auch ein wenig boshafte Nachahmung verfolgte, überlegte ich, mit welchen Augen wohl die betreffenden Opfer dieses Schauspiel betrachten würden. Schmeichelte es ihnen, daß man sie der Nachahmung für wert erachtete? Oder verstimmte sie das, was letzten Endes einer überlegten Preisgabe ihrer beruflichen Tricks gleichkam? Spielte Carlotta Adams nicht gewissermaßen die Rolle des Taschenspielers, der da sagt: «Oh, das ist ein ganz alter Trick! Höchst einfach. Ich will euch zeigen, wie man's macht!»

Wenn *ich* zu den fraglichen Opfern gehörte, würde ich mich sicher ärgern, wenngleich ich mich natürlich hüten würde, es zu verraten. Es bedurfte von seiten der Betroffenen wirklich einer bedeutenden Großzügigkeit und eines ausgesprochenen Sinns für Humor, um solch schonungslose Entlarvung würdigen zu können.

Zu dieser Schlußfolgerung war ich gerade gekommen, als das köstliche Lachen auf der Bühne hinter mir sein Echo fand. Unwillkürlich wandte ich den Kopf. Die Dame auf dem Sitz hinter mir, die sich mit leicht geöffneten Lippen vornüberneigte, war niemand anders als Lady Edgware, besser bekannt als Jane Wilkinson. Und sofort sagte ich mir, daß meine Schlußfolgerung falsch gewesen sei. Das augenblickliche Opfer Carlotta Adams' beugte sich mit unverkennbarem Vergnügen, mit freudiger Erregung nach vorn.

Als der Vorhang zusammenrauschte, klatschte sie laut Beifall, lachte und rief ihrem Begleiter, einem sehr gut aussehenden Mann, schön wie ein griechischer Gott, ein Scherzwort zu. Es war Martin Bryan, der angebetete Filmliebling. Verschiedentlich hatten die Kinobesucher ihn und Jane Wilkinson zusammen auf der Leinwand bewundern können.

«Nicht wahr, sie ist wunderbar?» sagte Lady Edgware jetzt.

«Mein Gott, Jane, Sie sind vor Begeisterung ja ganz aus dem Häuschen!» neckte er.

«Nun ja, sie ist auch unbeschreiblich gut. Tausendmal besser, als ich je gedacht hatte.»

Martin Bryans Erwiderung entging mir, da Carlotta Adams bereits mit einer neuen Persönlichkeit aufwartete – einer Zugabe als Dank für den nicht enden wollenden Beifall.

Was sich dann ereignete, war, so denke ich auch heute noch, ein sehr merkwürdiges Zusammentreffen.

Nach dem Theater gingen Poirot und ich zum Supper ins Hotel Savoy. Und wer saß am Nachbartisch? Lady Edgware, Martin Bryan und zwei Personen, die ich nicht kannte. Während ich Poirot auf die Gesellschaft aufmerksam machte, betrat ein anderes Paar den Saal und nahm am übernächsten Tisch Platz. Das Gesicht der Frau kam mir vertraut vor, und dennoch wußte ich es im ersten Moment nicht unterzubringen.

Dann wurde mir plötzlich bewußt, daß es Carlotta Adams war. Der elegante, nur unbekannte Mann hatte ein fröhliches, doch ziemlich nichtssagendes Gesicht: ein Menschentyp, den ich nicht mag.

Carlotta Adams trug ein schwarzes, sehr schlichtes Kleid. Auch ihren Zügen schenkte man nicht sofort Beachtung. Ihr wandlungsfähiges, empfindsames Gesicht, das sich so hervorragend für die Kunst der Mimik eignete, konnte leicht irgendeinen beliebigen fremden Charakter annehmen, doch fehlte ihm ein sofort erkennbarer eigener Zug.

Ich teilte meine Überlegungen Poirot mit, der, den eiförmigen Kopf leicht zur Seite geneigt, nur aufmerksam zuhörte und dabei die beiden Tische mit einem scharfen Blick überflog.

«So, das ist Lady Edgware? Ja, ich entsinne mich – habe sie einmal auf der Bühne gesehen. *Une belle femme.*»

«Und obendrein eine tüchtige Schauspielerin.»

«Möglich.»

«Das klingt, als seien Sie nicht davon überzeugt, Poirot.»

«Es hängt meines Erachtens von den Umständen ab, mein Freund. Wenn sie der Mittelpunkt des Stückes ist, wenn sich alles um sie dreht – ja, dann kann sie ihre Rolle spielen. Ich bezweifle jedoch, ob sie einer kleineren Rolle im gleichen Maße gerecht wird oder ob sie überhaupt das spielen kann, was man eine Charakterrolle nennt. Das Stück muß um sie und für sie geschrieben sein. Ich halte sie für den Typ Frau, der nur Interesse für sich selbst aufbringt.» Er schaltete eine Pause ein, um ganz unerwartet hinzuzufügen: «Derartige Menschen laufen im Leben große Gefahr.»

«Gefahr?» wiederholte ich erstaunt.

«Ich habe ein Wort gebraucht, das Sie überrascht, *mon ami.* Gefahr, ja. Weil eine solche Frau nur eins sieht – sich selbst. Sie sieht nichts von den Gefahren und Zufällen, von denen sie umgeben ist – die unzähligen unvereinbaren Interessen und Beziehungen im Leben. Früher oder später zieht das Unheil nach sich.»

Das Ungewöhnliche dieses Gedankengangs fesselte mich um so mehr, als mir selbst ein solcher Einfall nie gekommen wäre.

«Und die andere?» wollte ich wissen.

«Miss Adams?» Wieder streifte Poirots Blick den Tisch der jungen Amerikanerin. «Nun, was wünschen Sie über sie zu hören?» lächelte er dann.

«Nur, welchen Eindruck sie auf Sie macht.»

«*Mon cher*, bin ich heute abend vielleicht ein Wahrsager, der in der Handfläche liest und den Charakter deutet?»

«Wer verstünde das wohl besser als Sie!»

«Nett, daß Sie mir soviel zutrauen, Hastings. Es rührt mich tief. Wissen Sie nicht, mein Freund, daß jeder einzelne von uns ein dunkles Geheimnis ist? Ein Sammelsurium von sich widersprechenden Leidenschaften und Begierden und Neigungen? *Mais oui, c'est vrai.* Da fällt man so ein kleines Urteil, aber neunmal von zehn trifft man daneben.»

«Nicht, wenn man Hercule Poirot heißt.»

«Ja, sogar Hercule Poirot! Oh, Sie meinen immer, ich sei eitel und eingebildet. Falsch, Hastings. Ich versichere Ihnen, daß ich in Wahrheit ein sehr bescheidener Mensch bin.»

«Sie – bescheiden!» lachte ich.

«Aber wirklich. Ausgenommen natürlich, daß ich – wozu es leugnen? – ein wenig stolz auf meinen Schnurrbart bin. Nirgendwo in London habe ich einen Bart gesehen, der sich mit meinem messen kann.»

«Das glaube ich gern», sagte ich trocken. «Aber wollen wir nicht lieber von Carlotta Adams sprechen? Ihr Urteil über sie, Poirot.»

«Sie ist Künstlerin durch und durch», erklärte er schlicht. «Sagt das nicht alles?»

«Mithin geht sie gefahrlos durchs Leben, wie?»

«So einfach liegen die Dinge nicht», widersprach Poirot ernst. «Auf uns alle kann unversehens Unglück herabstürzen. Aber was Ihre Frage betrifft, so glaube ich, daß Miss Adams Erfolg beschieden sein wird. Sie ist schlau. Trotzdem könnte für sie die Liebe zum Geld gefährlich werden. Liebe zum Geld lenkt solch einen Menschen oft vom klugen und vorsichtigen Pfad ab.»

«Geld lenkt uns alle leicht ab.»

«Richtig, Hastings. Sie jedoch oder ich würden die Gefahr sehen; wir könnten das Für und Wider abwägen. Wenn Sie sich aber zuviel aus Geld machen, so sehen Sie nur das Geld – alles übrige bleibt im Schatten.»

Sein tiefer Ernst reizte mich zum Lachen.

«Esmeralda, die Zigeunerkönigin, ist heute in guter Form», hänselte ich.

«Charakterdeutung ist ein ungemein fesselndes Gebiet», gab Poirot unbewegt zur Antwort. «Man kann sich nicht mit Verbrechen befassen, ohne sich auch gleichzeitig mit Psychologie zu beschäftigen. Nicht um die eigentliche Mordtat, sondern um das, was hinter ihr liegt, geht es dem Sachverständigen. Verstehen Sie mich, Hastings?»

Ich versicherte ihm, daß ich ihn voll und ganz verstünde.

«Sooft wir einen Fall zusammen bearbeiten, stacheln Sie mich zu physischer Tätigkeit an. Ich soll Fußspuren messen, ich soll Zigarettenasche analysieren, ja mich sogar auf den Bauch legen, um irgendeine Einzelheit zu prüfen. Sie vermögen sich einfach nicht vorzustellen, Hastings, daß man der Lösung eines Rätsels näherkommen kann, wenn man sich mit geschlossenen Augen in einem Sessel zurücklehnt. Dann sieht man mit den Augen des Geistes.»

«Ich nicht, Poirot. Wenn ich mich mit geschlossenen Augen in einem Lehnsessel zurücklehne, passiert mir unweigerlich nur eins!»

«Das habe ich bemerkt, *mon cher.* Seltsam! In solchen

Momenten müßte Ihr Hirn doch fieberhaft arbeiten und nicht in dumpfe Ruhe versinken. Wie anregend ist Gehirntätigkeit! Das Benutzen der kleinen grauen Zellen ist geistiger Genuß. Ihnen und ihnen allein darf man sich anvertrauen, wenn man durch dichten Nebel zur Wahrheit gelangen will ...»

Ich fürchte, daß ich die Gewohnheit angenommen habe, meine Aufmerksamkeit auf andere Dinge zu richten, sobald Poirot seine kleinen grauen Zellen erwähnt. Was Wunder, da ich das alles schon so häufig habe hören müssen?

Diesmal flüchtete sich meine Aufmerksamkeit zu den vier Personen am Nachbartisch. Und als Hercule Poirots Selbstgespräch endlich zu einem Ende gelangte, warf ich schmunzelnd hin:

«Sie haben eine Bewunderin. Die blonde Lady Edgware läßt Sie kaum aus den Augen.»

«Fraglos hat man sie darüber aufgeklärt, wer ich bin», sagte mein Freund, mit dem Versuch, sich ein bescheidenes Aussehen zu geben, was ihm gründlich mißlang.

«Ich meine, es ist Ihr berühmter Schnurrbart. Seine Schönheit hat sie berauscht.»

«Spötter!» Er streichelte ihn verstohlen. «Diese Zahnbürste, die Sie tragen, Hastings, ist abscheulich – eine Grausamkeit, ein willkürliches Verkümmernlassen der Gaben der Natur. Das müssen Sie doch einsehen.»

«Weiß Gott, Lady Edgware ist aufgestanden und will anscheinend mit uns sprechen», sagte ich, ohne auf Poirots beschwörende Worte zu achten. «Martin Bryan macht offenbar den Versuch, sie zurückzuhalten, aber sie hört nicht auf ihn.»

Tatsächlich kam Jane Wilkinson jetzt zu uns herüber. Poirot hatte sich erhoben, verbeugte sich, und ich tat dasselbe.

«Monsieur Hercule Poirot, nicht wahr?» sagte die weiche, heisere Stimme.

«Zu Ihren Diensten.»

«Monsieur Poirot, ich muß mit Ihnen sprechen.»

«Bitte, Madame, wollen Sie nicht Platz nehmen?»

«Nein, nein, nicht hier. Privat muß ich Sie sprechen. Wir wollen hinauf in meine Suite gehen.»

Inzwischen war auch Martin Bryan ihr gefolgt, der nun mit mißbilligendem Lachen das Wort ergriff.

«Sie müssen sich ein wenig gedulden, Jane. Sowohl wir als auch Mr. Poirot haben gerade angefangen zu essen.»

Aber Jane Wilkinson ließ sich nicht leicht von etwas abbringen. «Was schadet das, Bryan? Man wird uns eben oben weiterservieren. Veranlassen Sie das Nötige, ja? Und, Bryan . . .»

Sie ging dem Schauspieler, der sich schon umgedreht hatte, nach und schien ihn zu irgend etwas überreden zu wollen, das ihm widerstrebte. Wenigstens runzelte er die Stirn, bis er sich schließlich mit einem Achselzucken fügte.

Ein- oder zweimal hatte er während ihres Drängens nach dem Tisch hinübergeschaut, an dem Carlotta Adams saß, und ich überlegte im stillen, ob vielleicht die junge Amerikanerin der Gegenstand von Janes Überredungskunst sei.

Jane Wilkinson kehrte strahlend zu uns zurück. «Jetzt werden wir sofort nach oben gehen», ordnete sie an und widmete mir ein betörendes Lächeln.

Ob es uns recht war oder nicht, darüber dachte sie gar nicht nach, sondern schleppte uns ohne den leisesten Anflug einer Entschuldigung einfach nach oben.

«Ich muß es als eine glückliche Fügung bezeichnen, daß ich Sie just heute abend hier sehe, Monsieur Poirot», warf sie hin, während sie uns zum Lift führte. «Alles wird sich für mich zum Besten wenden! Gerade als ich grübelte und sann, was ich tun sollte, blickte ich auf. Und wen entdecke ich am Nachbartisch? Monsieur Poirot. Ah, Monsieur Poirot wird mir sagen, was ich tun soll! war mein nächster Gedanke.»

Sie unterbrach ihre Rede, um dem Liftjungen ein kurzes «Zweite Etage» zuzuwerfen.

«Wenn ich Ihnen dienlich sein kann ...», begann mein Freund.

«Davon bin ich überzeugt. Ich habe gehört, daß Sie der wunderbarste Mensch sind, den man sich denken kann. Irgend jemand muß mich aus dem Gewirr, in das ich verstrickt bin, befreien, und wer vermöchte das besser als Sie?»

Wir waren in der zweiten Etage angelangt, schritten den Korridor entlang und betraten eine der luxuriösesten Suiten des Savoy.

Ihren weißen Hermelinpelz auf einen Sessel und die kleine juwelenbesetzte Tasche auf den Tisch werfend, rief die Schauspielerin ohne Umschweife:

«Monsieur Poirot, auf die eine oder andere Weise muß ich meinen Gatten loswerden!»

2

Nach ein paar Sekunden hatte sich Poirot von seiner Überraschung erholt.

«Aber Madame», sagte er, und seine Augen zwinkerten vergnügt, «Damen von ihren Gatten zu befreien gehört nicht zu meinem Fach.»

«Gewiß, das weiß ich.»

«Wahrscheinlich brauchen Sie einen Rechtsanwalt.»

«Da irren Sie gewaltig. Die Anwälte habe ich restlos satt. Ich bin von Pontius zu Pilatus gelaufen, von einem Advokaten zum anderen, und nicht einer hat mir genützt. Die Anwälte kennen das Gesetz, aber sie besitzen nicht einen Funken gesunden Menschenverstand.»

«Und Sie meinen, daß ich den besitze.»

Sie lachte. «Man sagt, Sie seien ein Pfiffikus, Monsieur.»

«*Comment?* Pfiffikus? Das verstehe ich nicht. Jedenfalls aber ist Ihr Anliegen außerhalb meiner Kompetenz, Madame.»

«Nun, das bezweifle ich. Es gibt da ein Problem.»

«Oh! Ein Problem?»

«Und es ist schwierig», fuhr Jane Wilkinson fort. «Sie sind doch wahrlich nicht der Mann, der Schwierigkeiten scheut.»

«Gestatten Sie mir, daß ich Ihnen zu Ihrer Menschenkenntnis gratuliere, Madame. Trotzdem gebe ich mich mit Nachforschungen zu Scheidungszwecken nicht ab.»

«Mein Lieber, ich verlange von Ihnen nicht, daß Sie den Spion spielen. Aber ich habe mich entschlossen, meinen Mann loszuwerden, und ich bin sicher, daß Sie imstande sind, mir zu sagen, wie ich es anfangen soll.»

Hercule Poirot antwortete nicht sofort. «Erzählen Sie mir zuerst einmal, Madame, warum Ihnen so viel daran liegt, Lord Edgware ‹loszuwerden›», bat er dann. Und wer ihn kannte, hörte, daß ein neuer Klang in seiner Stimme vibrierte.

Die Erklärung der schönen Frau kam ohne Zaudern.

«Aber gern, Monsieur Poirot. Ich will mich wieder verheiraten. Welchen anderen Grund könnte ich wohl sonst haben?» Jane schlug die blauen Augen mit naiver Offenheit zu ihm auf.

«Eine Scheidung wird doch wohl nicht so schwierig zu erreichen sein!»

«Sie kennen meinen Mann nicht, Monsieur. Er ist ... er ist ...» Sie schauderte. «Ich weiß nicht, wie ich es in Worte fassen soll. Er ist ein absonderlicher Mensch – nicht wie andere Sterbliche.» Ein tiefer Seufzer und eine lange Pause.

«Nie hätte er wieder heiraten dürfen. Ich kann ihn nicht beschreiben, ich kann nur wiederholen: Er ist absonderlich. Seine erste Frau lief ihm davon, ließ ein Baby von drei Monaten zurück. Er hat nie in eine Scheidung eingewilligt, und sie ist irgendwo unter schrecklichen Umständen gestorben. Hierauf heiratete er mich. Und auch ich konnte es nicht ertragen. Ich habe Todesängste ausgestanden! Kurz und gut, ich reiste nach drüben. Mir fehlen stichhaltige Gründe für eine Scheidung, und wenn ich ihm die nötigen Gründe lieferte, würde er keine Notiz davon nehmen. Er ist... er ist eine Art Fanatiker.»

«In gewissen amerikanischen Staaten könnten Sie eine Scheidung erzwingen, Madame.»

«Damit ist mir nicht gedient – nicht, wenn ich nachher in England leben will.»

«Und Sie wollen in England leben?»

«Ja.»

«Wer ist der Mann, mit dem Sie eine neue Ehe einzugehen gedenken?»

«Der Herzog von Merton.»

Unwillkürlich hielt ich den Atem an. Denn der Herzog von Merton war bislang die Verzweiflung aller ehestiftenden Mamas gewesen. Ein junger Herr mit asketischen Neigungen, ein eifernder Katholik, stand er in dem Ruf, sich vollkommen von seiner Mutter lenken zu lassen, der gefürchteten Herzogin-Witwe. Er sammelte chinesisches Porzellan, galt als weltabgewandter Ästhet und als ein Mann, der sich nichts aus Frauen machte.

«Er hat mich ganz verzaubert», sagte Jane rührselig. «Und Schloß Merton ist unbeschreiblich schön. Überhaupt möchte ich das Ganze die romantischste Angelegenheit nennen, die sich je auf diesem Erdball ereignet hat. Schade, daß Sie Merton nicht kennen, Monsieur Poirot – er gleicht einem verträumten Mönch.»

Sie schaltete eine Pause ein.

«Wenn ich heirate, verzichte ich auf die Bühne. Und das Opfer wird mir für ihn nicht einmal schwer.»

«Einstweilen steht Lord Edgware diesen romantischen Träumen im Wege», meinte Hercule Poirot trocken.

«Ja – und das wird mich noch in den Wahnsinn treiben.» Sie lehnte sich nachdenklich zurück. «Wenn wir uns in Chicago befänden, wäre es ein leichtes, ihn niederknallen zu lassen, aber hier hält so was schwer.»

«Hier», lächelte Poirot, «vertreten wir den Standpunkt, daß jedes menschliche Wesen das Recht zu leben hat.»

«Möglich. Aber ich, die ich Edgware wie keine zweite kenne, versichere Ihnen, daß sein Tod kein Verlust wäre – eher das Gegenteil.»

Es pochte an der Tür, und gleich darauf trat ein Kellner ein, der den Tisch zu decken begann. Seine Anwesenheit hinderte Jane Wilkinson nicht, ihr Problem weiter zu erörtern.

«Es ist aber keineswegs mein Wunsch, daß Sie ihn für mich töten, Monsieur Poirot.»

«Das freut mich, Madame.»

«Sondern daß Sie vielmehr geschickt mit ihm verhandeln und ihm die Einwilligung zur Scheidung abringen. Daß Sie hierzu fähig sind, bezweifle ich keine Minute.»

«Sollten Sie meine Überzeugungskraft nicht doch überschätzen, Madame?»

«Nein. Doch vielleicht fällt Ihnen noch eine andere Lösung ein.» Jetzt beugte sie sich vor, und ihre blauen Augen suchten Poirots Blick. «Nicht wahr, Sie möchten mich doch glücklich sehen?»

Wie weich, wie verführerisch diese Stimme klang!

«Ich möchte jeden glücklich sehen», erwiderte vorsichtig mein Freund.

«Ja, aber ich denke nicht an alle und jeden. Ich denke an mich.»

«Madame, ich wage zu behaupten, daß Sie das immer tun.»

«Ah, Sie halten mich für selbstsüchtig? Nun, möglicherweise bin ich es. Aber sehen Sie – ich hasse das Unglücklichsein; es beeinträchtigt sogar mein Spiel. Und ich werde so trostlos unglücklich sein, wenn er nicht in die Scheidung einwilligt – oder stirbt ... Wenn man es recht bedenkt», fuhr sie versonnen fort, «wäre es viel besser, wenn er stürbe. Erst dann würde ich mich endgültig von ihm erlöst fühlen.»

Sie erhob sich, nahm lässig den weißen Pelz auf und blieb dann Mitleid heischend vor Poirot stehen.

«Werden Sie mir helfen, Monsieur Poirot?» Vom Korridor drang Stimmengewirr herein, denn die Tür war nur angelehnt. «Wenn nicht ...»

«... wenn nicht, Madame?» griff er ihre Worte auf.

«Dann werde ich ein Taxi bestellen, schnurstracks zu ihm fahren und ihn mit eigener Hand ins Jenseits befördern.»

Lachend verschwand sie ins Nebenzimmer, gerade in dem Augenblick, als Martin Bryan mit Carlotta Adams und ihrem Begleiter sowie mit dem Paar, das am selben Tisch wie er und Jane Wilkinson gesessen hatte, vom Korridor hereinkam. Die beiden wurden als Mr. und Mrs. Widburn vorgestellt.

«Hallo! Wo steckt denn Jane?» rief Bryan.

Jane tauchte auf der Schwelle des Schlafzimmers wieder auf, einen Lippenstift in der Hand.

«Haben Sie sie gebracht, Martin? Famos! Miss Adams, ich bewundere Ihre Verwandlungskunst so sehr, daß ich Sie einfach kennenlernen mußte. Kommen Sie hier herein und plaudern Sie mit mir, während ich mein Gesicht ein bißchen zurechtmache. Ich sehe ja schrecklich aus.»

Carlotta nahm die Einladung an und verließ uns.

«Nun, Monsieur Poirot», meinte Martin Bryan, indem er sich in einen Sessel warf, «hat unsere gute Jane Sie gekapert und überredet, für sie zu streiten? Sträuben Sie sich nicht lange. Heute oder morgen müssen Sie doch nachgeben, denn das Wort nein begreift Jane einfach nicht.» Er lehnte sich weit zurück und paffte lässig den Zigarettenrauch zur Decke empor. «Ein interessanter Charakter, diese Jane! Tabus gibt es nicht für sie. Moral auch nicht. Das soll nicht heißen, daß sie direkt unmoralisch ist – nein. Amoralisch würde ich sie nennen. Sie sieht im Leben nur eins: was Jane wünscht.» Er lachte amüsiert.

«Ich glaube, sie würde munter jemand töten und sich beleidigt fühlen, wenn man sie hinterher erwischte und wegen ihrer Tat aufhängen wollte. Und das Schlimmste ist, daß sie unfehlbar erwischt werden würde. Sie ist ja so naiv. Mit einer Droschke vorfahren, unter ihrem richtigen Namen ins Haus spazieren und ihr Opfer über den Haufen schießen – das ist ihre Vorstellung von Mord.»

«Nun möchte ich wirklich gern wissen, weshalb Sie das sagen», murmelte Poirot, kaum hörbar.

«Bitte?»

«Sie kennen sie gut, Monsieur?»

«Das will ich meinen!» Abermals lachte er, doch es klang unerwartet bitter.

«Ja, Jane ist eine Egoistin», pflichtete ihm Mrs. Widburn bei.» Als Schauspielerin muß sie es freilich sein, wenn sie ihrer Persönlichkeit Geltung verschaffen will.»

Hercule Poirot äußerte sich hierzu nicht. Seine Augen ruhten auf Martin Bryans Zügen, verweilten dort mit einem merkwürdig forschenden Ausdruck, den ich nicht ganz verstand. In diesem Moment rauschte Jane vom Nachbarzimmer herein, dicht auf ihren Fersen Carlotta Adams. Ich vermutete, daß sich Jane Wilkinson nunmehr «zurechtgemacht» hatte und mit ihrem Aussehen zufrieden war; ich selbst nahm allerdings keine Veränderung wahr und fand es überdies keiner Verbesserung bedürftig.

Beim Abendessen, das nun folgte, herrschte eine ziemlich heitere Stimmung, und dennoch hatte ich bisweilen das Gefühl, daß es gewisse, nicht näher benennbare Unterströmungen gab.

Jane Wilkinson sprach ich von jeder Raffinesse frei; ihr Wunsch, mit Poirot zu reden, war erfüllt worden, und sie befand sich jetzt in ausgezeichneter Stimmung. Carlotta Adams in unseren Kreis zu ziehen entsprach – so sagte ich mir – einer flüchtigen Laune; es war ein Nachwehen jenes kindlichen Vergnügens, das sie bei der gelungenen Nachahmung der eigenen Person empfunden hatte.

Nein, die Unterströmungen, die ich ahnte, hingen nicht mit Jane Wilkinson zusammen. Mit wem aber sonst?

Der Reihe nach begann ich die Gäste zu studieren. Martin Bryan? Er benahm sich bestimmt nicht ganz natürlich. Doch konnte das ganz gut eine charakteristische Eigenschaft eines Filmstars sein, der, zu sehr daran gewöhnt, eine Rolle zu spielen, stets das übersteigerte Selbstbewußtsein des eitlen Mannes zur Schau trägt.

Carlotta Adams gab sich jedenfalls ganz ungezwungen. Sie war eine ausgeglichene junge Frau mit einer angenehm weichen Stimme. Da ich zufällig in ihrer nächsten Nähe saß, betrachtete ich sie voll Aufmerksamkeit. Ein besonderer Charme umgab sie. Sie hatte dunkles Haar, ziemlich farblose blaue Augen, ein blasses Gesicht und einen ausdrucksvollen, empfindsamen Mund. Ein Gesicht, das einem gefiel, das man aber schwer wiedererkennen würde, wenn es einem in anderer Umgebung und in anderen Kleidern begegnete.

Janes liebenswürdige Komplimente schienen sie zu freuen. Jede Frau würde davon bezaubert sein, dachte ich – und dann, im selben Augenblick, ereignete sich etwas, das mich mein allzu schnelles Urteil revidieren ließ.

Carlotta Adams umfing die Gastgeberin, die gerade den Kopf abgewandt hatte und Hercule Poirot anredete, mit einem sonderbar prüfenden Blick; er glich einem bedächtigen Zusammenfassen, und außerdem lag in jenen blaßblauen Augen eine ausgesprochene Feindseligkeit.

Eine Grille vielleicht. Oder auch Futterneid. Jane war eine erfolggekrönte Schauspielerin, während Carlotta die Leiter des Ruhmes erst zu erklimmen begann.

Ich nahm die anderen drei Tischgäste unter die Lupe. Mr.

und Mrs. Widburn, was war von ihnen zu sagen? Er, ein großer, klapperdürrer Mann, sie, ein dralles, hübsches, überschwengliches Wesen – ein Ehepaar in gesicherten Verhältnissen, mit einer Leidenschaft für alles, was mit den Brettern zusammenhing, und nicht fähig, sich über irgendein anderes Thema zu unterhalten. Da ich nach einer langen Abwesenheit erst kürzlich wieder nach England zurückgekehrt war, fanden sie mich, was Theaterneuigkeiten anging, traurig schlecht informiert, und schließlich drehte Mrs. Widburn mir ihre runde Schulter zu und beachtete mich nicht mehr.

Das letzte Mitglied unseres Kreises war der dunkle junge Mann, der Begleiter Carlotta Adams'. Gleich zu Anfang hatte ich den Verdacht, daß er nicht ganz so nüchtern sei, wie man es hätte erwarten können. Und als er noch einige Glas Sekt trank, wurde dies mehr und mehr offenbar.

Er schien unter dem Gefühl eines schweren Unrechts zu leiden. Die erste Hälfte des Suppers saß er in verbissenem, düsterem Schweigen auf seinem Platz; während der zweiten Hälfte vertraute er sich, anscheinend unter dem Eindruck, daß er einen seiner ältesten Freunde vor sich habe, mir an.

«Was ich sagen will», begann er, «es ist nicht so. Nein, lieber alter Junge, es ist nicht so ... Ich will sagen, daß, wenn du ein Mädel nimmst ... gut. Aber sie gehört nicht zu der Sorte. Verstehst du: puritanische Vorfahren – die Mayflower – all das. Donnerwetter, das Mädchen ist rechtschaffen ...! Ja, was wollte ich doch eigentlich sagen ...? Ah, verdammt noch mal, ich mußte mir das Geld von meinem Schneider borgen. Ein sehr gefälliger Bursche, mein Schneider. Schon jahrelang schulde ich ihm Geld. Das knüpft ein gewisses Band zwischen uns. Nichts als ein Band, mein lieber alter Junge. Du und ich! Du und ich. Wer zum Teufel bist du eigentlich?»

«Mein Name ist Hastings.»

«Potztausend! Und ich hätte geschworen, daß du Spencer Jones seist, der liebe alte Spencer Jones. Machte seine Bekanntschaft in Eton und borgte mir eine Fünfpfundnote von ihm. Ich hab's übrigens immer gesagt, daß ein Gesicht dem anderen gleicht. Wenn wir Chinesen wären, würden wir uns gegenseitig überhaupt nicht mehr erkennen.»

Wehmütig schüttelte er den Kopf; dann erhellten sich seine Züge, und er goß einen neuen Kelch Champagner hinunter.

«Jedenfalls bin ich kein verflixter Nigger!» sagte er.

Diese Überlegung schien ihm eine solche Genugtuung zu bereiten, daß er sofort noch etliche Bemerkungen hoffnungsfreudiger Art hinzufügte.

«Guck dir stets die glänzende Seite an, mein Junge», beschwor er mich. «Merk es dir: immer die glänzende Seite. Einmal kommt der Tag – vielleicht allerdings erst, wenn ich die Fünfundsiebzig erreicht habe –, wo ich ein reicher Mann sein werde. Wenn mein Onkel stirbt. Dann kann ich meinen Schneider bezahlen.»

Bei diesem Gedanken lächelte er glückselig, und sein lächerlich winziges Schnurrbärtchen zog sich ein wenig in die Breite.

Ich fand den jungen Herrn trotz seines Schwipses ungemein sympathisch. Carlotta Adams behielt ihn, das merkte ich wohl, ständig im Auge, und nach einem neuerlichen Blick in seine Richtung erhob sie sich, um aufzubrechen.

«Es war so nett von Ihnen, zu mir heraufzukommen», sagte Jane. «Ich lasse mich gern von einem plötzlichen Einfall lenken, Sie auch?»

«Nein», erwiderte Miss Adams. «Ich wäge im Gegenteil jeden Schritt, den ich tue, vorher sorgfältig ab. Das erspart mir Sorgen und Unannehmlichkeiten.»

«Nun, jedenfalls rechtfertigen die Erfolge Ihre Methode», lachte Jane, die abweisende Haltung der anderen nicht beachtend. «Selten hat mir etwas einen solchen Spaß bereitet wie Ihre heutige Vorstellung.»

Über das Gesicht der jungen Amerikanerin glitt ein warmer

Schimmer. «Es ist lieb von Ihnen, mir das zu sagen», antwortete sie. «Ich brauche Ermutigung – wir alle brauchen sie.»

«Carlotta», mischte sich der junge Mann mit dem Schnurrbärtchen ein, «machen Sie vor Tante Jane Ihren Knicks, sagen Sie ‹Danke schön› und kommen Sie.»

Die Art, wie er in schnurgerader Richtung durch die Tür steuerte, mußte man ein Wunder der Konzentration nennen. Carlotta folgte ihm hastig.

«Was fällt ihm ein, mich Tante Jane zu nennen», entrüstete sich unsere schöne Wirtin. «Und wie kam er überhaupt zu mir hereingeschneit? Ich hatte ihn vorher gar nicht bemerkt.»

«Meine Liebe, Sie haben es auch nicht nötig, ihn zu bemerken», entgegnete Mrs. Widburn. «Ein unbedeutender junger Dachs! Doch jetzt müssen Charles und ich leider lostraben, denn wir haben noch eine andere Verabredung.»

Das Ehepaar Widburn trabte also los, und Martin Bryan schloß sich ihnen an.

«Nun, Monsieur Poirot?»

*«Eh bien,* Lady Edgware?» lächelte mein Freund zurück.

«Um Himmels willen, nennen Sie mich nicht so! Lassen Sie es mich vergessen, wenn Sie nicht der hartherzigste Mann von Europa sind!»

«Aber nein, aber nein, Madame, ich bin nicht hartherzig.»

Hercule Poirot, der unerreichte Detektiv, hat heute abend anscheinend auch zuviel getrunken, spöttelte ich im geheimen.

«Dann werden Sie meinen Mann also besuchen? Und ihn dazu bringen, in die Scheidung einzuwilligen?»

«Ich werde ihn besuchen», versprach Poirot vorsichtig.

«Wenn er Sie dann aber abweist – was wahrscheinlich der Fall sein wird –, müssen Sie einen gescheiteren Plan schmieden. Sie werden doch nicht umsonst als der gescheiteste Mann von England gerühmt, Monsieur Poirot.»

«Oh, Madame, wenn Sie mich hartherzig nennen, führen

Sie Europa ins Treffen; im Falle der Gescheitheit hingegen sprechen Sie nur von England!»

«Wenn Sie meine Angelegenheit zu einem glücklichen Ende führen, werde ich sagen: das Universum.»

Poirot hob abwehrend die Hand.

«Madame, ich verspreche nichts. Aus psychologischem Interesse jedoch will ich versuchen, eine Begegnung mit Ihrem Gatten zuwege zu bringen.»

«Psychoanalysieren Sie ihn, soviel Sie mögen. Möglicherweise bekommt es ihm gut. Aber Sie müssen mir helfen, Monsieur Poirot. Ich will meine romantische Idylle nicht nur träumen, sondern erleben.» Und mit einem schwärmerischen Augenaufschlag fügte sie hinzu: «Bedenken Sie die Sensation!»

## 3

Einige Tage später warf mir Poirot quer über den Frühstückstisch einen Brief zu, den er soeben geöffnet hatte.

«Da möchte ich mal Ihre Meinung hören, *mon ami*», sagte er.

Das Schreiben kam von Lord Edgware, der in steifen, förmlichen Worten unseren Besuchstermin bei ihm am nächsten Tag um elf Uhr bestätigte.

Ich verhehlte meine Überraschung nicht. Poirots Versprechen hatte ich für eine belanglose, in einem lustigen Augenblick gegebene Zusage gehalten und nicht geahnt, daß er Schritte getan hatte, um sie zu verwirklichen.

«Ja, mein Bester, es war nicht nur der Champagner», neckte mein Freund, der mit der ihm eigenen Hellsichtigkeit meine Gedanken las. «Schweigen Sie», schnitt er dann alle meine Verteidigungsversuche ab. «Sie haben gedacht: der arme Alte, er befindet sich in gehobener Stimmung, er verspricht Dinge, die er nicht ausführen wird – die er auch gar nicht auszuführen beabsichtigt. Aber, mein Freund, Sie haben vergessen, daß die Versprechen von Hercule Poirot heilig sind!»

Bei den letzten Worten reckte er sich zu der stattlichsten Höhe auf, die ihm sein kleiner Wuchs erlaubte.

«Selbstverständlich, selbstverständlich. Ich weiß», beeilte ich mich zu versichern. «Ich habe auch nur gedacht, daß Ihre Urteilskraft leicht . . . leicht – wie soll ich mich ausdrücken? nun, leicht beeinflußt gewesen sei.»

«So? Ich habe aber nicht die Gewohnheit, meine Urteilskraft ‹beeinflussen› zu lassen, Hastings, wie Sie so schön sagen. Der beste und trockenste Champagner, das goldhaarigste und verführerischste Weib – nichts beeinflußt die Urteilskraft von Hercule Poirot. Nein, *mon ami,* mein Interesse ist geweckt worden – *voilà!*»

«Jane Wilkinsons Liebesaffäre?»

«Janes Liebesaffäre, um bei Ihrem Ausdruck zu bleiben, ist eine sehr landläufige Angelegenheit – eine Stufe in der erfolgreichen Laufbahn einer bildschönen Frau. Wenn der Herzog von Merton ihr weder Titel noch Reichtum zu bieten hätte, würde die romantische Zuneigung dieser Dame zu einem verträumten Mönch schnell erlöschen. Nein, Hastings, was mich kitzelt, ist die Psychologie der Sache. Das Ränkespiel der Charaktere. Ich begrüße den Zufall, der es mir erlaubt, Lord Edgware in einer persönlichen Unterredung zu studieren.»

«Sie erwarten doch wohl aber nicht, daß Sie Ihren Auftrag erfüllen werden?»

«Warum nicht? Jeder Mensch hat seine Achillesferse. Bilden Sie sich nicht ein, Hastings, daß ich, weil ich den Fall vom psychologischen Standpunkt aus betrachte, nicht alles dransetzen werde, die Mission zur Befriedigung der Auftraggeberin durchzuführen. Es bereitet mir immer Vergnügen, meine Fähigkeiten voll auszuschöpfen.»

Ich atmete dankbar auf, als mir ein Hinweis auf die kleinen grauen Zellen erspart blieb.

«Dann werden wir also morgen gegen elf nach Regent Gate gehen», sagte ich.

«Wir?» Spöttisch zog Hercule Poirot seine Augenbrauen zu einem Dreieck empor.

«Mein Lieber, Sie werden meine Begleitung doch nicht zurückweisen!» rief ich. «Ich bin immer mit Ihnen gegangen.»

«Wenn es sich um ein Verbrechen handelte, einen mysteriösen Giftfall, einen gräßlichen Mord – ah, in solchen Dingen schwelgt Ihre Seele. Doch nur eine Vermittlung in Privatangelegenheiten?»

«Kein Wort mehr!» sagte ich empört. «Ich komme mit.»

Poirot schmunzelte noch vergnügt, als uns ein Besucher gemeldet wurde, der sich als Martin Bryan entpuppte.

Bei hellem Tageslicht sah der Schauspieler älter aus. Gewiß, er war ein schöner Mann, doch wirkte er irgendwie verlebt. War er etwa rauschgiftsüchtig? Es umgab ihn eine nervöse Spannung, die diese Vermutung rechtfertigte.

«Guten Morgen, Monsieur Poirot», grüßte er fröhlich. «Freut mich, zu sehen, daß Sie und Captain Hastings zu einer vernünftigen Stunde frühstücken. – Sind Sie gegenwärtig sehr beschäftigt?»

«Nein», versicherte Poirot liebenswürdig. «Im Augenblick drängt mich kein wichtiges Geschäft.»

«Wer's glaubt!» lachte Bryan. «Wirklich kein Geheimauftrag von Scotland Yard? Keine heiklen Nachforschungen für irgendeine Königliche Hoheit?»

«Sie verwechseln Dichtung und Wahrheit, mein Lieber», gab Poirot zurück. «Ich kann beschwören, daß ich im Moment vollkommen ohne Beschäftigung bin, obgleich ich keineswegs zum alten Eisen gehöre. *Dieu merci!*»

«Dann habe ich Glück gehabt, Monsieur Poirot. Darf ich Sie wohl ein wenig anstellen?»

Poirot betrachtete ihn eingehend, ehe er fragte: «Haben Sie ein Problem für mich?»

«Etwas Ähnliches. Ein Problem – und doch auch keins.»

Martin Bryan lachte nervös. Während Poirot ihn unentwegt betrachtete, bot er ihm mit einer Handbewegung einen Stuhl an.

«Und nun lassen Sie uns hören, um was es geht», forderte mein Freund den Besucher auf.

Martin Bryan suchte unbeholfen nach Worten.

«Leider ... leider kann ich Ihnen nicht so viel erzählen, wie ich möchte.» Er zauderte. «Es ist schwierig. Sehen Sie, die ganze Angelegenheit begann in Amerika.»

«In Amerika? Ja?» warf Hercule Poirot ermunternd ein.

«Ein reiner Zufall lenkte zuerst meine Aufmerksamkeit darauf. Ich saß im Eisenbahnzug, als mir ein häßlicher Kerl, glatt rasiert, mit Brille und einem Goldzahn auffiel.»

«Ah, einem Goldzahn!»

«Ja. Und das ist der Kernpunkt der Sache.»

Poirot nickte mehrere Male. «Ich verstehe. Fahren Sie fort.»

«Wie gesagt, der Bursche fiel mir auf. Übrigens befand ich mich damals auf einer Fahrt nach New York. Sechs Monate später war ich in Los Angeles. Und wer kommt mir da in die Quere? Der Bursche mit dem Goldzahn. Vielleicht werden Sie sagen, daß dies nichts Außergewöhnliches sei. Aber vier oder fünf Wochen nach dieser zweiten Begegnung hatte ich in Seattle zu tun, und kurz nach meiner Ankunft dort sehe ich abermals meinen Freund; nur trug er diesmal einen Bart.»

«Das ist allerdings merkwürdig.»

«Nicht wahr? Natürlich ahnte ich damals nicht, daß es irgend etwas mit mir zu tun haben könnte. Doch hatte ich nicht Grund, Verdacht zu schöpfen, als der bartlose Mensch aus dem Zug beim zweiten Wiedersehen einen Schnurrbart trug und das dritte Mal mit einem Backenbart als Landstreicher umherstreifte?»

«Natürlich.»

«Und schließlich – sonderbar genug, aber es gab keinen Zweifel – wurde ich, was Sie in Ihrer Detektivsprache beschattet nennen. Wo ich auch war, tauchte irgendwo mein Schatten in wechselnder Verkleidung auf. Glücklicherweise konnte ich ihn dank dem Goldzahn immer über kurz oder lang identifizieren.»

«Verzeihung, wenn ich Sie unterbreche, Mr. Bryan – aber haben Sie niemals mit dem Mann gesprochen? Ihn nie nach dem Grund seines hartnäckigen Verfolgens gefragt?»

«Nein.» Der Schauspieler zögerte. «Zwar habe ich den Gedanken ein- oder zweimal erwogen, ihn dann aber aufgegeben, weil die Drahtzieher nur gewarnt worden wären. Wahrscheinlich hätten sie sofort einen anderen auf meine Spur gesetzt, irgendwen mit weniger auffallendem Merkmal.»

«Sie gestatten eine weitere Frage, Mr. Bryan. Wenn ich Sie recht verstehe, ahnen Sie nicht, wer Sie beobachten ließ und zu welchem Zweck?»

«Nicht im mindesten. Wenigstens ...»

«Ja?» drängte Poirot.

«Ich habe eine Idee», sagte Martin Bryan gedehnt. «Freilich eine reine Mutmaßung.»

«Eine Mutmaßung kann sich bisweilen als sehr erfolgbringend erweisen, Monsieur.»

«Sie hängt mit einem Vorfall, der sich vor zwei Jahren in London ereignete, zusammen. Ein unerklärlicher und unvergeßlicher Vorfall. Ich habe viel über ihn nachgegrübelt. Und gerade weil ich ihn nicht erklären konnte, neige ich dazu, ihn mit diesem Spion in Verbindung zu bringen. Aber das Weshalb oder Wie vermag ich nicht zu sehen.»

«Vielleicht vermag ich es.»

«Ja, doch ...» Martin Bryans anfängliche Verwirrung kehrte zurück. «Verstehen Sie: Ich kann Ihnen darüber nicht reinen Wein einschenken – nicht jetzt. Möglicherweise bin ich in ein oder zwei Tagen dazu imstande.»

Poirots durchdringender Blick ließ ihn verzweifelt hervorstoßen: «Eine Frau ist darin verwickelt.»

«*Ah, parfaitement!* Eine englische Frau?»

«Ja. Oder vielmehr – warum?»

«Höchst einfach. Sie hoffen, mir die jetzt nicht mögliche Erklärung in zwei Tagen geben zu können. Mit anderen Worten: Sie möchten die Einwilligung der jungen Dame erlangen, die sich daher in England befindet. Ferner muß sie während der Zeit, als man hinter Ihnen herspionierte, in England gewesen sein, denn hätte sie sich in Amerika aufgehalten, würden Sie sie damals dort aufgesucht haben. Mithin lebte sie die letzten achtzehn Monate in England, woraus sich die Wahrscheinlichkeit, wenn auch nicht die Gewißheit, ergibt, daß sie Engländerin ist. Gut gefolgert?»

«Ziemlich. Wenn ich nun ihre Erlaubnis bekomme, Monsieur Poirot, wollen Sie sich dann meiner Sache annehmen?» Es entstand eine längere Pause. Poirot schien im Geist das Gehörte noch einmal durchzugehen. Endlich sagte er: «Warum sind Sie zu mir gekommen, bevor Sie sich mit ihr in Verbindung setzten?»

«Ich . . . ich . . .», stotterte Bryan. «Meine Absicht war, sie zu überreden, die Dinge durch Sie klären zu lassen. Denn wenn Sie die Nachforschungen anstellen, braucht nichts davon an die Öffentlichkeit zu dringen, nicht wahr?»

«Das hängt von den Umständen ab», gab Poirot zur Antwort.

«Wie soll ich das auffassen?»

«Wenn ein Verbrechen hineinspielt . . .»

«Nichts von Verbrechen!»

«Vielleicht ohne daß Sie es wissen. Wie alt war übrigens der Bursche?»

«Ich schätze, ungefähr dreißig.»

«Ah! Das ist wichtig. Ja, das gibt der ganzen Sache bedeutend mehr Reiz.»

Betroffen starrte ich Poirot an. Bryan hob fragend die Augenbrauen, worauf ich völlig ratlos den Kopf schüttelte. «Ja», murmelte Poirot. «Das macht die Geschichte erst interessant.»

«Er kann auch älter gewesen sein», bemerkte Bryan, von Zweifeln ergriffen.

«Nein, nein. Fraglos war Ihre Einschätzung richtig. Sehr interessant, äußerst interessant!»

Diese rätselhaften Ausrufe waren nicht geeignet, Martin Bryans Verwirrung zu beheben. Ich bemerkte, wie er unbehaglich auf seinem Sessel hin und her rutschte, und schließlich leitete er eine oberflächliche Unterhaltung ein.

«Ein lustiger Abend gestern, nicht wahr ...? Man kann kaum eine anmaßendere Frau finden als Jane Wilkinson.»

«Sie ist von Einzelvisionen besessen», lächelte Poirot. «Immer nur eine einzige Sache zur Zeit.»

«Und ist davon nicht abzubringen», ergänzte Martin Bryan. «Wie die Leute das ertragen, verstehe ich nicht.»

«Man erträgt viel von einer schönen Frau, mein Freund.»

Poirot blinzelte vielsagend. «Wenn sie eine Mopsnase hätte, einen bläßlichen Teint und fettiges Haar – ah, dann sähe die Sache anders aus.»

«Trotzdem kann sie einen bisweilen zur Weißglut bringen. Nichtsdestoweniger bin ich Jane sehr zugetan, obgleich ich sie in mancher Hinsicht für nicht ganz zurechnungsfähig halte.»

«Ich hielt sie im Gegenteil für einen klugen Kopf», wagte ich zu äußern.

«Vielleicht ist mein Ausdruck nicht gut gewählt, Captain Hastings. Sie versteht ihre Interessen vortrefflich wahrzunehmen; sie besitzt sogar eine reichliche Dosis geschäftlicher Gerissenheit. Aber Recht und Unrecht – diese Begriffe sind ihr fremd.»

«Etwas Ähnliches sagten Sie auch gestern abend schon, wie ich mich erinnere.»

«Meine Herren, wir sprachen eben von Verbrechen ...

Sehen Sie, es würde mich nicht wundern, wenn Jane ein Verbrechen beginge.»

«Hm ...», brummte Hercule Poirot gedankenvoll. «Sie haben in so vielen Filmen mit ihr zusammengespielt, daß Sie ihr eigentliches Wesen erfaßt haben müßten, Mr. Bryan.»

«Ich glaube sie durch und durch zu kennen», beteuerte dieser, «und vermag mir darum sehr gut vorzustellen, daß Jane ohne viel Federlesens jemanden töten würde.»

«Also hat sie ein hitziges Temperament?»

«Fehlgeschossen, Monsieur Poirot! Kalt wie ein Eiszapfen ist sie. Was ich meine, läuft darauf hinaus, daß sie, falls irgendwer ihr im Wege stände, ihn kurzerhand beiseite schaffen würde. Und man könnte sie nicht einmal zur Verantwortung ziehen, denn sie ist in dem Wahn befangen, daß jeder, der mit Jane Wilkinson in Konflikt gerät, zu verschwinden hat.»

Eine anklagende Bitterkeit lag in seinen Worten, die ihnen bisher gefehlt hatte.

«Sie glauben wirklich, sie würde vor einem Mord nicht zurückschrecken?», fragte Poirot und sah ihn aufmerksam an.

Bryan atmete hörbar. «Mein Ehrenwort, ich glaube es. Vielleicht werden Sie sich eines Tages meiner Worte entsinnen ... Ich kenne Jane. Mit derselben Leichtigkeit, mit der sie ihren Morgentee trinkt, würde sie auch töten. Ich scherze nicht, Monsieur Poirot.»

Bei dem letzten Satz war er aufgestanden.

«Ja», erwiderte mein Freund gemessen, «ich sehe, wie bitterernst es Ihnen ist.»

Und noch einmal versicherte Martin Bryan: «Ich kenne sie durch und durch.» Mit gerunzelter Stirn starrte er auf die Spitzen seiner eleganten Schuhe. «Und was die andere Sache betrifft, die mich zu Ihnen führte, so sollen Sie darüber in wenigen Tagen von mir hören.» Jetzt blickte er auf. «Nicht wahr, Sie werden sich mit ihr befassen?»

Poirot trat ans Fenster und schaute ein Weilchen hinaus.

«Ja», entschied er endlich. «Ich werde mich mit ihr befassen, weil ich sie interessant finde.»

Ich begleitete Bryan die Treppe hinab.

«Was zum Henker meinte er mit dem Alter jenes goldzahnigen Burschen?» stieß er hervor, während seine Hand schon auf der Haustürklinke lag. «Ob er dreißig oder vierzig ist – was tut das zur Sache? Vielleicht hat mich Ihr Freund nur foppen wollen.»

«Niemals!» erklärte ich aus ehrlichster Überzeugung. «Das ist nicht Poirots Art. Verlassen Sie sich darauf, daß ihm dieser Punkt bedeutungsvoll erscheint.»

«Na, es tröstet mich, daß Sie nicht schlauer sind als ich, Captain Hastings. Ich hasse es, wie ein blöder Tölpel dazustehen.» Dann drückte er mir die Hand und ging.

«Poirot», sagte ich, als ich wieder oben bei meinem Freund war, «warum messen Sie dem Alter jenes Schnüfflers so viel Bedeutung bei?»

«Was? Da muß ich Sie erst mit der Nase drauf stoßen? Armer Hastings!» Er lächelte mitleidig und schüttelte den Kopf. «Was halten Sie überhaupt von unserer Unterredung?»

«Vorläufig dürfte es schwer sein, ein Urteil zu fällen. Wenn wir mehr wissen . . .»

«Auch wenn wir nicht mehr wissen, müssen sich Ihnen doch gewisse Eindrücke aufdrängen, *mon ami!*»

Das Telefon, das in dieser Sekunde zu schrillen begann, bewahrte mich vor der schmachvollen Beichte, daß sich mir gar nichts aufdrängte, und eilig griff ich zum Hörer.

Eine weibliche Stimme sprach, eine scharfe, sachliche Stimme. «Hier ist Lord Edgwares Sekretärin. Lord Edgware bedauert, infolge einer unvermuteten Reise nach Paris die Verabredung mit Monsieur Poirot nicht einhalten zu können. Jedoch würde er, falls es Monsieur Poirot paßt, heute vormittag gegen Viertel nach zwölf einige Minuten für ihn erübrigen.»

Ich gab die Botschaft an meinen Freund weiter.

«Selbstverständlich werden wir heute hingehen, Hastings», erklärte Poirot ohne Besinnen, worauf ich diesen Bescheid an die Telefonmuschel weitergab.

«Sehr gut», erwiderte die scharfe Stimme. «Heute vormittag gegen Viertel nach zwölf.»

## 4

In einem Zustand angenehm prickelnder Erwartung erreichte ich mit Poirot das Haus Lord Edgwares in Regent Gate, ein imposantes Gebäude, in edlen, strengen Linien gehalten, ohne überflüssige Verschnörkelungen und Zierat. Obwohl ich der Psychologie weniger verfallen war als Poirot, hatten die Worte, mit denen Lady Edgware ihren Gatten beschrieb, meine Neugier geweckt, und voll Spannung wartete ich nun darauf, welches mein eigenes Urteil sein würde. Auf unser Klingeln öffnete nicht etwa ein würdiger, weißhaariger Butler, wie es sich für ein Haus wie dieses geziemt hätte, sondern der schönste junge Mann, den man sich vorstellen konnte. Groß, blond, war er wie geschaffen, um einem Bildhauer für Hermes oder Apollo Modell zu stehen. Trotz seines guten Aussehens wirkte er durch die Weichheit seiner Stimme abstoßend auf mich. Irgendwie erinnerte er mich an jemanden, dem ich erst kürzlich begegnet sein mußte und der mir dennoch nicht einfiel.

«Bitte folgen Sie mir», flötete er, als wir nach Lord Edgware fragten.

Er führte uns an der Treppe vorüber zu einer Tür ganz hinten in der Halle und meldete unsere Ankunft mit derselben zarten, weichlichen Stimme, der ich instinktiv mißtraute.

Der Raum, den wir betraten, war die Bibliothek. Rings

um die Wände liefen Bücherregale; die dunklen, schweren, aber geschmackvollen Möbel wirkten sehr feierlich, hatten jedoch nichts Gemütliches.

Lord Edgware, ein stattlicher Fünfziger mit dunklem, graumeliertem Haar, schmalem Gesicht und verkniffenem Mund, erhob sich bei unserem Eintritt. Verbittert und reizbar sah er aus. Seine Augen hatten einen seltsam verschlossenen Blick. Auffallend wunderliche Augen! dachte ich bei mir.

«Monsieur Hercule Poirot? Captain Hastings?» begrüßte er uns mit frostiger Zurückhaltung. «Nehmen Sie bitte Platz.»

Wir folgten der Aufforderung. Durch das einzige Fenster drang verhältnismäßig wenig Licht in das Zimmer, und dieses Halbdunkel trug zu der kalten, ungastlichen Atmosphäre noch bei.

Lord Edgware nahm einen Briefbogen auf, dessen Schrift ich unschwer als jene meines Freundes erkannte.

«Ihr Name ist mir natürlich wohlbekannt, Monsieur Poirot. Wem ist er das nicht?» Hercule Poirot quittierte dieses Kompliment mit einer Verbeugung. «Allerdings begreife ich nicht, inwiefern Sie diese Sache angeht. Sie haben mir hier geschrieben, daß Sie mich wegen ... meiner Frau zu sprechen wünschten», schloß er, und die Erwähnung von Jane Wilkinson schien ihn Überwindung gekostet zu haben.

«Jawohl», sagte mein Freund.

«Sie befassen sich doch, wenn ich recht unterrichtet bin, mit der Untersuchung von Verbrechen, Monsieur Poirot.»

«Von Problemen, Lord Edgware. Gewiß, es gibt Probleme krimineller Art. Es gibt indes auch andere.»

«So? Und welcher Art ist dieses?» Der Hohn in seiner Stimme war unverkennbar. Doch Poirot beachtete ihn nicht.

«Ich habe die Ehre, mich mit Ihnen in Lady Edgwares Auftrag in Verbindung zu setzen», sagte er liebenswürdig. «Lady Edgware wünscht die Scheidung.»

«Das ist mir nichts Neues.»

«Lady Edgwares Vorschlag ging dahin, daß Sie und ich die Angelegenheit erörtern.»

«Es gibt nichts zu erörtern.»

«Sie weigern sich also?»

«Weigern? Aber ganz und gar nicht!»

Was immer Poirot auch erwartet haben mochte – dies ganz bestimmt nicht. Selten oder nie habe ich meinen Freund so fassungslos gesehen wie in diesem Augenblick. Sein Unterkiefer fiel herab, seine Hände spreizten sich, seine Brauen schnellten in die Höhe: Er sah aus wie eine drollige Karikatur in einem Witzblatt.

«*Comment?*» schrie er. «Sie weigern sich nicht?»

«Ihr Erstaunen ist mir rätselhaft, Monsieur Poirot.»

«*Ecoutez,* Sie sind einverstanden, sich von Ihrer Frau scheiden zu lassen?»

«Gewiß. Und sie weiß das sehr gut. Ich habe es ihr brieflich mitgeteilt.»

«Brieflich?»

«Ja. Vor sechs Monaten.»

«Aber das verstehe ich nicht! Das verstehe ich wirklich nicht!»

Lord Edgware schwieg.

«Ich kam hierher in dem Glauben, daß Sie ein grundsätzlicher Gegner von Ehescheidungen seien.»

«Meine Grundsätze gehen Sie nichts an, Monsieur Poirot. Es ist wahr, daß ich meiner ersten Frau die Scheidung abschlug, weil ich sie vor meinem Gewissen nicht verantworten konnte. Meine zweite Heirat war – das gestehe ich ganz offen – ein Fehler. Als meine Frau auf Scheidung drängte, weigerte ich mich anfänglich ebenfalls hartnäckig. Vor sechs Monaten drängte sie von neuem – ich glaube, weil sie irgendeinen Schauspieler oder dergleichen heiraten wollte. Und da ich meine Ansichten inzwischen geändert hatte, schrieb ich ihr in diesem Sinne nach Hollywood. Aus welchem Grund sie sich bei dieser Sachlage noch Ihrer als Unterhändler bedient, ist mir unerfindlich. Vermutlich wegen der geldlichen Seite!» lachte er spöttisch.

«Höchst merkwürdig», murmelte Poirot ganz benommen.

«In finanzieller Hinsicht bin ich zu keinerlei Zugeständnissen bereit», fuhr Lord Edgware fort. «Meine Frau verließ mich aus eigenem Antrieb. Wenn sie sich mit einem anderen Mann verheiraten will, bin ich bereit, ihr die Freiheit zu geben, aber es gibt keine Veranlassung, daß ich sie auch nur mit einem Penny unterstütze.»

«Man verlangt von Ihnen nichts Derartiges.»

«Nein?» sagte er zynisch. «Dann muß der Mann, den Jane zu heiraten beabsichtigt, sehr reich sein.»

Tiefe Denkerfurchen durchzogen das Gesicht meines Freundes.

«Da ist etwas, was ich nicht verstehe», beharrte er. «Ist Lady Edgware denn nicht verschiedentlich durch Anwälte bei Ihnen vorstellig geworden?»

«Freilich. Englische Anwälte, amerikanische, Anwälte aller Art bis hinab zum schmierigsten Winkeladvokaten. Schließlich schrieb sie mir eigenhändig.»

«Vorher hatten Sie sie stets abschlägig beschieden?»

«Ja.»

«Aber bei Empfang ihres Briefes änderten Sie Ihre Meinung. Warum, Lord Edgware?»

«Nicht wegen des Briefinhaltes», sagte er bissig. «Meine Ansichten hatten sich zufällig geändert – das ist der Grund.»

«Die Änderung vollzog sich etwas plötzlich.»

Lord Edgware kniff den Mund noch fester zusammen.

«Welche Umstände veranlaßten diesen Wandel, Lord Edgware?»

«Das ist meine Sache, Monsieur Poirot. Und ich wünsche mich hierüber nicht zu verbreiten. Nehmen wir aber einmal an, ich hätte die Vorteile des Durchschneidens eines – erschrecken Sie nicht über die unumwundene Ausdrucksweise – entwürdigenden Bandes erkannt. Ich wiederhole: Meine zweite Ehe war ein Fehler.»

«Ihre Frau sagt das gleiche.»

«Wirklich?» Sekundenlang stahl sich ein verdächtiges Flackern in Lord Edgwares Augen, aber schon war es wieder erloschen.

Er schob seinen Stuhl mit einer Miene zurück, die den Abschluß unserer Unterredung anzeigte, und als wir uns verabschiedeten, wurde sein Wesen noch um einen Grad herzlicher.

«Sie werden mir die plötzliche Verschiebung der Verabredung hoffentlich nicht nachtragen», meinte er höflich. «Ich muß morgen nämlich nach Paris fahren, Monsieur Poirot, zu einer Kunstversteigerung. Eine kleine Statuette – ein Wunder der Vollkommenheit in ihrer Art. Vielleicht eine etwas makabere Art. Aber ich habe eine Schwäche für Makaberes. Seit jeher. Ich habe eben einen besonderen Geschmack.»

Wieder dieses merkwürdige Lächeln. Ich hatte, während er sich mit Poirot unterhielt, einen Blick auf die Bücherreihen geworfen. Casanovas Memoiren. Ein Band des Marquis de Sade, ein anderer über mittelalterliche Folter und Marter.

Plötzlich fiel mir Jane Wilkinsons leichtes Schaudern ein, als sie von ihrem Gatten sprach. Das war kein Schauspielertrick gewesen. Nein, das war aufrichtig. Was für eine Seele steckte in dem Körper von George Alfred Vincent Marsh, dem vierten Lord Edgware?

Sehr verbindlich sagte er uns noch einmal Lebewohl, wobei er den elektrischen Klingelknopf berührte. Wir gingen hinaus. Draußen in der Halle erwartete uns bereits der griechische Gott im Butlergewand. Als ich im Begriff stand, die Tür der Bibliothek zu schließen, warf ich zufällig noch einen Blick zurück. Und beinahe entfuhr mir ein Ausruf grenzenloser Überraschung.

Lord Edgwares verbindliches Lächeln hatte sich verflüchtigt. Beinahe fletschend legten die Lippen die Zähne bloß, und die Augen glühten in rasender, fast irrer Wut.

Ich wunderte mich nicht länger, daß zwei Frauen aus seiner Nähe geflohen waren, aber ich staunte über die eiserne Selbstbeherrschung des Mannes, über die abgeklärte, eisige Höflichkeit, mit der er die Unterredung zu Ende geführt hatte.

Kurz bevor wir die Haustüre erreichten, öffnete sich ein zur Rechten gelegenes Zimmer, und eine junge Dame trat auf die Schwelle. Sie war schlank und dunkelhaarig. Sekundenlang sah sie mich bestürzt mit ihren braunen Augen an. Dann glitt sie wie ein Schemen geräuschlos ins Zimmer zurück, die Tür hinter sich schließend.

Einige Minuten später hielt Poirot ein vorüberfahrendes Taxi an und befahl dem Chauffeur, uns auf dem schnellsten Weg ins Savoy zu bringen.

«Einen solchen Ausgang unserer Unterredung mit Lord Edgware hätte ich mir nicht träumen lassen», sagte er, als wir durch Londons belebte Straßen flitzten.

«Ich auch nicht», pflichtete ich ihm bei und erzählte ihm, was ich beim Verlassen der Bibliothek gesehen hatte.

Er nickte langsam und nachdenklich.

«Ja, ich bin der Ansicht, daß er sich knapp an der Grenze des Wahnsinns befindet, Hastings. Daß er ferner manchen widernatürlichen Lastern frönt und daß sich unter dem frostigen Äußeren tiefeingewurzelte grausame Instinkte verbergen.»

«Jetzt erscheint es mir selbstverständlich, daß seine beiden Frauen ihn verließen.»

«Richtig.»

«Poirot, haben Sie die dunkelhaarige, bleiche junge Dame bemerkt?»

«Ja, *mon ami.* Eine junge Dame, die einen verängstigten und durchaus nicht glücklichen Eindruck machte», sagte er ernst.

«Für wen halten Sie sie?»

«Für seine Tochter. Er hat nämlich eine.»

«Ein trostloses, düsteres Heim für ein junges Mädchen.»

«Da haben Sie recht, Hastings ... Und jetzt werden wir die schöne Jane Wilkinson von den guten Nachrichten in Kenntnis setzen.»

Jane war zu Hause. Sie ließ uns nach oben bitten, worauf uns ein Page bis zu ihrer Tür brachte.

Hier öffnete uns eine saubere, ältere Frau mit Brille und glatt gescheiteltem Haar. Aus dem Schlafzimmer rief Janes Stimme mit dem leicht heiseren Ton ihr etwas zu.

«Ellis ... ist das Monsieur Poirot? Biete ihm einen Sessel an. Ich suche nur rasch einen Fetzen zum Anziehen.»

Jane Wilkinsons Fetzen war ein hauchfeines, loses Negligé, das mehr offenbarte als verbarg.

«Also?» fragte sie gleich beim Eintreten.

Poirot erhob sich von dem zierlichen Louis-quinze-Sessel und küßte ihr die Hand. «Es steht über Erwarten gut, Madame.»

«Warum – was meinen Sie?»

«Lord Edgware ist mit der Scheidung einverstanden.»

«Wie ...? Wie?»

Entweder war das ungläubige Staunen auf ihrem Gesicht echt, oder sie war wirklich eine außergewöhnlich begabte Schauspielerin.

«Monsieur Poirot! Sie haben es erreicht? Bei Gott, Sie sind ein Genie! Wie in aller Welt ist Ihnen das gelungen?»

«Madame, ich mag kein Lob einstecken, das ich nicht verdiene. Vor sechs Monaten hat Ihnen Ihr Gatte geschrieben, daß er seinen Widerstand aufgebe.»

«Was sagen Sie da? Mir geschrieben? Wohin?»

«Nach Hollywood, wie er mir erklärte.»

«Dieser Brief ist nie in meine Hände gelangt; er muß unterwegs verlorengegangen sein, Monsieur Poirot. Mein Gott, und ich bin in all diesen Monaten vor Grübeln und

Kummer und aufreibenden Sorgen fast um den Verstand gekommen!»

«Lord Edgware scheint anzunehmen, daß Sie einen Schauspieler heiraten wollen, Madame.»

«Natürlich. So habe ich's ihm dargestellt», lächelte sie spitzbübisch. «Ah, Monsieur Poirot» – jäh war das Lächeln einem ängstlichen Ausdruck gewichen –, «Sie haben doch nichts über meine Beziehungen zu dem Herzog verlauten lassen?»

«Nein, nein, beruhigen Sie sich. Ich bin verschwiegen ... Das wäre nicht gut gewesen, wie?»

«Verstehen Sie: Er ist eine heimtückische, grausame Natur, und wenn er wüßte, daß mir die Herzogskrone winkt, würde er mir fraglos ein Bein stellen. Einen Filmschauspieler – nun, den sieht er nicht für voll an. Trotzdem überrascht mich seine Bereitwilligkeit maßlos. Dich nicht auch, Ellis?»

Ich hatte bereits wahrgenommen, wie die Kammerfrau zwischen den beiden Zimmern hin und her ging, um verschiedene Kleider, die achtlos über die Stuhllehne geworfen waren, beiseite zu räumen, und hatte geglaubt, diese Beschäftigung diene ihr nur als Vorwand zum Horchen. Janes Frage aber ließ annehmen, daß die bescheidene, ältliche Hausangestellte ihr ganzes Vertrauen genoß.

«Wirklich, gnädige Frau. Der Herr muß sich bedeutend geändert haben, seit wir ihn verließen», gab sie boshaft zur Antwort.

«Ja, das muß er allerdings», stimmte ihr Jane Wilkinson zu.

«Sie verstehen seine Haltung nicht, Madame; sie bereitet Ihnen Kopfzerbrechen?» hörte ich Poirot fragen.

«Und ob sie das tut! Aber eigentlich brauchen wir uns nicht darum zu kümmern. Was macht es aus, weshalb er seine Ansichten änderte, solange es bei dieser Änderung bleibt?»

«Madame, Sie mag es gleichgültig lassen, mich jedoch nicht.»

Jane schenkte ihm keine Beachtung. «Hauptsache, ich bin frei. Endlich, endlich frei!»

«Noch nicht!»

Sie warf ihm einen ungeduldigen Blick zu. «Also meinetwegen: frei werde ich sein. Das kommt auf dasselbe heraus.»

Poirot sah aus, als ob er hierüber anders dächte.

«Der Herzog ist in Paris», plauderte Jane. «Ich muß ihm sofort telegrafieren. Ha, seine alte Mutter wird fauchen!»

Mein Freund erhob sich.

«Ich bin entzückt, Madame, daß sich alles so wendet, wie Sie es wünschen.»

«Adieu, Monsieur Poirot, und tausend, tausend Dank!»

«Wofür, Madame?»

«Nun, Sie waren immerhin der Bote, der mir die guten Nachrichten brachte, und das genügt mir, um dankbar zu sein. Undankbarkeit ist nie mein Fehler gewesen, Monsieur Poirot.»

«Da haben wir's», sagte mein Freund, als wir im Fahrstuhl abwärts glitten, «der einzige Gedanke – sie selbst. Sie stellt keine Vermutungen an, sie wird von keiner Neugier gepeinigt, weshalb jener Brief sie nie erreichte. Obwohl in geschäftlicher Beziehung unleugbar pfiffig und schlau, besitzt sie doch nicht ein Gramm Verstand. Freilich, freilich – der liebe Gott kann einen ja auch nicht mit allen Gaben bedenken!»

«Nur in bezug auf Hercule Poirot machte er eine Ausnahme», meinte ich leichthin.

«Spotten Sie nur», gab er gut gelaunt zurück. «Kommen Sie, mein Lieber, wir wollen am Ufer entlanggehen. Ich möchte nach Regel und Methode Ordnung in meine Gedanken bringen.»

Ich schwieg diskret, bis das Orakel sich von selbst zum Reden bequemte.

«Jener Brief scheint mir nicht geheuer», sagte Poirot. «Und für dieses Problem gibt es vier Lösungen, Hastings. Die erste, daß er auf der Post verlorenging. Das kommt vor, wie Sie wissen. Jedoch nicht häufig. Nein, wirklich nicht häufig. Mit unvollständiger oder falscher Adresse versehen, würde er in der Zwischenzeit längst wieder beim Absender gelandet sein. Mein guter Hastings, je mehr ich überlege, desto mehr scheint mir diese Lösung nicht in Frage zu kommen – obgleich sie natürlich die richtige sein kann.

Lösung Nummer zwei: daß unsere schöne Dame schwindelt, wenn sie behauptet, den Brief nie erhalten zu haben. Möglich ist es. Oh, mit der kindlichsten Offenheit wäre sie imstande, Ihnen jede ihr vorteilbringende Lügengeschichte zu erzählen. Aber ich sehe nicht, was das für ein Vorteil sein könnte! Wenn sie weiß, daß er sie freigibt, warum schickt sie mich dann hin, damit ich es von ihm erbitte? Das ist doch widersinnig.

Lösung Nummer drei: Lord Edgware lügt. Und wenn irgend jemand in der Sache lügt, dünkt es mich wahrscheinlicher, daß er es ist und nicht seine Frau. Aber warum einen Brief erfinden, der sechs Monate vorher abgesandt worden sein soll? Warum nicht einfach bejahend auf meinen Vorschlag antworten? Nein, hier glaube ich eher, daß er den Brief abgesandt hat; welche Gründe seine plötzliche Sinnesänderung herbeiführten, errate ich allerdings nicht.

Somit wären wir bei der vierten Lösung angelangt: daß jemand den Brief unterschlug. Und hier begeben wir uns auf ein sehr interessantes Gebiet, das läßt Mutmaßungen aller Art zu, weil jenes Schreiben sowohl in England als auch in Amerika unterschlagen worden sein kann.

Der Täter ist jedenfalls eine Person gewesen, die die Trennung dieser Ehe nicht wünschte. Ah, Hastings, ich würde unendlich viel darum geben, wenn ich nur ein bißchen hinter die Kulissen gucken könnte! Denn es steckt etwas dahinter – da bin ich sicher!»

«Etwas», fügte er nach einem Weilchen langsam hinzu, «von dem ich vorderhand nur einen winzigen Zipfel erhascht habe.»

## 5

Am folgenden Tag – es war der dreißigste Juni – wurde uns morgens um halb zehn gemeldet, daß Inspektor Japp da sei und uns dringend sprechen wolle.

Jahre lagen dazwischen, seit wir den Scotland-Yard-Beamten zuletzt gesehen hatten.

«*Ah, ce bon* Japp!» sagte Hercule Poirot. «Was mag er wollen?»

«Hilfe», knurrte ich. «Er hat sich in irgendeinem Fall festgefahren, und Sie sollen ihn wieder flottmachen.»

Ich brachte Japp nicht die Nachsicht entgegen wie mein Freund. Daß der Inspektor dann und wann ein wenig geistigen Diebstahl an Poirots Ideen beging, verübelte ich ihm – da es dem kleinen Belgier bestimmt schmeichelte – weniger als sein scheinheiliges Leugnen dieser Tatsache. Ich mag offene, ehrliche Leute und sagte dies jetzt auch Poirot.

Mein Freund aber lachte herzhaft.

«Sie sind ein Hund von der Rasse der Bulldoggen, wie, Hastings? Vergessen Sie doch nicht, daß der arme Japp sich nichts vergeben darf und deshalb zu kleinen Ausreden greift. Nichts ist natürlicher als das!»

Ich fand es höchst albern und verhehlte meine Meinung keineswegs, worauf mir Poirot abermals widersprach:

«Die äußere Form – pah, eigentlich eine Bagatelle! Aber den Leuten ist daran gelegen. Sie hilft ihnen, die Eigenliebe zu bewahren.» Persönlich vertrat ich den Standpunkt, daß dem Inspektor ein kleiner Minderwertigkeitskomplex nichts schaden könnte, doch jetzt war nicht Zeit und Gelegenheit, darüber zu streiten. Überdies war ich gespannt zu erfahren, was ihn zu uns führte.

Japp begrüßte uns beide voller Herzlichkeit.

«Gerade beim Frühstück. Haben Sie die Henne noch nicht gefunden, die viereckige Eier für Sie legt, Monsieur Poirot?»

Dies war eine Anspielung auf eine Klage Poirots über die verschiedene Größe der Eier, durch die sein Sinn für Ebenmaß beleidigt wurde.

«Noch immer nicht, mein lieber Inspektor», lächelte Poirot. «Und wem verdanken wir Ihren frühen Besuch?»

«Früh? Für mich ist es nicht mehr früh. Ich bin schon seit zwei Stunden auf den Beinen. Was mich zu Ihnen bringt? Nun – Mord.»

«Mord?»

Japp nickte. «Vergangene Nacht wurde Lord Edgware in seinem Haus in Regent Gate ermordet. Seine Frau hat ihn erdolcht.»

«Seine Frau?» schrie ich.

Blitzschnell entsann ich mich der Worte Martin Bryans. Hatte er es vorausgeahnt? Auch Janes leichtfertige Äußerung über das Niederknallenlassen fiel mir ein. Bryan hatte sie amoralisch genannt. Und das war sie. Hartherzig, egoistisch und beschränkt. Wie recht er gehabt hatte!

All dies schoß durch mein Hirn, während Japp fortfuhr:

«Ja, die eigene Gattin. Schauspielerin: die bekannte Jane Wilkinson. Vor drei Jahren hat sie ihn geheiratet und verließ ihn, weil sie sich nicht vertrugen.»

Poirot rührte ernst in seiner Tasse. «Was veranlaßt Sie, Jane Wilkinson für die Täterin zu halten?»

«Nichts von halten, mein Verehrter. Sie wurde gesehen und erkannt. Mit vielen Winkelzügen hat sie sich außerdem nicht abgegeben; sie fuhr in einem Taxi vor . . .»

«Einem Taxi», wiederholte ich unwillkürlich, da ich mich an ihren Ausspruch an jenem Abend im Savoy erinnerte.

«. . . läutete und fragte nach Lord Edgware», berichtete Japp, ohne sich unterbrechen zu lassen. «Der Butler erwiderte ihr, daß er sehen wolle, ob sein Herr abends um zehn Uhr noch Besuch empfangen wolle. ‹Oh, das brauchen Sie nicht›, habe sie kaltblütig gesagt. ‹Ich bin Lady Edgware.

Vermutlich finde ich ihn in der Bibliothek.› Und damit ging sie an dem Mann vorbei, öffnete die Tür und schloß sie hinter sich.

Der Butler, dem ihr Verhalten wohl etwas eigenartig, aber nicht verdächtig vorkam, begab sich wieder ins Souterrain, von wo er zehn Minuten später die Haustür ins Schloß fallen hörte. Lange war sie also nicht geblieben. Als er vor dem Schlafengehen um elf Uhr seine gewöhnliche Runde durchs Haus machte und sich noch nach etwaigen Wünschen seines Herrn erkundigen wollte, lag die Bibliothek in tiefster Finsternis da, so daß er annahm, Lord Edgware sei bereits schlafen gegangen. Erst heute morgen entdeckte ein Hausmädchen die Leiche . . . in den Nacken gestochen, genau am Haaransatz.»

«Und hat man keinen Schrei gehört? Nichts?»

«Die Hausbewohner behaupten einmütig, nein. Sie müssen wissen, Monsieur Poirot, daß die Bibliothek sehr dicke, schalldichte Türen besitzt, und außerdem führt solch ein Stich in den Nacken den Tod erstaunlich schnell herbei. Quer durch die Wirbelsäule ins Rückenmark hinein – so sagte der Arzt. Wenn sie die rechte Stelle treffen, wirkt der Stich augenblicklich.»

«Das setzt aber beinahe fachmännische anatomische Kenntnisse voraus.»

«Ja, das allerdings. Ein Punkt, der zu ihren Gunsten spricht. Doch ich wette zehn zu eins, daß ein glücklicher Zufall ihre Hand führte. Es gibt eben Leute, die haben immer Glück.»

«Ein merkwürdiges Glück, das den Strick des Henkers zur Folge hat!» bemerkte Poirot trocken.

«Vermutlich hatte sie keine bösen Absichten. Dann dürfte es zu einem Streit gekommen sein, in dessen Verlauf sie ein Federmesser aus der Tasche riß und zustieß.»

«Ist es ein Federmesser gewesen?»

«Zumindest etwas Ähnliches, erklärten die Ärzte. Genau

wissen wir es nicht, da sie das Mordinstrument nicht in der Wunde steckenließ, sondern mit sich nahm.»

«Nein, nein, lieber Inspektor, Ihre Rechnung stimmt nicht.» Poirot schüttelte verdrießlich den Kopf. «Ich kenne die Dame. Einer solchen heißblütigen, jähen Handlung ist sie nicht fähig, ganz abgesehen davon, daß Frauen keine Federmesser in ihren Taschen bei sich zu tragen pflegen. Und wenn es einige wenige geben sollte, so gehört Jane Wilkinson bestimmt nicht zu ihnen.»

«Sie kennen sie persönlich?»

«Ja.» Zu näheren Erklärungen ließ sich Poirot nicht herbei, obwohl ihn Inspektor Japp neugierig ansah. «Da haben Sie also einen sehr hübsch abgerundeten Mordfall, lieber Japp», bemerkte er gleichmütig, «und vor allem auch schon den Verbrecher. Wo aber ist das Motiv?»

«Lady Edgware wollte einen anderen Mann heiraten. Sie hat das vor wenigen Tagen in Gegenwart von Zeugen gesagt und hinzugefügt, daß sie ein Taxi nehmen und Lord Edgware mit eigener Hand ins Jenseits befördern würde, falls er ihr Schwierigkeiten mache.»

«Bravo, Inspektor!» lobte Poirot. «Sie sind vortrefflich unterrichtet. Irgend jemand hat sich Ihnen sehr gefällig erwiesen!»

«Nun, wir hören so mancherlei, Monsieur Poirot.»

Mein Freund nickte. Er streckte die Hand nach der Morgenzeitung aus, die Japp, während er auf uns wartete, entfaltet und dann ungeduldig weggelegt hatte. Mechanisch faltete Poirot sie wieder zusammen, strich und glättete sie. Obgleich seine Augen auf den Druckzeilen ruhten, schien sein Hirn von anderen Gedanken in Anspruch genommen zu sein.

«Wenn alles so schön in Butter ist, warum kommen Sie da zu mir?» fragte er, plötzlich aufblickend.

«Weil ich erfuhr, daß Sie gestern vormittag in Regent Gate gewesen sind. Und gleich spitzte ich die Ohren. Wie, Lord

Edgware bemühte Monsieur Poirot zu sich? Weshalb? Was argwöhnte, was fürchtete er? Und bevor ich einen endgültigen Schritt tat, wollte ich Rücksprache mit Ihnen nehmen.»

«Was bedeutet endgültiger Schritt? Die Verhaftung von Lady Edgware?»

«Richtig.»

«Bis jetzt haben Sie sie noch nicht gesehen?»

«O doch. Mein erster Weg führte mich zum Savoy. Ich wollte sie auf keinen Fall entschlüpfen lassen.»

«Ah ... Und was sagte sie?» erkundigte sich Poirot mit merklichem Interesse. «Eh, *mon cher,* was sagte sie?»

«Bekam hysterische Anfälle. Schlug um sich und fiel schließlich auf den Teppich. Bums! Ja, sie schauspielerte prächtig – das muß man ihr lassen.»

«Schauspielerte?» wiederholte Poirot.

«Na, was denn sonst? Aber ich falle auf solche Mätzchen nicht herein, Monsieur Poirot. Ohnmächtig! Ich sage Ihnen, sie war ebensowenig ohnmächtig wie ich; sie täuschte eine Ohnmacht vor, und ich bin überzeugt, daß sie ihr eigenes Spiel heimlich genoß.»

«Ja, das letztere ist allerdings sehr leicht möglich», meinte Hercule Poirot nachdenklich. «Weiter!»

«Das Bewußtsein kehrte dann langsam zurück – angeblich, wohlverstanden. Und nun stöhnte sie und stöhnte. Ach Gott, ach Gott, wie jämmerlich sie stöhnte! Und jene sauertöpfische ältliche Haushälterin hielt ihr Riechsalz unter die Nase! Schließlich hatte sie sich genug erholt, um nach ihrem Anwalt zu verlangen. Kein Wort würde sie mir antworten, es sei denn in seinem Beisein. Hysterischer Anfall in dem einen Augenblick und der Rechtsanwalt im nächsten – nun frage ich Sie, Monsieur Poirot, ist das ein natürliches Benehmen?»

«In diesem Fall möchte ich es bejahen.»

«Sie meinen, weil sie schuldig ist und es weiß.»

«Keineswegs. Ich meine, wegen ihres Temperaments. Zuerst legt sie Ihnen ihre Auffassung dar, wie die Rolle einer

Frau, die plötzlich vom Tod ihres Gatten erfährt, gespielt werden sollte. Hierauf aber, nachdem ihre schauspielerischen Instinkte befriedigt worden sind, meldet sich ihre angebotene Schlauheit und läßt sie nach einem Anwalt verlangen. Daß sie eine Szene arrangiert und ihre Freude daran hat, ist kein Beweis für ihre Schuld. Es kann auch nur das eine bedeuten: daß sie eine geborene Schauspielerin ist.»

«Doch sie kann nicht unschuldig sein. Das steht fest.»

«Sie sprechen sehr überzeugt, und ich nehme an, nicht ohne Grund», sagte Poirot. «Zu einer Aussage ließ sie sich also nicht herbei?»

«Keine Silbe ohne Anwesenheit ihres Anwalts! Die Haushälterin bestellte ihn dann telefonisch zum Savoy. Ich ließ zwei meiner Leute dort und machte mich selbst auf die Beine zu Ihnen, um vielleicht einige Aufschlüsse zu bekommen.»

«Ich denke, Sie sind Ihrer Sache sicher?»

«Selbstverständlich. Aber ich möchte mit soviel Tatsachen wie nur möglich aufwarten können. Was meinen Sie, welch ein unerhörter Aufruhr durch unsere Presse gehen wird! Und Sie wissen zur Genüge, was das heißt!»

«Pah, Zeitungsgeschwätz!» warf Poirot verächtlich hin. «Wie können Sie dem soviel Wichtigkeit beimessen? Im übrigen haben Sie Ihre Morgenzeitung höchst flüchtig gelesen, mein lieber Freund.»

Er lehnte sich über den Tisch und wies mit dem Finger auf eine Notiz der Gesellschaftskolumne, die Japp laut vorlas.

> Sir Montagne Corner gab gestern abend in seiner Villa am Chiswick-Ufer eine glänzende Dinnerparty. Unter den Gästen befanden sich Sir George und Lady du Fisse, Mr. James Blunt, der bekannte Theaterkritiker Sir Oscar Hammerfeldt vom Overton-Filmstudio und Mrs. Jane Wilkinson (Lady Edgware).

Einen Augenblick starrte Japp verdutzt auf das Papier. Dann warf er trotzig den Kopf zurück.

«Was hat das mit unserer Angelegenheit zu tun? Sie werden sehen, daß diese Weisheit da der Presse schon längst vorher zugestellt worden ist und daß unsere Dame die Party nicht mit ihrer Anwesenheit beehrt hat. Oder daß sie später eintraf – etwa gegen elf oder noch später. Gott behüte! Sie dürfen nicht alles glauben, was die Zeitungen Ihnen vorplappern, Monsieur Poirot.»

«Gut, gut. Ich stutzte auch nur – das ist alles.»

Inspektor Japp seufzte tief.

«Aus bitterer Erfahrung weiß ich, Monsieur Poirot, daß Sie so fest verschlossen sind wie eine Auster», begann er weitschweifig. «Aber nicht wahr, heute werden Sie mal aus sich herausgehen? Heute werden Sie mir verraten, weshalb Lord Edgware sich mit Ihnen in Verbindung setzte.»

«Lord Edgware setzte sich nicht mit mir in Verbindung, sondern ich war es, der um eine Unterredung bat.»

«Wirklich? Und zu welchem Zweck?»

Über Japps eifrige Miene glitt ein Schatten, als Poirot eine Minute zögerte.

«Ich werde Ihre Frage beantworten», erklärte Poirot jedoch wider Erwarten. «Nur möchte ich sie in meiner eigenen Weise beantworten.»

Japp ächzte, und ich fühlte heimliches Mitleid für ihn. Bisweilen kann Poirot einen wirklich zur Verzweiflung bringen.

«Erlauben Sie bitte, daß ich jemanden anrufe und hierherbestelle», sagte er jetzt.

«Wer ist dieser jemand?»

«Martin Bryan, der Filmstar.»

«Was zum Teufel hat er damit zu schaffen?»

«Meines Erachtens wird er Ihnen spannende und nützliche Eröffnungen machen, lieber Inspektor. Hastings, wollen Sie so gut sein?»

Ich blätterte bereits im Telefonbuch. Der Schauspieler wohnte unweit des St.-James's-Parkes.

«Victoria 49499.»

Nach einigen Minuten meldete sich die etwas verschlafene Stimme Martin Bryans: «Hallo – wer ist da?»

«Was soll ich sagen?» flüsterte ich, die Muschel des Telefons mit meiner Hand abdichtend.

«Sagen Sie ihm, daß man Lord Edgware ermordet hat und daß ich ihm sehr dankbar wäre, wenn er – Bryan – sich sofort hierher bemühen würde.»

Gewissenhaft richtete ich die Bestellung aus und vernahm am anderen Ende der Leitung einen erschreckten Laut.

«Gerechter Himmel, so hat sie es also getan! Ich komme.»

«*Eh bien?*» forschte Poirot, als ich den Hörer aufgelegt hatte.

Auch Bryans Sätze gab ich wortgetreu wieder.»

«Ah –! ‹So hat sie es also getan› – das hat er gesagt? Dann verhält es sich genauso, wie ich dachte!»

«Aus Ihnen wird man nie klug, Mr. Poirot!» Inspektor Japp sah meinen kleinen Freund betreten und mißbilligend an. «Erst machen Sie den Eindruck, daß Sie an die Schuld der Frau nicht glauben. Und jetzt tun Sie, als ob Sie es schon längst gewußt hätten!»

Hercule Poirot lächelte vielsagend.

## 6

Martin Bryan hielt Wort. Kaum zehn Minuten nach meinem Anruf trat er ins Zimmer, offenbar durch die Nachricht bis in die Tiefen seiner Seele erschüttert. Sein Gesicht war weiß und verstört.

«Das ist grauenhaft, Monsieur Poirot», sagte er, als er uns die Hand reichte. «Mir ist der Schreck in alle Glieder gefahren – und dennoch kann ich nicht behaupten, daß es mich überrascht hat. Halb und halb habe ich dergleichen immer befürchtet.»

«Ich weiß. Darf ich Ihnen Inspektor Japp vorstellen, der sich mit dem Fall befaßt?»

Martin Bryan warf Poirot einen vorwurfsvollen Blick zu. «Warum haben Sie mich nicht gewarnt? Wenn ich gewußt hätte ...», murmelte er. Und mit einem kalten Nicken fertigte er den Inspektor ab.

«Ich verstehe nicht, weshalb Sie mich kommen ließen, Monsieur Poirot», wandte er sich dann wieder an meinen Freund. «Diese ganze unerfreuliche Sache geht doch mich nichts an.»

«Nehmen Sie erst einmal Platz», lud Poirot freundlich ein. «Bei einem Mordfall muß man den persönlichen Widerwillen überwinden.»

«Nicht in meiner Lage. Ich habe mit Jane zusammengearbeitet. Verdammt, sie gehört zu meinem Freundeskreis.»

«Was Sie nicht hinderte, bei der Nachricht von Lord Edgwares Ermordung sofort die Schlußfolgerung zu ziehen, daß sie ihn getötet hat», ergänzte Poirot sarkastisch.

Der Schauspieler fuhr empor.

«Meinen Sie etwa ...» Seine Augen quollen ihm förmlich aus den Höhlen. «Meinen Sie, daß ich mich irre? Daß sie nichts damit zu tun hat?»

An Poirots Stelle übernahm Inspektor Japp die Antwort. «Im Gegenteil, Mr. Bryan. Sie hat reichlich viel damit zu tun.»

«Also doch», stammelte der junge Mann und sank müde in seinen Sessel zurück. «Ich dachte schon, ich hätte einen gräßlichen Irrtum begangen!»

«In einer Angelegenheit dieser Art darf man der Freundschaft keinen Einfluß einräumen», griff jetzt Poirot entschieden ein. «Sie wollen sich doch nicht ernstlich an die Seite einer Frau stellen, die einen Mord begangen hat?

Mord – das verabscheuungswürdigste aller menschlichen Verbrechen.»

Martin Bryan seufzte. «Sie verstehen das nicht. Jane ist keine gewöhnliche Mörderin. Da ihr das Gefühl für Recht oder Unrecht abgeht, ist sie nicht verantwortlich für ihr Tun.»

«Diese Frage hat das Gericht zu entscheiden», ließ sich Japp vernehmen, und Poirot versuchte es mit freundlichem Zureden.

«Nun seien Sie vernünftig, mein Lieber. Es läuft ja nicht darauf hinaus, daß Sie Jane Wilkinson anklagen; sie ist bereits angeklagt. Und daher dürfen Sie nicht mit dem hinter dem Berg halten, was Sie wissen. Man hat Pflichten gegenüber der menschlichen Gesellschaft, junger Freund.»

Wieder seufzte Martin Bryan, während Poirot dem Inspektor einen auffordernden Blick zuwarf.

«Haben Sie jemals gehört, daß Lady Edgware Drohungen gegen ihren Gatten ausstieß?» begann Japp das Verhör.

«Ja, verschiedentlich. Neulich erst machte sie eine derartige Äußerung in Gegenwart der beiden Herren hier – nicht wahr, Monsieur Poirot?» wandte er sich, um Unterstützung flehend, an meinen Freund.

Poirot nickte wortlos.

«Es ist uns zu Ohren gekommen, daß sie ihre Freiheit wiederhaben wollte, um eine neue Ehe einzugehen. Wissen Sie, wer der betreffende Mann ist?» bohrte Japp weiter.

«Ja. Der Herzog von Merton.»

«Sieh da, der Herzog von Merton!» Der Inspektor stieß einen kleinen Pfiff aus. «Hatte hochfliegende Pläne, die Dame. Der Herzog gilt als einer der reichsten Männer Englands.»

Bryan nickte, niedergeschlagener denn je.

Mehr und mehr wurde mir Poirots Haltung unverständlich. Er lag weit zurückgelehnt in seinem bequemen Sessel, die Fingerspitzen gegeneinandergepreßt, und die rhythmische Bewegung seines Kopfes erinnerte an den Beifall eines Menschen, der eine Schallplatte ausgewählt hat und jetzt die Musik genießt.

«Wollte ihr Gatte sie nicht freigeben?»

«Er weigerte sich hartnäckig.»

«Sind Sie da ganz sicher?»

«Ja.»

«Und nun», sagte Poirot, das Wort plötzlich wieder an sich reißend, «hören Sie, wie ich in die Angelegenheit hineingezogen wurde, mein guter Japp. Lady Edgware bat mich, ihren Mann aufzusuchen und zu einer Scheidung zu überreden. Ich hatte mit Lord Edgware für heute vormittag eine Unterredung vereinbart.»

«Das wäre vergebliche Mühe gewesen», warf Martin Bryan ein. «Nie würde er eingewilligt haben.»

«Meinen Sie?» fragte Poirot, ihn mit einem freundschaftlichen Blick musternd.

«Nie!» wiederholte der andere. «Jane selbst glaubte auch nicht recht an den Erfolg Ihrer Bemühungen. Sie hatte die Hoffnung bereits aufgegeben. Der Mann war ja in bezug auf Scheidung von fixen Ideen besessen.»

Poirot lächelte, und seine Augen nahmen plötzlich eine schillernd grünliche Färbung an.

«Falsch, mein lieber junger Herr», sagte er mit unverminderter Freundlichkeit. «Ich habe gestern mit Lord Edgware gesprochen, und er hatte nichts gegen eine Scheidung einzuwenden.»

«Sie ... Sie sahen ihn ... gestern?» stotterte Martin Bryan, wie vor den Kopf geschlagen.

«Gestern, um Viertel nach zwölf», erklärte Poirot in seiner kleinlich genauen Art.

«Und er willigte in die Scheidung ein?»

«Ja. Er willigte in die Scheidung ein.»

«Das hätten Sie doch Jane umgehend mitteilen müssen!» schrie der junge Mann in bitterem Vorwurf.

«Habe ich getan.»

«Wie?» Einstimmig riefen es Martin Bryan und Japp.

«Nicht wahr, das nimmt dem angeblichen Tatmotiv einiges von seiner Stärke?» lächelte mein Freund. «Und nun, Mr. Bryan, haben Sie die Güte, diese paar Zeilen zu lesen.»

Er zeigte ihm den Zeitungsartikel, den Martin ohne sonderliches Interesse überflog.

«Meinen Sie, das sei ein Alibi, Monsieur Poirot? Ich vermute, daß Lord Edgware irgendwann gestern abend erschossen wurde, nicht?»

«Erdolcht, nicht erschossen.»

Bryan ließ das Blatt langsam sinken. «Jane ging nicht zu jenem Dinner.»

«Woher wissen Sie das?»

«Irgendwer hat es mir erzählt. Ich habe schon vergessen, wer.»

«Das ist schade!»

«Bei Gott, jetzt könnte man wieder meinen, Sie wünschen die Frau nicht überführt zu sehen, Monsieur Poirot!» rief der Inspektor erregt.

«Langsam, langsam, mein guter Japp. Ich bin nicht der Parteigänger, für den Sie mich halten. Aber ehrlich: gegen Ihre Darstellung des Falles empört sich der Verstand.»

«Empört sich der Verstand? Der meinige empört sich nicht.»

Schon sah ich gefährliche Worte auf Poirots Lippen zittern, aber er schluckte sie hinunter. Ruhig und sachlich sagte er. «Da haben wir eine junge Frau, die – wie Sie sagen – ihren Gatten loszuwerden wünscht. Diesen Punkt bestreite ich um so weniger, als sie selbst es mir frank und frei eingestand. *Eh bien,* wie geht sie nun zu Werk? Sie wiederholt vor Zeugen verschiedene Male laut und vernehmlich, daß sie ihn zu töten gedenkt. Hierauf macht sie sich eines Abends auf den Weg zu seinem Haus, nennt dort ihren Namen, ersticht ihn und geht davon. Was sagen Sie dazu?»

«Nun, ein bißchen töricht war es ja.»

«Sagen Sie lieber, es ist heillose Dummheit.»

«Meinetwegen», gab Japp zu, indem er sich erhob. «Für die Polizei ist es nur von Vorteil, wenn Verbrecher Dummheiten begehen. Jetzt muß ich aber zurück zum Savoy.»

«Gestatten Sie, daß ich Sie begleite?»

Japp hatte nichts dagegen, und gemeinsam brachen wir auf. Unten an der Haustür trennte sich Martin Bryan von uns – wenn auch widerwillig. Nervös bat er, ihn über die weitere Entwicklung auf dem laufenden zu halten.

«Das reinste Nervenbündel!» meinte Japp, als er ihm nachsah, und Poirot schien gleicher Meinung zu sein.

Am Portal des Savoy trafen wir mit einem sehr juristisch aussehenden Herrn zusammen, der nach Janes Suite fragte und denselben Fahrstuhl wie wir benutzte.

«Na?» erkundigte sich Japp nun kurz bei einem seiner Leute.

«Sie telefonierte.»

«Und mit wem sprach sie?»

«Modesalon Jay. Wegen Trauerkleidung.»

«Der Teufel hole die Weiber!» knurrte der Inspektor halblaut. Dann betraten wir den Salon.

Die verwitwete Lady Edgware probierte vor einem großen Spiegel Hüte und trug eine fließende, schwarzweiße Kreation.

«Oh, Monsieur Poirot, wie lieb von Ihnen, mich zu besuchen», begrüßte sie meinen Freund mit betörendem Lächeln. «Mr. Mexon» – dies galt dem Rechtsanwalt –, «ich bin sehr froh, daß Sie da sind. Kommen Sie! Nehmen Sie hier neben mir Platz und sagen Sie mir, welche Fragen ich zu beantworten habe. Jener Mann scheint zu glauben, ich hätte George heute morgen getötet.»

«Gestern abend, Madame», verbesserte Japp.» Gestern abend um zehn Uhr.»

«Ach, gestern abend um zehn?» Janes blaue Augen öffneten sich weit. «Ich dachte, heute morgen.»

«Das wäre nicht gut möglich, weil es jetzt erst elf Minuten nach zehn ist.»

«Elf Minuten nach zehn? Seit Jahren bin ich nicht so zeitig aufgestanden. Dann müssen Sie ja in aller Frühe zum erstenmal bei mir vorgesprochen haben, Inspektor. Was aber den gestrigen Abend anbelangt, so war ich auf einer Party. Oh ...!» Sie legte erschrocken die Hand vor den Mund. «Vielleicht hätte ich das nicht sagen sollen.» Verlegen suchten ihre Augen den Anwalt.

«Wenn Sie um zehn Uhr gestern abend auf einer Party waren, so sehe ich keinerlei Grund, diese Tatsache dem Inspektor zu verheimlichen, Lady Edgware», beruhigte sie dieser. «Wirklich keinerlei Grund.»

«Nein? Dann darf ich wohl auch sagen, daß ich bei Sir Montague Corner war. Ach, Mr. Mexon, Sie ahnen nicht, wie mich das Auftauchen der Polizei hier mitgenommen hat! Ich bin direkt in Ohnmacht gefallen.»

«Um wieviel Uhr gingen Sie gestern abend von hier fort, Lady Edgware?» unterbrach sie Japp.

«Gegen acht.» Jetzt schien Jane Wilkinson die Scheu vor einer Aussage überwunden zu haben, denn ohne weiteres fügte sie hinzu: «Ich sprach dann ein paar Minuten im Piccadilly vor, um einer amerikanischen Freundin, die nach New York zurückfährt, glückliche Reise zu wünschen. Mrs. van Dusen heißt sie übrigens. Bei Sir Montague werde ich um Viertel vor neun eingetroffen sein.»

«Und wann brachen Sie dort wieder auf?»

«Gegen halb zwölf.»

«Sie kehrten ohne Umwege hierher zurück?»

«Ja.»

«In einem Taxi?»

«Nein. In einem Mietwagen von Daimler.»

«Und zwischendurch haben Sie sich von dem Fest nicht entfernt?»

«Nun ... ich ...»

«Also haben Sie sich entfernt?» Japp glich einem Terrier, der auf eine Ratte losfährt.

«Ich weiß nicht, was Sie meinen. Man rief mich während des Dinners zum Telefon.»

«Wer rief Sie?»

«Inspektor, ich glaube, es ist ein Schabernack gewesen. Eine Stimme fragte: ‹Lady Edgware?› Und als ich antwortete: ‹Ja, persönlich›, hörte ich ein Lachen, und die Verbindung wurde unterbrochen.»

«Verließen Sie das Haus, um zu telefonieren?»

Wieder riß Jane erstaunt die Augen auf.

«Aber nein!»

«Wie lange waren Sie vom Tisch abwesend?»

«Eine bis anderthalb Minuten.»

Jetzt erlitt Japp beinahe einen Kollaps. Ich war überzeugt, daß er nicht ein Wort von ihrer Aussage glaubte, aber nachdem er sie angehört hatte, blieb ihm nichts anderes übrig, als neue Erkundigungen einzuziehen.

Mit kaltem Dank zog er sich zurück, und auch wir wollten aufbrechen. Doch Jane Wilkinson hielt Poirot mit der Bitte zurück, ihr einen Gefallen zu erweisen.

«Senden Sie ein Telegramm an den Herzog in Paris. Er wohnt im Crillon. Er muß doch über das Vorgefallene unterrichtet werden. Und ich möchte ihm nicht selbst telegrafieren, da ich wohl oder übel zwei Wochen die einsame Witwe spielen muß.»

«Das Telegramm dürfte sich erübrigen, Madame», sagte Poirot. «Die Zeitungen werden den Fall schnell genug und ausführlich aufgreifen.»

«Habe ich nicht gesagt, daß Sie ein Pfiffikus sind? Natürlich wird er es aus den Zeitungen erfahren, und es ist viel besser, ihm nicht zu telegrafieren. Keinen Schritt, den man einer Witwe vielleicht vorwerfen könnte! Ob ich wohl für George einen Kranz Orchideen bestelle? Es gibt doch keine kostbarere Blume. Zu dem Begräbnis werde ich wohl auch gehen. Was halten Sie davon?»

«Als erstes werden Sie zu dem Untersuchungstermin gehen, Madame.»

«Wirklich?» Sie überlegte ein paar Sekunden. «Ja, ich glaube, Sie haben abermals recht. Ach, wie mir dieser Inspektor von Scotland Yard zuwider ist! Er erschreckte mich zu Tode ... Monsieur Poirot?»

«Madame?»

«Eigentlich ist es doch ein unsagbares Glück, daß ich mich anders besann und doch noch zu der Party ging.»

Poirot, der bereits auf dem Weg zur Tür war, wirbelte herum. «Wie, was, Madame? Sie besannen sich anders?»

«Ja. Ich wollte ursprünglich absagen, da ich gestern nachmittag eine furchtbare Migräne hatte.»

Poirot schluckte, als säße ihm ein Kloß in der Kehle.

«Madame, haben Sie das irgend jemandem gegenüber erwähnt?»

«Mehreren gegenüber sogar. Ich saß mit verschiedenen Freunden und Bekannten beim Nachmittagstee, die mich zu einer anschließenden Cocktailgesellschaft schleppen wollten, worauf ich nein sagte und hinzufügte, daß ich wegen meiner Kopfschmerzen auch Sir Montague Corner eine Absage schicken würde.»

«Und weshalb überlegten Sie es sich dann doch anders?»

«Ellis setzte mir zu. Behauptete, daß ich Rücksichten zu nehmen hätte. Gewiß, der alte Sir Montague hält viele Fäden in seiner Hand und ist von geradezu mimosenhafter Empfindlichkeit. Sehr rasch verschnupft, verstehen Sie? Gott, mir könnte das ja mehr oder weniger gleichgültig sein, denn sobald ich Merton heirate, stehe ich über dem Ganzen. Ellis jedoch ist eine vorsichtige Frau. Und vielleicht hat sie recht. Kurz und gut, ich ließ mich überzeugen und ging hin.»

«Sie sind Ellis zu großer Dankbarkeit verpflichtet, Madame.»

«Ja, das scheint mir auch so! Jener brummige Inspektor hätte meine Abwesenheit sicherlich negativ ausgelegt, wie?»

Sie lachte, aber Poirot stimmte nicht mit ein. Mit gepreßter Stimme meinte er: «Trotzdem gibt einem dies alles heftig zu denken. Heftig, Madame!»

«Ellis!» rief Jane Wilkinson. «Mr. Poirot sagt, es sei ein wahres Glück, daß du mich zur Teilnahme am gestrigen Dinner überredetest.»

Ellis, die aus dem Nebenzimmer hereingekommen war, würdigte Poirot kaum eines Blicks.

«Man pflegt einmal getroffene Verabredungen nicht in letzter Minute rückgängig zu machen, gnädige Frau. Sie tun das ohnehin viel zu gern, und immer verzeihen es die Leute selbst Ihnen nicht; sie werden mürrisch und verstimmt.»

Jane nahm den Hut, den sie bei unserem Eintritt probiert hatte, und setzte ihn sich wieder auf das gewellte Haar.

«Ich hasse Schwarz», jammerte sie. «Aber als züchtige Witwe habe ich keine Wahl. Scheusale sind diese Hüte insgesamt. Ruf die andere Modistin an, Ellis. Ich kann doch nicht als Vogelscheuche herumlaufen!»

Und während sie ihre Befehle erteilte, stahlen mein Freund und ich uns leise aus der Tür.

## 7

Eine Stunde später ließ sich Inspektor Japp wieder bei uns blicken. Er warf seinen Hut auf den Tisch und verfluchte sich und seinen Beruf.

«Haben Sie Nachforschungen angestellt?» fragte mein Freund teilnahmsvoll.

Japp nickte düster.

«Sofern nicht fünfzehn Personen lügen, kommt sie als Täterin nicht in Frage.» Er lachte grimmig auf. «Und dabei schien es anfänglich klipp und klar zu sein, daß niemand als sie Lord Edgware getötet haben konnte. Sie ist die einzige Person, die Grund dazu hatte.»

«Das dünkt mich ein wenig vorschnell geurteilt. *Mais continuez.*»

«Ja, ich glaubte an eine abgekartete Sache, Monsieur Poirot. Dies Theatervolk hält ja wie Pech und Schwefel zusammen, wenn es einen der ihrigen zu schützen gilt. Aber so liegen die Verhältnisse hier nicht. Die Gäste Sir Montague Corners waren alle große Tiere; keiner von ihnen unterhielt mit Jane Wilkinson freundschaftliche Beziehungen, einige lernten sie erst gestern abend kennen. Ihr Zeugnis ist unabhängig und glaubwürdig. Dann klammerte ich mich immer noch an die Hoffnung, daß sie eine halbe Stunde heimlich weggeschlichen sein könnte – Vorwände hätte sie schon gefunden: die Nase zu pudern, die Lippen zu malen ... Aber nein – sie stand tatsächlich nur vom Tisch auf, um einen Telefonanruf entgegenzunehmen, wobei der Butler sie begleitete, neben ihr wartete und so Zeuge der gewechselten Worte wurde. Und der Mann bestätigt bis in die kleinsten Einzelheiten die Darstellung Lady Edgwares.»

«Wer hat angerufen – ein Mann oder eine Frau?»

«Wenn ich nicht irre, eine Frau.»

«Sonderbar!»

«Kümmern wir uns nicht um Nebensächlichkeiten!» sagte Japp ungeduldig. «Also der ganze Abend verlief genau so, wie sie ihn uns geschildert hat. Um Viertel vor neun erschien sie, blieb bis halb zwölf und fuhr eine Viertelstunde später vor dem Savoy vor. Ich habe den Chauffeur darüber befragt, und nicht nur er, sondern auch die Angestellten des Hotels geben die gleichen Zeiten an.»

«*Eh bien,* das ist doch überzeugend genug.»

«Aber die beiden in Regent Gate? Es handelt sich nicht nur um den Butler. Auch Lord Edgwares Sekretärin hat sie gesehen. Beide schwören bei allem, was ihnen heilig ist, daß es Lady Edgware gewesen sei, die um zehn Uhr das Haus betrat.»

«Wie lange bekleidet der Butler sein Amt schon?»

«Sechs Monate. Übrigens ein hübscher Bursche.»

«Auffallend hübsch. Wenn er aber erst sechs Monate dort dient, kann er Lady Edgware nicht erkannt haben, weil er sie zuvor nie gesehen hat.»

«Er kennt sie von den Bildern in den Illustrierten. Und die Sekretärin kennt sie auf jeden Fall, da sie ihren Posten bereits fünf oder sechs Jahre innehat.»

«Ah, mein lieber Japp, würden Sie es mir verargen, wenn ich die Sekretärin einmal sprechen möchte?»

«Nicht im geringsten. Warum wollen Sie nicht auf der Stelle mit mir kommen?»

«Mit Vergnügen, *mon ami.* Ihre Einladung bezieht sich doch hoffentlich auch auf Hastings?»

Japps Mund verzog sich zu einem breiten Lachen.

«Natürlich. Wohin der Herr geht, dorthin folgt ihm der Hund», erwiderte er, und ich fand, daß seine Bemerkung sich nicht durch allzu großen Takt auszeichnete.

«Das Ganze erinnert mich an den Elisabeth-Canning-Fall», fuhr der Inspektor fort. «Entsinnen Sie sich, wie auf jeder Seite wenigstens sechzig beschworen, daß sie die Zigeunerin Mary Squires an zwei ganz verschiedenen Orten Englands gesehen hätten? Darunter Zeugen mit einwandfrei gutem Leumund. Und das Frauenzimmer hatte solch eine scheußliche Fratze, daß es kaum eine Doppelgängerin von ihr gegeben haben kann. Nie ist jenes Geheimnis geklärt worden. Und hier in unserem Fall? Da sind eine ganze Schar

Leute bereit zu beschwören, daß ein und dieselbe Frau gleichzeitig an zwei verschiedenen Plätzen war. Wer von ihnen spricht nun die Wahrheit?»

«Das müßte sich doch mit Leichtigkeit feststellen lassen!»

«Sie haben gut reden, Monsieur Poirot! Aber diese Sekretärin – Miss Carroll – kennt Lady Edgware unbedingt. Ich will sagen, sie lebte Tag für Tag mit ihr im gleichen Haus, und ein Irrtum ist daher ziemlich ausgeschlossen.»

«Das werden wir bald sehen.»

«Wer erbt den Titel?» mischte ich mich ein.

«Ein Neffe, Captain Ronald Marsh. Soll eine etwas verschwenderische Ader haben, wie ich hörte.»

«Und wie lautet das ärztliche Gutachten hinsichtlich der Todesstunde?» nahm Poirot wieder das Wort.

«Ein abschließendes Urteil kann erst die Autopsie ergeben. Man muß sehen, wieweit das Dinner schon in den Bauch gerutscht ist, verstehen Sie?» Ich muß gestehen, daß Japp eine etwas unfeine Art hatte, die Dinge zu schildern. «Aber zehn Uhr paßt sehr gut zu dem vorläufigen Befund», ergänzte er. «Einige Minuten nach neun, als er vom Tisch aufstand und der Butler Whiskey und Soda in die Bibliothek hinübertrug, ist Lord Edgware zuletzt lebend gesehen worden. Da um elf das Licht nicht mehr brannte, muß er zu dieser Stunde tot gewesen sein. Er würde sicherlich nie im Dunkeln gesessen haben.»

Poirot nickte stumm, und ein wenig später fuhren wir von neuem zu jenem palastartigen Haus, dessen Jalousien jetzt herabgelassen waren.

Wieder öffnete uns der schöne Butler.

Japp, der sich als Führer fühlte, ging voraus. Poirot und ich folgten. Die Tür schlug nach links auf, so daß der Butler beim Zurücktreten auf dieser Seite stand. Poirot schritt rechts von mir, und infolge seiner Kleinheit bemerkte ihn der Butler erst, als wir in die Halle traten. Ich, der ich mich dicht neben ihm befand, hörte plötzlich einen jähen, unregelmäßigen Atemzug, fast ein Aufjapsen, und gewahrte, wie der Mann in unverkennbarer Furcht auf das Gesicht des kleinen Belgiers starrte. Aber mir fehlte die Zeit, über diesen Zwischenfall nachzudenken, denn Japp, der schnurstracks ins Speisezimmer spazierte, rief den Butler zu sich.

«Alton, ich möchte die Einzelheiten noch einmal sorgfältig mit Ihnen durchgehen. Also um zehn Uhr kam die Dame?»

«Die gnädige Frau? Ja, Sir.»

«Wieso haben Sie sie erkannt?» wollte Hercule Poirot wissen.

«Sie nannte ihren Namen, Sir. Außerdem aber habe ich sie oft in den Zeitungen abgebildet gesehen, und einmal war ich in einer Vorstellung, in der sie auftrat.»

«Wie war sie gekleidet?»

«In Schwarz, Sir. Sie trug ein schwarzes Kleid und einen kleinen schwarzen Hut. Dazu eine Perlenkette und graue Handschuhe.»

Poirot blickte fragend zu Japp hinüber.

«Weißes Taftabendkleid und Hermelincape», sagte dieser bissig.

Der Butler führte seine Schilderung zu Ende, und sie stimmte genau mit dem überein, was Japp uns bereits mitgeteilt hatte.

«Empfing Ihr Herr an jenem Abend noch einen anderen Besuch?» forschte mein Freund.

«Nein, Sir.»

«Wie war die Haustür gesichert?»

«Sie hat ein Yaleschloß, Sir. Überdies schiebe ich um elf, bevor ich zu Bett gehe, die Riegel vor. Vergangenen Abend besuchte Miss Geraldine indes die Oper, so daß ich nicht abriegelte.»

«Und heute morgen?»

«Da war sie verriegelt, weil Miss Geraldine bei ihrer Heimkehr die Riegel vorgeschoben hatte.»

«Wissen Sie, um wieviel Uhr sie heimkehrte?»

«Ich denke ungefähr um Viertel vor zwölf, Sir.»

«Wie viele Hausschlüssel sind vorhanden?»

«Der gnädige Herr hatte seinen eigenen; ein zweiter wurde in einer Schublade in der Halle aufbewahrt. Ob es außer diesen beiden noch mehr gibt, weiß ich nicht. Miss Carroll läutet jedenfalls immer.»

Hercule Poirot gab zu verstehen, daß er keine weiteren Fragen hatte, und wir begaben uns auf die Suche nach der Sekretärin.

Emsig schreibend saß sie an einem riesigen Tisch. Eine angenehme Erscheinung, etwa fünfundvierzig Jahre alt. Ihr blondes Haar begann zu ergrauen, und durch die Brille betrachteten uns ein Paar kluge blaue Augen. Als sie sprach, erkannte ich sofort die klare, sachliche Stimme, die ich tags zuvor am Telefon gehört hatte.

«Ah, Monsieur Poirot!» sagte sie. «Mit Ihnen traf ich gestern morgen die Verabredung, nicht wahr?»

«Sehr richtig, Mademoiselle.»

Mir schien, daß Freund Poirot einen günstigen Eindruck von ihr gewann, und auch ich traute ihr absolute Zuverlässigkeit zu.

«Nun, Inspektor Japp, was kann ich noch für Sie tun?» fragte sie jetzt.

«Mir bestätigen, daß die gestrige Besucherin Lady Edgware war.»

«Das bestätige ich Ihnen bereits zum drittenmal. Ja, sie war es, Inspektor. Darüber kann gar kein Zweifel herrschen. Ich sah sie mit meinen eigenen Augen.»

«Wo haben Sie sie gesehen, Mademoiselle?»

«In der Halle. Sie wechselte ein paar Worte mit dem Butler, durchschritt dann die Halle und betrat die Bibliothek.»

«Und wo standen Sie selbst?»

«Ich schaute vom ersten Stock herunter.»

«Mademoiselle, Sie sind absolut sicher, daß Sie sich nicht irren?»

«Ja, das bin ich. Ich sah ihr Gesicht ganz deutlich.»

«Und Sie ließen sich nicht durch eine Ähnlichkeit täuschen?»

«Nein. Jane Wilkinsons Züge sind einzigartig. Sie war es – glauben Sie mir.»

Japp warf Poirot einen Blick zu, der, in Worte gefaßt, etwa besagt haben würde: «Na, da haben Sie es!»

«Hatte Lord Edgware irgendwelche Feinde?» fragte mein Freund.

«Unsinn!» entschied Miss Carroll.

«Unsinn? Wieso, Mademoiselle?»

«Feinde! Heutzutage haben die Leute keine Feinde. Zumindest bei uns in England nicht!»

«Nichtsdestoweniger wurde Lord Edgware ermordet.»

«Das tat seine Gattin.»

«Eine Gattin ist kein Feind, eh?»

«Ah, in unserer Gesellschaftsschicht ist das etwas Unerhörtes.»

Nach Miss Carrolls Ansicht wurden Morde offenbar nur von betrunkenen Angehörigen der unteren Klassen verübt.

«Wie viele Hausschlüssel sind vorhanden?»

«Zwei», erwiderte Miss Carroll prompt. «Lord Edgware pflegte den einen immer in der Tasche zu haben, während der andere in der Halle liegt. Einen dritten Schlüssel verlor liederlicherweise Captain Marsh seinerzeit.»

«Verkehrt Captain Marsh viel im Haus?»

«Bis vor drei Jahren lebte er mit uns zusammen.»

«Und warum zog er fort?»

«Ich weiß es nicht. Vermutlich vertrug er sich mit seinem Onkel nicht.»

«Mademoiselle, sollten Sie über diesen Punkt nicht etwas mehr wissen?» entgegnete Poirot freundlich.

Sie warf ihm einen spitzen Blick zu.

«Ich bin keine Plaudertasche, Monsieur Poirot.»

«Trotzdem könnten Sie etwas zu den Gerüchten über einen Streit zwischen Onkel und Neffe sagen.»

«So ernst war der Streit nicht. Lord Edgware hatte eben einen schwierigen Charakter.»

«Ah, sogar Sie sagen das?»

«Ich spreche nicht von mir, Monsieur Poirot; ich habe nie irgendwelche Schwierigkeiten mit Lord Edgware gehabt.»

«Captain Marsh hingegen . . .», wollte mein Freund sie zu weiteren Enthüllungen veranlassen.

Miss Carroll zuckte die Achseln.

«Ihm saß das Geld sehr locker in der Tasche; er geriet in Schulden. Aber der Grund, weshalb ihm Lord Edgware das Haus verbot, muß ein anderer gewesen sein. Mehr weiß ich nicht. »

Ihr Mund schloß sich zu einem schmalen Strich. Augenscheinlich beabsichtigte sie, nichts mehr zu sagen.

Das Zimmer, in dem wir uns unterhielten, lag im ersten Stock. Als wir es verließen, faßte Poirot meinen Arm.

«Halt, Hastings. Seien Sie so nett, hier oben zu bleiben, Japp und mich zu beobachten, wenn wir in die Bibliothek gehen, und uns dorthin nachzukommen.»

Schon lange habe ich es aufgegeben, Hercule Poirot mit Fragen zuzusetzen, die mit warum beginnen. Tu hübsch und brav nur deine Pflicht, und plage dich mit Fragen nicht! – Dieses Verslein schien man eigens für mich ersonnen zu haben. Darum blieb ich folgsam stehen und guckte über das Geländer.

Zuerst gingen mein Freund und Japp zu der Haustür, die außerhalb meines Gesichtskreises lag. Dann tauchten sie wieder auf, mit langsamem Schritt die Halle durchquerend, und mein Auge haftete an ihren Rücken, bis sie in der Bibliothek verschwunden waren. Um die mir gestellte Aufgabe ganz gewissenhaft zu erledigen – auch wenn ich ihren

Sinn nicht begriff –, wartete ich noch eine weitere Minute, ehe ich treppab lief und mich wieder zu ihnen gesellte.

Lord Edgwares Leichnam hatte man natürlich schon entfernt. Die Vorhänge waren zugezogen, und Licht brannte. Poirot und Japp standen mitten im Zimmer und schauten umher.

«Nichts hier!» hörte ich den Inspektor gerade sagen. Und der kleine Belgier erwiderte mit einem Lächeln: «Freilich, weder die Zigarettenasche noch die Fußspur oder ein Damenhandschuh – und nicht einmal der leichte Hauch eines Parfüms. Nichts von dem, was in Detektivromanen zu finden ist.»

Ich meldete, was ich oben an der Treppe beobachtet hatte.

«Alles in Ordnung, Poirot. Wenn Sie vielleicht gedacht haben, daß der Butler oder sonst jemand vom Personal Ihnen nachspähte, so irren Sie sich. Ich habe niemanden gesehen.»

«Die Augen meines guten treuen Hastings!» sagte Poirot mit einem leisen Anflug von Spott. «Sagen Sie mir, *mon cher*, haben Sie die Rose zwischen meinen Lippen bemerkt?»

«Die Rose zwischen Ihren Lippen?»

Japp prustete vor Lachen. «Bei Gott, Monsieur Poirot, Sie werden noch mal meinen Tod auf dem Gewissen haben! Eine Rose! Und was kommt nun dran?»

«Ich hatte Lust, Carmen zu spielen», erklärte der Belgier ganz ungerührt. «Sie haben es also nicht bemerkt, Hastings?»

«Nein», gab ich kleinlaut zu, weil ich einen Vorwurf in seiner Stimme zu hören glaubte. «Aber ich konnte Ihr Gesicht ja nicht sehen.»

«Macht nichts!» Er winkte lässig mit der Hand.

«Dann möchte ich jetzt die Tochter noch mal sprechen», ließ sich der Inspektor vernehmen. «Sie war heute früh zu aufgeregt, um eine vernünftige Aussage machen zu können.»

Kurz darauf trat jedoch nicht Miss Marsh, sondern Miss Carroll über die Schwelle.

«Geraldine schläft», sagte sie. «Das arme Ding hatte einen Schock. Ich gab ihr heute morgen ein Beruhigungsmittel, und nun schläft sie fest. In zwei Stunden vielleicht, ja, Inspektor?»

Japp nickte zustimmend.

«Überhaupt gibt es nichts, über das ich Ihnen nicht ebensogut Auskunft erteilen könnte», setzte die Sekretärin hinzu.

«Was halten Sie von dem Butler, Miss Carroll?» fragte Poirot.

«Er ist mir unsympathisch – das will ich nicht leugnen. Aber ich kann nicht sagen, warum. Gefühlssache, Monsieur Poirot.»

Wir waren unterdessen an der Haustür angelangt.

«Nicht wahr, dort oben haben Sie gestern abend gestanden, Mademoiselle?» Mein Freund wies die Treppe hinauf.

«Ja. Warum?»

«Und Sie sahen Lady Edgware quer durch die Halle zum Bibliothekszimmer gehen?»

«Ja.»

«Sie haben ihr Gesicht deutlich gesehen?»

«Gewiß.»

«*Mais,* Mademoiselle! Sie konnten es ja gar nicht sehen ... Von der Stelle aus, wo Sie sich befanden, können Sie nur ihren Hinterkopf gesehen haben.»

Miss Carroll errötete. «Ihr Hinterkopf, ihre Stimme, ihr Gang! Das läuft alles auf dasselbe hinaus. Völlig unverkennbar! Ich versichere Ihnen: Ich weiß, daß es Jane Wilkinson war – die abgefeimteste Person, die man sich denken kann.»

Und nach diesem vernichtenden Urteil rannte sie die Treppe hinauf.

Japp riefen dienstliche Pflichten, während Poirot und ich in den Regent's Park einbogen und uns eine ruhige Bank suchten.

«Jetzt erkenne ich den Zweck der Rose zwischen Ihren Lippen», meinte ich lachend. «Zuerst freilich fragte ich mich, ob Sie oder ich verrückt geworden seien.»

Mein Freund nickte ernst, ohne in mein Lachen einzustimmen.

«Hoffentlich erkennen Sie auch, welch gefährliche Zeugin die Sekretärin ist, Hastings. Gefährlich, weil ungenau. Haben Sie gehört, wie sie anfänglich steif und fest behauptete, das Gesicht der Besucherin gesehen zu haben? Ich hielt es gleich für ausgeschlossen. Beim Herauskommen aus der Bibliothek – ja; doch nimmermehr beim Hineingehen. Infolgedessen stellte ich meinen kleinen Versuch an und baute ihr dann eine Falle.»

«Aber ihren Glauben haben Sie trotzdem nicht erschüttert», wandte ich ein. «Und sind nicht schließlich Stimme und Gang einer Person unverkennbar?»

«Nein, nein.»

«Mein Lieber, man hört doch allgemein, daß Stimme und Gang die kennzeichnendsten Merkmale sind!»

«Gewiß. Und deshalb auch jene, die am leichtesten nachgeahmt werden können. Lassen Sie Ihre Gedanken doch nur einige Tage zurückwandern – bis zu jenem Abend, als wir im Theater ...»

«Carlotta Adams? Poirot, aber dann ist sie ein Genie!» Ein toller Gedanke schoß durch mein Hirn. «Um Gottes willen, Sie halten es doch nicht für möglich ... Nein, nein, Poirot, das hieße vom zufälligen Zusammentreffen allzuviel verlangen. Weshalb sollte überdies Carlotta Adams Lord Edgware nach dem Leben trachten? Sie kennt ihn nicht einmal.»

«Woher wissen Sie, daß sie ihn nicht kennt? Setzen Sie nicht so keck einfach Dinge voraus, Hastings. Es mag sehr wohl zwischen ihnen ein Band bestanden haben, von dem wir nichts ahnen. Aber das gehört eigentlich nicht zu meiner Theorie.»

«Sie haben also eine Theorie?»

«Ja. Die Möglichkeit von Carlotta Adams' Mitwirkung faßte ich von Anfang an ins Auge.»

«Aber, Poirot –»

«Langsam, Hastings. Lassen Sie mich einige Tatsachen zusammenstellen. Schwatzhaft, wie sie ist, erörtert Lady Edgware unverblümt die Beziehungen zwischen sich und ihrem Mann und geht sogar so weit, daß sie davon redet, ihn umbringen zu wollen. Nicht nur Sie und ich haben dies gehört. Ein Kellner hörte es, die Haushälterin wird es wohl verschiedentlich gehört haben, ferner Martin Bryan und wahrscheinlich auch Carlotta Adams. Rechnen Sie nun noch jene hinzu, denen es diese Leute weitergesagt haben. Ferner wurde an jenem Abend darüber gesprochen, wie unübertrefflich Carlotta Adams ihre berühmte Kollegin nachzuahmen verstünde. Wer aber hatte einen Grund, Lord Edgware zu töten? Seine Frau.

Nehmen wir nun einmal an, daß noch jemand anders Lord Edgware aus dem Weg räumen wollte. Welch herrlichen Sündenbock beschert ihm da das Schicksal! An dem Tag, als Jane Wilkinson verkündet, daß sie wegen einer heftigen Migräne den Abend ungestört für sich bleiben wolle, wird der Plan in die Tat umgesetzt.

Lady Edgware muß gesehen werden, wie sie das Haus in Regent Gate betritt. *Eh bien,* sie wird gesehen. Sie enthüllt sogar dem Butler gegenüber ihre Identität. *Ah, c'est un peu trop, ça!* Selbst ein Blinder müßte da Argwohn schöpfen.

Und ein anderer Punkt – zugegeben, ein sehr winziger Punkt. Die Frau, die gestern abend bei Lord Edgware eindrang, war schwarz gekleidet. Jane Wilkinson aber trägt niemals Schwarz, wie wir aus ihrem eigenen Mund vernommen haben. Wenn nun jene geheimnisvolle Besucherin nicht Jane Wilkinson war, sondern eine Frau, die vorgab, Jane Wilkinson zu sein – hat jene Frau dann Lord Edgware getötet?

Oder stahl sich eine dritte Person ins Haus und vollbrachte die Tat? Erschien sie vor oder nach dem Besuch der vermeintlichen Lady Edgware? Wie erklärte die Frau überhaupt Lord Edgware ihre Gegenwart? Den Butler, der sie nicht genügend kannte, und die Sekretärin, die sie nicht aus nächster Nähe sah, vermochte sie irrezuführen; sie durfte aber wohl kaum hoffen, daß ihr dies auch bei dem Lord gelingen würde. Oder hat sie etwa in der Bibliothek nur noch eine Leiche angetroffen? Ist Lord Edgware bereits vor ihrer Ankunft getötet worden – etwa zwischen neun und zehn?»

«Halt, Poirot!» schrie ich. «Mir brummt schon der Kopf!»

«Nein, nein, mein Freund. Wir zählen nur die Möglichkeiten auf. Das gleicht dem Anprobieren von Kleidern. Paßt dies hier? Nein, es schlägt Falten an der Schulter. Dies vielleicht? Ja, das paßt besser. Wieder ein anderes ist zu kurz. Und so fort bis wir die genaue Paßform treffen: die Wahrheit.»

«Wem trauen Sie ein solch teuflisches Vorgehen zu?»

«Langsam, *mon ami,* so schnell läßt sich das nicht sagen. Man muß weiter schürfen, wer wohl Interesse an Lord Edgwares Tod hat. Da ist naturgemäß der Neffe, der ihn beerbt. Und trotz Miss Carrolls entschiedener Erklärung muß man auch mit Feinden rechnen. Haben Sie bei unserer Unterredung mit Lord Edgware nicht den Eindruck gewonnen, daß er ein Mann war, der sich sehr leicht Feinde gemacht haben dürfte?»

«Ja, unbedingt.»

«Eins steht jedenfalls fest: daß der Mörder sich sehr sicher gefühlt hat. Bedenken Sie, Hastings, daß Jane Wilkinson ohne ihre Sinnesänderung in allerletzter Minute kein Alibi hätte. Der Beweis, daß sie sich aus ihren Räumen im Hotel

Savoy nicht entfernte, würde schwierig, wenn nicht unmöglich gewesen sein. Man hätte sie verhaftet – und wahrscheinlich verurteilt.»

Mir rann ein eisiger Schauer über den Rücken.

«Aber etwas verursacht mir Kopfzerbrechen», fuhr mein Freund fort. «Der Wunsch, sie zu belasten, ist klar erkennbar – doch wie steht es mit dem telefonischen Anruf? Warum verlangte sie jemand zu sprechen, der – nachdem er sich von ihrer Anwesenheit vergewissert hatte – unverzüglich einhängte? Das geschah gegen halb zehn, mithin vor dem Mord. Der Anruf kann doch nur aus wohlmeinender Absicht erfolgt und nicht vom Mörder ausgegangen sein, der alle Fäden gesponnen hatte, um Jane zu beschuldigen. Wer also rief an?»

Ich schüttelte den Kopf, völlig verwirrt.

«Vielleicht war es ein bloßer Zufall», wagte ich einzuwerfen, «ein zufälliges Zusammentreffen.»

«Nein, nein. Alles und jedes kann nicht ein einfaches Zusammentreffen gewesen sein. Sechs Monate zuvor wurde ein Brief unterschlagen. Weshalb?» Er seufzte. «Oh, es sind noch viele Punkte zu klären! Erinnern Sie sich nur an jene Geschichte, die Martin Bryan uns erzählte . . .»

«Mein lieber Poirot, die hat gewiß nichts mit diesem Mordfall zu schaffen.»

«Sie sind blind, Hastings, blind und vorsätzlich begriffsstutzig. Sie hat damit zu schaffen, und wenn wir jetzt auch noch im dunkeln tappen, so werden sich uns nach und nach die Zusammenhänge doch entschleiern.»

Ich beneidete ihn um diese Zuversicht, denn ich hatte eher das Gefühl, als verwirre sich mit jeder Stunde das Ganze mehr. Und in meinem Hirn summte und brummte es.

«Nein, ich halte Carlotta Adams dessen nicht für fähig», sagte ich unvermittelt.

Noch während ich sprach, erinnerte ich mich jedoch an Poirots Worte über die Liebe zum Geld. Liebe zum Geld – war das der Samen, aus dem das scheinbar Unbegreifliche emporkeimte? An jenem Abend hatte Poirot Jane in Gefahr gesehen – als Folge ihrer sonderbar selbstbezogenen Veranlagung. Und er hatte auch gesehen, daß Carlotta vielleicht einmal durch Habsucht vom rechten Weg abgebracht werden könnte.

«Ich glaube nicht, daß sie den Mord beging, Hastings», hörte ich jetzt neben mir seine Stimme. «Sie ist zu klug und berechnend dazu. Möglicherweise hat man es ihr überhaupt verheimlicht, daß ein Mord geplant wurde. Sie mag als unwissendes und unschuldiges Werkzeug gebraucht worden sein. Aber dann –» Er brach mitten im Satz ab, runzelte die Stirn.

«Doch auch so ist sie jetzt zur Mitschuldigen geworden. Und heute wird sie die Nachricht aus den Zeitungen erfahren, wird sich vergegenwärtigen –» Poirot stieß einen heiseren Schrei hervor.

«Schnell, Hastings. Schnell! Ich war vollkommen blind, ich Esel! Ein Taxi! Sofort!»

Ich starrte ihn verständnislos an.

Er winkte stürmisch mit den Armen. «Ein Taxi! Sofort!»

Da fuhr ein leeres vorüber, und wir sprangen hinein.

«Kennen Sie ihre Adresse?»

«Von wem? Carlotta Adams?»

«*Mais oui, mais oui.* Schnell, Hastings. Jede Sekunde ist wertvoll.»

«Woher soll ich denn ihre Adresse kennen?»

Hercule Poirot stieß einen Fluch aus. «Im Telefonbuch? Nein, ihr Name wird nicht drinstehen. Also ins Theater!»

Aber dort war man nicht bereit, Carlotta Adams' Adresse zu verraten, und es bedurfte Poirots ganzer mit Liebenswürdigkeit gemischter Hartnäckigkeit, um sie zu erfahren. Dann jagten wir weiter, zu einem Wohnblock unweit des Sloane Square, Poirot fiebernd vor Ungeduld.

«Wenn ich nur nicht zu spät komme, Hastings. Gerechter Himmel, nur nicht zu spät!»

«Was bedeutet all diese Hast?»

«Sie bedeutet, daß ich ungeheuer schwer von Begriff war und das Offenkundige nicht erkannte. Ah, *mon Dieu,* laß mich nur nicht zu spät kommen!»

## 9

Endlich hielt das Auto vor Rosedew Mansions. Hercule Poirot sprang hinaus, bezahlte den Chauffeur und stürzte ins Haus. Carlotta Adams' Wohnung lag im ersten Stock, wie uns eine Visitenkarte, mit einem Reißnagel auf einem Brett befestigt, belehrte. Poirot pochte und klingelte zugleich. Nach einer Weile wurde die Tür von einer älteren Frau geöffnet, die ihr Haar straff aus der Stirn gekämmt trug. Ihre Augenlieder waren gerötet, als hätte sie heftig geweint.

«Miss Adams?» stieß mein Freund hervor.

Die Frau sah ihn betreten an. «Haben Sie denn nicht gehört ...»

«Gehört? Was?»

Sein Gesicht war plötzlich totenbleich, und ich ahnte, daß das, was er befürchtete, eingetroffen war.

«Sie ist doch tot», berichtete die Frau, indem sie traurig den Kopf hin und her wiegte. «Im Schlaf in die Ewigkeit hinübergeschlummert. Oh, es ist furchtbar!»

Poirot lehnte sich kraftlos gegen den Türpfosten.

«Zu spät», hauchte er.

Die Frau betrachtete ihn mitleidig.

«Entschuldigen Sie, Sir, sind Sie ein Freund von ihr? Ich kann mich nicht entsinnen, Sie schon einmal hier gesehen zu haben.»

Poirot antwortete nicht.

«Haben Sie einen Arzt geholt?» erkundigte er sich statt dessen. «Was sagt er?»

«Daß sie eine zu große Dosis eines Schlafmittels genommen hat. Oh, welch ein Jammer! Solch eine nette, liebe junge Dame. Ja, man kann nie vorsichtig genug sein mit diesen giftigen Arzneien. Veronal, meint der Doktor, sei es gewesen.»

Plötzlich richtete sich Poirot auf.

«Sie müssen mich hineinlassen», erklärte er energisch.

Die Wirtin zauderte, von Argwohn und Zweifeln gepackt. «Ich weiß nicht ...»

«Sie *müssen* mich hereinlassen, ich bin Detektiv und stelle Nachforschungen hinsichtlich der Umstände von Miss Adams' Tod an.»

«Mein Gott ...», flüsterte die Frau erschreckt und trat zur Seite.

«Was ich Ihnen gesagt habe, müssen Sie unbedingt für sich behalten», sagte Poirot streng. «Sie dürfen es keinem anvertrauen. Jeder soll glauben, daß Miss Adams einem Unglücksfall zum Opfer fiel. Geben Sie mir nun Namen und Adresse des Arztes, den Sie geholt haben.»

«Dr. Heath, 17 Carlisle Street.»

«Und Ihr eigener Name?»

«Bennett – Alice Bennett.»

«Sie hatten Miss Adams ins Herz geschlossen, wie ich sehe, Miss Bennett?»

«Oh, ja. Sir. Kein Wunder, wo sie so gut und nett war. Ich habe schon vergangenes Jahr, als sie in London auftrat, für sie gesorgt. Sie war eine echte Dame – kein Leichtsinn, keine Kapricen wie bei anderen Schauspielerinnen.»

Hercule Poirot hörte aufmerksam und voll Mitgefühl zu, ohne das geringste Zeichen von Ungeduld. Er als Menschenkenner wußte natürlich, daß Freundlichkeit das beste Mittel war, um die Auskünfte, die er benötigte, zu bekommen.

«Arme Miss Bennett – Sie müssen sich ja entsetzlich aufgeregt haben!» bemerkte er sanft.

«Ja, Sir. Ich brachte ihr wie gewöhnlich um halb zehn den Tee hinein, und sie lag, wie ich meinte, in festem Schlaf. Da setzte ich das Tablett nieder und ging zum Fenster, um die Vorhänge zurückzuziehen. Einer der Ringe verfing sich, Sir, so daß ich heftig reißen und zerren mußte. Es verursachte einen ziemlichen Lärm, und als ich mich umwandte, wunderte ich mich, daß sie nicht davon erwacht war. Und dann, Sir, packte mich plötzlich die Angst. Irgendwie erschien mir ihre Lage im Bett unnatürlich. Ich ging hin zu ihr, berührte ihre Hand. Eisig kalt war sie, Sir.»

Sie machte eine Pause, um die Tränen abzuwischen.

«Ich kann mir Ihren Schrecken vorstellen. Nahm Miss Adams öfters Schlafmittel?»

«Hin und wieder nahm sie etwas gegen Kopfschmerzen, Sir. Kleine Tabletten aus einer Flasche. Aber der Doktor sagt, daß sie gestern abend ein anderes Mittel geschluckt hat.»

«So. Hatte sie gestern abend noch Besuch?»

«Nein. Sie ging ja gegen sieben Uhr fort.»

«Und wohin?»

«Das weiß ich nicht.»

«Wie war sie gekleidet, Miss Bennett?»

«Sie trug ein schwarzes Kleid und einen schwarzen Hut.»

Poirot warf mir einen vielsagenden Blick zu.

«Und irgendwelchen Schmuck?»

«Nur die Perlenschnur, die sie immer trägt, Sir.»

«Und graue Handschuhe?»

«Ja, graue, Sir.»

«Ah! Nun beschreiben Sie mir bitte, in welcher Stimmung sie sich befand. War sie froh? Aufgeregt? Traurig? Nervös?»

«Mir war, als ob sie sich über etwas freute. Sie lächelte so stillvergnügt wie über einen Scherz.»

«Wann kehrte sie heim?»

«Kurz nach zwölf, Sir.»

«Und in derselben frohen Stimmung?»

«Sie war furchtbar müde, Sir.»

«Aber nicht angegriffen? Oder betrübt?»

«Nein, nein, Sir. Nur todmüde. Sie ging auch noch zum Telefon, um jemanden anzurufen, doch da der Teilnehmer sich nicht sofort meldete, legte sie mit der Bemerkung, ihre Müdigkeit sei zu groß, sie wolle das Gespräch lieber auf morgen verschieben, gähnend den Hörer auf.»

«Ah, das ist wichtig!» Poirots Augen glühten vor Erregung. Er lehnte sich weit nach vorn und fragte mit gewollt gleichgültiger Stimme: «Erinnern Sie sich an die Nummer, Miss Bennett?»

«Tut mir leid, Sir. Es war eine Nummer in Victoria – mehr weiß ich nicht. Ich habe nicht achtgegeben, verstehen Sie.»

«Hat sie irgend etwas gegessen oder getrunken, bevor sie zu Bett ging?»

«Wie immer ein Glas heiße Milch.»

«Wer bereitete es ihr?»

«Ich, Sir.»

«Und niemand sonst betrat die Wohnung?»

«Niemand, Sir.»

«Auch früher am Tag nicht?»

«Nein, auch im Laufe des Tages nicht. Miss Adams nahm den Lunch in der Stadt ein und kam erst um sechs Uhr wieder.»

«Wann brachte man die Milch?»

«Die Milch, die sie abends trank? Sie stammte von der Nachmittagslieferung, Sir. Der Junge stellte sie um vier Uhr vor die Tür. Aber dafür lege ich meine Hand ins Feuer, daß die Milch nicht verdorben oder mit einem Gift vermischt war, denn ich habe heute früh einen Schuß in meinen Tee geschüttet. Und außerdem sagte der Doktor ausdrücklich, daß Miss Adams das gefährliche Zeug selbst eingenommen habe.»

«Ich will mich mit dem Doktor in Verbindung setzen, Miss Bennett. Vielleicht befinde ich mich auf einer falschen Fährte. Aber sehen Sie, Miss Adams hatte Feinde. In Amerika liegen die Dinge anders als bei uns . . .»

Er zögerte, doch die gute Alice biß sofort an.

«Oh, das weiß ich, Sir. Von Chicago und der Verbrecherwelt dort habe ich gelesen. Es muß ein gottloses Land sein und die Polizei keinen Pfifferling wert. Nicht zu vergleichen mit der unsrigen!»

Poirot widersprach diesem Werturteil nicht, da er sich sagte, daß Alice Bennetts Patriotismus ihn von weiteren Erklärungen entband. Sein Blick fiel auf ein Aktenköfferchen, das auf einem Stuhl lag.

«Hatte Miss Adams dies bei sich, als sie gestern abend fortging?»

«Morgens nahm sie es mit, Sir. Zum Nachmittagstee kam sie ohne den Koffer zurück, aber nachts brachte sie ihn wieder mit.»

«Gestatten Sie, daß ich ihn öffne?»

Alles würde Alice Bennett gestattet haben. Wie die meisten vorsichtigen und argwöhnischen Frauen war sie weiches Wachs, sobald man ihr Vertrauen gewonnen hatte.

Das Köfferchen war nicht verschlossen. Neugierig ging ich näher heran und spähte über Poirots Schulter.

«Sehen Sie, Hastings?» murmelte er, heiser vor Erregung.

Drinnen lag eine Schachtel mit Schminkmaterial, ferner zwei seltsame Gegenstände, die ich als Schuheinlagen erkannte, dazu bestimmt, den Wuchs ihres Trägers um zwei Zentimeter oder mehr zu erhöhen. Da lagen ein Paar graue Handschuhe und – in Seidenpapier eingehüllt – eine hervorragend gearbeitete goldhaarige Perücke, in demselben Goldton wie Jane Wilkinsons Haar und genau wie dieses in der Mitte gescheitelt und im Nacken zu Löckchen geordnet.

«Zweifeln Sie noch, Hastings?»

Nein, ich zweifelte nicht länger ...

Poirot schloß den Deckel und wandte sich an die Frau.

«Wissen Sie, mit wem Miss Adams gestern zu Abend aß?»

«Nein, Sir.»

«Oder mit wem sie den Lunch einnahm?»

«Ich glaube, mit Miss Driver.»

«Miss Driver?»

«Ja, ihre beste Freundin. Sie hat einen Hutsalon in der Moffat Street, einer Nebenstraße der Bond Street. Geneviève ist der Firmenname.»

Mein Freund notierte die Adresse gleich unter dem Namen und der Wohnung des Arztes.

«Nun noch eins, Miss Bennett, und ich flehe Sie an, gut nachzudenken: Erinnern Sie sich an irgend etwas – was es auch sei –, das Miss Adams bei ihrer Heimkehr um sechs sagte oder tat und das von ihren Gewohnheiten abwich?»

Die Frau dachte angestrengt nach.

«Nein, Sir», erwiderte sie endlich. «Als sie heimkehrte, setzte sie sich an den Schreibtisch und schrieb Briefe.»

«Briefe? Wissen Sie, an wen?»

«Ja, Sir. Es war nur ein einziger Brief – an ihre Schwester in Washington, der sie regelmäßig zweimal wöchentlich schrieb. Miss Adams nahm ihn mit, aber sie vergaß, ihn einzuwerfen.»

«Dann ist er noch hier?»

«Nein, Sir. Gerade als sie gestern nacht ins Bett schlüpfte, erinnerte sie sich an ihn. Ich erbot mich, mit ihm hinunterzulaufen und ihn zum Postamt zu bringen.»

«Ah . . . liegt das weit entfernt?»

«Im Gegenteil, ganz nah. Nur um die Ecke.»

«Hatten Sie die Wohnungstür hinter sich abgeschlossen?»

Alice Bennett sah meinen Freund verblüfft an. «Abgeschlossen? Für den kurzen Sprung zur Post? Aber nein, Sir!»

Poirot schien noch etwas fragen zu wollen, doch dann zähmte er seine Wißbegier.

«Wollen die Herren sie nicht ansehen?» schlug die Frau schluchzend vor. «Sie sieht so schön, so friedlich aus.»

Wir folgten ihr bereitwillig ins Schlafzimmer.

Der Tod hatte Carlotta Adams um Jahre verjüngt; sie glich

eher einem müden Kind, das vom Schlaf überrascht worden ist, als jener Frau, der wir im Savoy begegnet waren.

Ein feierlicher Ernst breitete sich über Poirots Gesicht, als er auf die leblose Gestalt hinabschaute, und ich sah, wie er das Kreuzzeichen schlug.

«Ich habe ein Gelübde getan, Hastings», sagte er, während wir die Treppen hinabstiegen. Und ein paar Minuten später fügte er hinzu: «Von einer Last ist mein Gewissen wenigstens befreit worden: Ich hätte sie nicht retten können. Zu der Stunde, als ich von Lord Edgwares Ermordung erfuhr, war sie bereits tot. Das tröstet mich. Ja, das tröstet mich sogar sehr.»

## 10

Unser nächster Gang galt dem Arzt, dessen Adresse uns Miss Bennett gegeben hatte.

Er war ein geschäftiger älterer Mann, der Hercule Poirot dem Namen nach kannte und seinem lebhaften Vergnügen Ausdruck verlieh, ihn in Fleisch und Blut vor sich zu sehen.

«Und womit kann ich Ihnen dienen, Monsieur Poirot?» erkundigte er sich nach dieser schmeichelhaften Einleitung.

«Sie wurden heute morgen zu Miss Carlotta Adams gerufen.»

«Ah, ja. Das arme Kind! Und eine begabte Künstlerin außerdem. Ich habe zwei ihrer Vorstellungen gesehen und muß sagen, daß es ein Jammer ist, wie sie endete. Warum diese Mädels immer auf irgendwelche Gifte verfallen, ist mir unverständlich.»

«Sie meinen also, daß sie rauschgiftsüchtig war?»

«Tja, Monsieur Poirot, das ist Ansichtssache. Als Fachmann kann ich Ihnen versichern, daß sie nicht spritzte, denn trotz genauester Untersuchung fand ich am ganzen Körper nicht einen einzigen Einstich. Doch vielleicht war sie medikamentenabhängig. Die Haushälterin sagte mir zwar, daß Miss Adams von Natur aus einen gesunden Schlaf habe, aber darf man auf die Aussage von Angestellten bauen? Ich bin allerdings auch nicht der Ansicht, daß sie jede Nacht Veronal nahm, wenngleich sie es offenbar geraume Zeit genommen hat.»

«Woraus schließen Sie das?»

«Hieraus ... Verdammt, wo habe ich das Ding hingetan?» Er wühlte in seinem Arztkoffer und förderte endlich ein Handtäschchen aus schwarzem Saffianleder zutage.

«Da ich vermutete, daß eine Untersuchung eingeleitet werden wird, nahm ich es an mich, damit die Angestellte es nicht mit vorwitzigen Fingern durchkramt.»

Während dieser Erklärung holte er aus dem Täschchen eine zierliche Golddose hervor, die in Rubinen die Initialen C. A. trug. Ein kostbares Stück! Der Doktor ließ den Deckel aufspringen, so daß der Inhalt sichtbar wurde.

«Veronal», erläuterte er kurz, auf das weiße Pulver weisend. «Nun lesen Sie, was hier geschrieben steht.»

Auf der Innenseite des Deckels war eingraviert:

C. A. von D. Paris, 10. November.
Süße Träume

«10. November», wiederholte Poirot nachdenklich.

«Jawohl, und jetzt haben wir Juni. Das deutet darauf hin, daß sie sechs Monate dieses schauderhafte Zeug geschluckt hat, und da die Jahreszahl fehlt, können es gut und gern auch achtzehn Monate oder zweieinhalb Jahre oder noch mehr gewesen sein.»

«Paris ... D.», murmelte mein Freund.

«Ja. Sagt Ihnen das was? Übrigens habe ich Sie gar nicht gefragt, warum Sie der Fall so interessiert, Monsieur

Poirot. Möchten Sie wissen, ob Selbstmord vorliegt? Nun, das vermag ich Ihnen nicht zu sagen. Niemand kann es. Wenn wir Miss Bennett Glauben schenken, so war Miss Adams gestern sehr lustig aufgelegt. Das läßt auf einen Unfall schließen. Und nach meiner persönlichen Überzeugung ist es auch ein Unfall gewesen. Veronal ist ein höchst unzuverlässiges Mittel. Sie können einen Haufen davon nehmen, ohne daß es Sie tötet, und andererseits wieder genügt eine winzige Menge, und weg sind Sie. Darin liegt eben auch seine besondere Gefährlichkeit ...»

«Darf ich mir das Täschchen Mademoiselles näher ansehen?»

«Gewiß, gewiß.»

Poirot schüttete den Inhalt auf die Tischplatte: ein feines Leinentaschentuch mit den Buchstaben C. M. A. in einer Ecke, eine Puderquaste, ein Lippenstift, eine Pfundnote und etwas Wechselgeld, dazu ein Kneifer.

Diesem letzteren widmete Hercule Poirot besondere Sorgfalt.

Mit seiner goldenen Fassung und dem hohen geschwungenen Goldbügel wirkte er ein wenig altmodisch.

«Seltsam! Ich wußte nicht, daß Miss Adams eine Brille trug», wunderte sich mein Freund. «Vielleicht nur zum Lesen?»

Der Doktor nahm ihm den Kneifer aus der Hand.

«Nein, die Gläser sind im Gegenteil für draußen bestimmt, und ziemlich stark sind sie obendrein. Die Person, der sie gehören, muß sehr kurzsichtig sein.»

«Ist Ihnen bekannt, ob Miss Adams ...»

«Ich habe sie nie vorher behandelt, Monsieur Poirot; nur einmal wurde ich wegen einer Fingerverletzung der Angestellten gerufen. Bei dieser Gelegenheit bekam ich Miss Adams kurz zu Gesicht, und ich erinnere mich, daß sie damals keine Brille trug.»

Poirot dankte dem Doktor, und wir brachen auf.

Ich sah, wie mein Freund nervös an seiner Unterlippe nagte.

«Sollte ich mich also geirrt haben?» murmelte er.

«In bezug auf die Verkleidung?»

*«Non, non, mon cher.* Die müssen wir als bewiesen betrachten. Ich meinte in bezug auf ihren Tod. Jetzt, da ich weiß, daß sie über Veronal verfügte, darf ich nicht die Möglichkeit außer acht lassen, daß sie gestern abend nervös und übermüdet war und so schnell wie möglich einschlafen wollte.»

Dann blieb er plötzlich wie angewurzelt stehen – zur großen Überraschung der Vorübergehenden – und schlug heftig mit der einen Hand auf die andere.

«Nein, nein und abermals nein! Warum sollte sich dieser Unfall zu solch gelegener Stunde ereignen? Es war kein Unfall. Und es war auch kein Selbstmord. Nein, als sie ihre Rolle spielte, unterzeichnete sie gleichzeitig ihr Todesurteil. Dem Veronal hat man einfach deshalb den Vorzug gegeben, weil bekannt war, daß sie es gelegentlich nahm und daß sie jene Golddose besaß. Aber dann muß der Mörder ihre Gewohnheiten sehr genau gekannt haben. Wer ist D., Hastings? Sagen Sie mir, wer ist D.?»

«Poirot», mahnte ich, als er noch immer wie eine Bildsäule auf demselben Fleck verharrte, «wollen wir nicht lieber weitergehen? Die Leute starren schon.»

«Eh? Ach so, weitergehen – nun meinetwegen, obwohl es mich nicht im mindesten belästigt, wenn die Leute starren. Es beeinträchtigt auch meine Gedankenarbeit nicht.»

«Poirot, man beginnt schon zu lächeln.»

«Was tut's?»

Ich stimmte hierin nicht mit ihm überein. Von jeher habe ich eine Abscheu davor gehabt, aufzufallen. Aber das einzige, was Poirot aus dem Gleichgewicht wirft, ist die Möglichkeit, daß sein berühmter Schnurrbart leiden könnte.

«Wir wollen ein Taxi nehmen», raffte mein Freund sich

endlich auf. Und gleich darauf gab er einem Chauffeur Anweisung, uns in die Moffat Street zu fahren.

Der Hutsalon Geneviève gehörte zu jenen Geschäftsunternehmen, bei denen ein Glaskasten neben der Haustür einen unauffälligen Hut und einen Schal zeigt, während der eigentliche Betrieb im ersten Stock liegt, zu dem man durch ein muffiges Treppenhaus gelangt.

Als wir die ausgetretenen Stufen hochgestiegen waren, befanden wir uns vor einer Tür mit der Aufschrift «Geneviève» und der Aufforderung «Herein, ohne anzuklopfen». Wir betraten einen mit Hüten gefüllten kleinen Raum, und eine hübsche Blondine fragte uns nach unseren Wünschen.

«Miss Driver?»

«Ich weiß nicht, ob Madame Sie empfangen kann. Worum handelt es sich bitte?»

«Sagen Sie Miss Driver, daß ein Freund von Miss Adams sie sprechen möchte.»

Aber die blonde Schönheit brauchte diesen Auftrag nicht auszuführen. Ein schwarzer Samtvorhang geriet in heftige Schwingungen, und eine quecksilbrige Dame mit flammendrotem Haar tauchte hinter ihm auf.

«Was höre ich da?»

«Sind Sie Miss Driver?»

«Ja. Was ist mit Carlotta?»

«Sie wissen von dem traurigen Vorfall noch nichts?»

«Trauriger Vorfall? Nun sprechen Sie doch endlich!»

«Miss Adams schlief infolge einer Überdosis Veronal gestern nacht für immer ein.»

«Wie ...?» Die junge Frau riß entsetzt die Augen auf. «Tot? Carlotta tot, die noch gestern abend so voller Leben war?»

«Es tut mir leid, daß ich eine solch schmerzliche Nachricht überbringen muß, Mademoiselle», entgegnete Poirot. «Sehen Sie, es ist gerade ein Uhr. Warum leisten Sie nicht mir und meinem Freund Gesellschaft beim Lunch? Ich möchte Ihnen nämlich verschiedene Fragen vorlegen.»

Die junge Dame betrachtete ihn prüfend vom Scheitel bis zur Sohle. Sie war sicher ein kampflustiges Wesen, und irgendwie erinnerte sie mich an einen aufgeweckten Foxterrier.

«Wer sind Sie denn eigentlich?» fragte sie unverblümt.

«Mein Name ist Hercule Poirot, und dies ist mein Freund Captain Hastings.»

Ich verbeugte mich.

Ihre Blicke wanderten zwischen uns beiden hin und her.

«Ich habe von Ihnen gehört. Gut, ich werde mitkommen.» Dann rief sie der Blondine zu: «Dorothy, Mrs. Lester will wegen des Rose-Descartes-Modellhutes, den wir für sie machen, vorbeikommen. Bitte, probieren Sie die verschiedenen Federn aus. Bis bald. Ich bleibe nicht allzulange fort.»

Sie riß einen kleinen schwarzen Hut vom Ständer, drückte ihn sich schief auf das eine Ohr, puderte energisch ihre Nase und blickte dann Poirot an.

«Fertig!»

Fünf Minuten später saßen wir in einem ruhigen Restaurant in der Dover Street, und jeder von uns hatte einen Cocktail vor sich.

«So, und nun heraus mit der Sprache», sagte Jenny Driver. «Worin hat sich Carlotta verwickeln lassen?»

«Sie hat sich also in etwas verwickeln lassen, Mademoiselle?»

«Wer fragt hier nun eigentlich, Sie oder ich, Monsieur Poirot?»

«Wenn es Ihnen recht ist – ich, Mademoiselle», gab mein Freund lächelnd zur Antwort. «Nicht wahr, Sie waren eine gute Freundin von Miss Adams?»

«Richtig.»

«*Eh bien,* dann bitte ich Sie, Mademoiselle, meine feierliche Versicherung entgegenzunehmen, daß alles, was ich tue, im Interesse Ihrer toten Freundin geschieht. Glauben Sie mir das?»

Pause. Jenny Driver spielte mit dem Fuß ihres Glases.

«Ja, ich glaube Ihnen», erklärte sie endlich. «Also, was wollen Sie von mir wissen?»

«Stimmt es, daß Ihre Freundin gestern mit Ihnen zu Mittag aß?»

«Ja.»

«Sprach sie von ihren Plänen für gestern abend?»

«Um ganz genau zu sein, Monsieur Poirot: Sie erwähnte nicht ausdrücklich gestern abend. Allerdings erwähnte sie etwas, das möglicherweise das ist, nach dem Sie suchen. Aber bedenken Sie wohl – sie sprach zu mir vertraulich.»

«Selbstverständlich.»

«Stört es Sie, wenn ich dem Sachverhalt meine eigene Fassung gebe?»

«Durchaus nicht, Mademoiselle.»

«Also gut! Carlotta war erregt, was bei ihr nicht häufig vorkommt. Sie weigerte sich, mir frisch von der Leber weg alles zu erzählen, verschanzte sich hinter Versprechungen, die sie gegeben hätte, ließ jedoch durchblicken, daß sie etwas im Schilde führte – ein ungeheures Possenspiel.»

«Ein Possenspiel?»

«Ja, darauf lief es hinaus, wenn sie auch nicht das Wort selbst gebrauchte. Auch über das Wie, Wann oder Wo schwieg sie. Nur . . .» Sie zögerte, starrte, die Stirn gerunzelt, ins Leere. «Sehen Sie, Monsieur Poirot, Carlotta war nicht der Typ, der Schabernack treibt und Streiche macht; sie ist eine ernsthafte, schwerblütige und hart arbeitende Frau gewesen. Und daher bin ich der Meinung, daß jemand sie zu dem Ganzen aufgestachelt hat. Ich glaube – beachten Sie bitte, daß sie mir das keineswegs sagte . . .»

«Nein, nein, ich verstehe vollkommen, Mademoiselle. Was glauben Sie?»

«Ich glaube – nein, ich bin sicher, daß irgendwie Geld dabei im Spiel war. Geld, und nur Geld allein vermochte Carlotta ihrer kühlen Ruhe zu berauben. Es muß sich schon um eine erkleckliche Summe gehandelt haben, und ich kann mich des Eindrucks nicht erwehren, daß man sie auf eine Wette festgelegt hat – eine Wette, die sie sicher war zu gewinnen. Nein, nein, so stimmt es auch nicht ganz. Ich meine, Carlotta wettete nicht. Wenigstens habe ich sie in der ganzen Zeit unserer Freundschaft noch nie bei einer Wette getroffen. Aber wie es auch sei: um Geld muß es sich gedreht haben.»

«Sie sagte es aber nicht eindeutig, wie?»

«N-nein. Freilich sagte sie, daß sie sich sehr bald dies und jenes werde leisten können. Sie wollte zum Beispiel ihre Schwester aus Amerika kommen lassen und sich mit ihr in Paris treffen. Ach, sie war ja rein vernarrt in ihre kleine Schwester – ein sehr zartes, aber sehr musikalisches Ding, soviel ich weiß. Genügt Ihnen das, Monsieur Poirot? Mehr weiß ich nämlich nicht.»

Hercule Poirot nickte.

«Ja. Und es bestätigt meine Theorie. Allerdings will ich Ihnen nicht verhehlen, daß ich auf reichere Ausbeute gehofft hatte. Ich rechnete damit, Miss Adams würde, als Frau, ihrer besten Freundin das Geheimnis enthüllt haben.»

«Nein, sie hat all meinem Drängen widerstanden und mir lachend erklärt, daß ich mich noch ein bißchen gedulden müsse, bis ich mehr erfahren könne.»

Poirot schwieg eine Weile, dann fragte er: «Sie kennen den Namen Lord Edgware, Mademoiselle?»

«Wie? Der Mann, der ermordet wurde? Auf einer Polizeibekanntmachung las ich vor einer halben Stunde den Namen.»

«Ja, den meine ich. Wissen Sie, ob Miss Adams mit ihm bekannt war?»

«Ich glaube, nein. Aber . . . Oh, warten Sie eine Minute. Mein Gott, wie war das doch?» Jenny Driver rieb sich mit beiden Händen die Stirn, als vermochte sie dadurch ihrem Gedächtnis zu helfen. «Halt, jetzt habe ich's. Sie erwähnte den Namen einmal, in äußerster Erbitterung.»

«Erbitterung?»

«Ja. Sie sagte, daß solche Menschen mit allen Mitteln daran gehindert werden müßten, durch ihre Grausamkeit und ihren Mangel an Verständnis das Leben anderer Leute zu ruinieren. Und weiter, daß er ein Mann sei, dessen Tod für alle eine Wohltat bedeuten würde.»

«Wann machte sie diese Äußerung, Mademoiselle?»

«Oh, vielleicht vor einem Monat.»

«Und wie kam sie darauf zu sprechen?»

Wieder strengte Jenny Driver einige Minuten ihr Hirn an, um schließlich resigniert den Kopf zu schütteln.

«Ich kann mich nicht mehr darauf besinnen, Monsieur Poirot. Möglicherweise durch eine Zeitungsnotiz? Aber wie gesagt – da läßt mich mein Gedächtnis im Stich. Nur so viel weiß ich noch, daß ich mich wunderte, daß die beherrschte Carlotta so leidenschaftlich einen Menschen verdammte, den sie gar nicht kannte.»

«Das ist auch verwunderlich», gab Poirot zu. Und dann fragte er: «Pflegte Miss Adams eigentlich Veronal zu nehmen?»

«Nicht daß ich wüßte.»

«Haben Sie jemals eine goldene Dose mit den Buchstaben C. A. aus Rubinen bei ihr gesehen?»

«Eine goldene Dose? Nein, nie!»

«Ist Ihnen zufällig bekannt, wo Miss Adams sich im vergangenen November aufhielt?»

«Ende November fuhr sie nach Amerika zurück, nachdem sie vorher in Paris gewesen war.»

«Allein?»

«Natürlich allein! Ich möchte wissen, warum alle Welt bei der Erwähnung von Paris immer gleich das Schlechteste annimmt. Sie kennen es doch wahrscheinlich zur Genüge, um mir beizustimmen, daß es eine durchaus ehrbare, solide Stadt ist, Monsieur Poirot. Und außerdem ist Carlotta nie das leichtsinnige Mädchen gewesen, das Ihnen im Augenblick wohl vorschwebt.»

«Natürlich, Mademoiselle. Nun noch etwas Wichtiges: Gab es in Miss Adams' Leben irgendeinen Mann, für den sie sich besonders interessierte?»

«Darauf heißt die Antwort nein», sagte Jenny langsam. «Solange ich Carlotta kenne, ging sie auf in ihrer Arbeit und in der Liebe zu ihrer jüngeren Schwester. Die Idee, daß sie das Familienoberhaupt sei, auf dessen Schultern Verantwortung und Pflichten ruhten, beherrschte sie fortwährend. Also, strenggenommen muß ich Ihnen antworten: nein. Ist Ihnen mit bloßen Vermutungen gedient, Monsieur Poirot? Dann will ich Ihnen gestehen, daß ich in letzter Zeit manchmal stutzte, weil sie mir im Wesen etwas verändert vorkam. Nicht eigentlich verträumt – eher zerstreut. Ach, ich kann das nicht mit dürren Worten erklären. Es ist eben das, was eine andere Frau rein gefühlsmäßig empfindet – und es mag auch sein, daß ich mich täuschte.»

Poirot nickte.

«Ich danke Ihnen, Mademoiselle. Ah ... nun muß ich Sie mit noch einer Frage belästigen. Gab es unter Miss Adams' Freunden eine Person, deren Name mit D beginnt?»

«D?» sprach Miss Driver ihm nach. «D? Tut mir leid. Da fällt mir niemand ein.»

## 11

Ich glaube nicht, daß Poirot eine andere Antwort auf seine Frage erwartet hatte, dennoch schüttelte er traurig den Kopf und starrte geistesabwesend vor sich hin.

Jenny Driver, die Ellbogen auf die Tischplatte gestützt, gönnte ihm Zeit, aber nach einer Weile sagte sie: «Bekomme ich nun auch etwas zu hören?»

«Mademoiselle, erst einmal möchte ich Ihnen mein Kompliment aussprechen für die kluge und verständige Beantwortung meiner Fragen. Wenn Sie mich nun fragen, ob Sie etwas zu hören bekommen, so muß ich erwidern: leider nicht sehr viel. Einige wenige nackte Tatsachen will ich Ihnen aber erzählen.»

Er schwieg und fuhr nach ein paar Sekunden im Ton eines sachlichen Berichterstatters fort:

«Gestern abend wurde Lord Edgware in seiner Bibliothek ermordet. Um zehn erschien eine Dame, von der ich vermute, daß es Ihre Freundin gewesen ist, verlangte Lord Edgware zu sprechen und stellte sich selbst als Lady Edgware vor. Sie trug eine goldhaarige Perücke und war mittels raffinierter Toilettenkünste bis zum Verwechseln Lady Edgware ähnlich, deren Bühnenname, wie Sie wissen werden, Jane Wilkinson ist. Miss Adams – sofern sie es war – blieb nur kurze Zeit; schon knapp zehn Minuten nach zehn verließ sie das Haus in Regent Gate wieder, kehrte aber erst nach Mitternacht heim, wo sie sich, nach dem Einnehmen einer Überdosis Veronal, schlafen legte. Jetzt wird Ihnen vielleicht Sinn und Zweck meiner vielen Fragen klar, Mademoiselle.»

Jenny atmete tief ein.

«Ja», sagte sie. «Und ich glaube, daß Sie mit Ihrer Vermutung das Richtige getroffen haben. Ich meine, daß die abendliche Besucherin Carlotta gewesen ist. Denn erstens kaufte sie sich gestern bei mir einen Hut, und zweitens hob sie ausdrücklich hervor, daß sie einen brauche, der die linke Seite ihres Gesichtes schütze.»

Hier muß ich ein paar erklärende Worte einschalten, da ich nicht weiß, wann dieses Buch gelesen werden wird. Ich habe während meines Lebens mancherlei Hutmoden gesehen – die Glocke, die das Gesicht der Trägerin so restlos beschattete, daß man bei dem Versuch, eine Freundin zu erkennen, in Verzweiflung geriet. Den nach vorn geneigten Hut, den Hut, der verwegen auf der Spitze einer ausladenden Frisur schwebte, das Barett, die Toque und manche andere Spielarten. In diesem Juni glich der Hut einem umgekehrten Suppenteller, klebte über einem Ohr und gab die andere Seite des Gesichts und des Haares preis.

«Gewöhnlich werden diese Hüte auf der rechten Kopfhälfte getragen, nicht?» warf mein in Modesachen ziemlich beschlagener Freund hin, worauf die Modistin bestätigend nickte.

«Immerhin führen wir stets auch etliche Formen für die linke Seite», erläuterte sie. «Weil es nämlich Damen gibt, die ihr rechtes Profil hübscher finden als das linke oder die den Scheitel immer links tragen. Haben Sie denn irgendeine Vermutung, weshalb Carlotta entgegen ihrer sonstigen Haartracht die linke Gesichtshälfte zu verbergen wünschte?»

Ich entsann mich sofort, daß die Tür von Lord Edgwares Haus nach links aufging, so daß der Butler jeden Eintretenden von dieser Seite deutlich sehen mußte. Und des weiteren entsann ich mich, daß Jane Wilkinson – zufällig hatte ich es neulich abends bemerkt – ein winziges Mal unweit des linken Augenwinkels hatte.

Aufgeregt teilte ich meine Beobachtung den beiden mit, und Poirot gab mir recht.

«*Vous avez parfaitement raison*, Hastings. Das erklärt den Kauf des linksseitigen Hutes.»

«Monsieur Poirot.» Jenny saß plötzlich kerzengerade. «Sie können doch nicht eine Sekunde auch nur daran denken, daß Carlotta ihn ermordete? Nicht wahr, das denken Sie nicht, obwohl sie so erbittert von ihm sprach?»

«Nein, das denke ich nicht. Aber ich möchte gern den Grund für dieses harte Urteil kennen. Was hat er verbrochen? Was wußte sie von ihm, das sie zu solcher Erbitterung hinriß?»

«Das weiß ich nicht. Aber daß sie ihn nicht tötete, dafür bürge ich. Sie war dafür zu . . . zu kultiviert, zu fein.»

«Da haben Sie recht, Mademoiselle! Ich selbst hätte es psychologisch nicht besser erfassen können. Wissenschaftliche Erfahrung war bei dem Verbrechen im Spiel, aber keine Feinheit.»

«Wissenschaftliche Erfahrung?»

«Ja, Mademoiselle. Der Mörder wußte ganz genau, wo er die Mordwaffe ansetzen mußte, um das Hauptnervenzentrum am Ende des Schädels zu treffen.»

«Das deutet ja beinahe auf einen Arzt hin.»

«Kannte Miss Adams irgendeinen Arzt näher?»

«Nein. Wenigstens hat sie mir gegenüber nie einen erwähnt.»

«Trug sie aber vielleicht einen Kneifer?»

«Carlotta? Bei ihren guten Augen? Welch drollige Frage, Monsieur Poirot!»

«Ah!» Mein Freund furchte grübelnd die Stirn.

In meiner Phantasie tauchte plötzlich das Bild eines Doktors auf, der betäubende Karboldünste um sich verbreitete und mit kurzsichtigen Augen durch dicke Gläser stierte. Eine scheußliche Vorstellung!

«Hat Miss Adams übrigens den Filmschauspieler Martin Bryan gekannt?» riß mich Hercule Poirots Stimme in die Wirklichkeit zurück.

«Gewiß. Eine Bekanntschaft, die sogar bis in die Kinderzeit zurückreicht. Trotzdem sahen sie sich nur hier und da. Sie behauptete, er sei durch seine Erfolge sehr aufgeblasen geworden.» Besorgt schaute Jenny Driver auf ihre Armbanduhr. «Du meine Güte, ich muß los! Bin ich Ihnen überhaupt behilflich gewesen, Monsieur Poirot?»

«Sehr. Und ich werde Ihre Hilfe auch weiterhin in Anspruch nehmen.»

«Ich stehe Ihnen jederzeit zur Verfügung. Irgend jemand zettelte diese Teufelei an. Oh, wir werden den Schurken schon aufspüren!»

Sie schüttelte uns beiden kräftig die Hand, ließ ihre weißen Zähne in einem flüchtigen Lächeln aufblitzen und stob davon.

«Ein Persönchen, das das Herz auf dem rechten Fleck hat», sagte Poirot, als er die Rechnung beglich.

«Mir gefällt sie auch.»

«Es tut immer wohl, wenn man einem hellen Verstand begegnet, Hastings.»

«Ein bißchen mehr Gefühl könnte ihr freilich nicht schaden», bemerkte ich. «Die Nachricht von dem jähen Ende ihrer Freundin warf sie viel weniger aus dem Gleichgewicht, als ich befürchtet hatte.»

«Was wollen Sie? Sie gehört nicht zu den Menschen, die gleich in Tränen ausbrechen», gab Hercule mir auf seine Art recht.

«Hat Sie die Unterredung wenigstens befriedigt?»

«Nicht völlig. Ich hoffte, einen Fingerzeig hinsichtlich der Identität des D., des Gebers der rubinengeschmückten Golddose, zu erhalten. Und das ist mir nicht gelungen. Unglücklicherweise war Carlotta Adams eine verschlossene Natur, die ihre Liebesgeschichten nicht vor Freundinnen ausbreitete. Andererseits braucht der unbekannte Urheber des sogenannten Possenspiels ihrem Herzen gar nicht nahegestanden zu haben, sondern kann ein oberflächlicher Bekannter gewesen sein, der den ‹Scherz› unter dem Deckmantel einer Wette in die Wege leitete und ihn ihr durch die Aussicht auf einen hohen Gewinn schmackhaft zu machen verstand. Dieser Unbekannte hat die Golddose möglicherweise in ihrem Besitz gesehen und sich eine Gelegenheit verschafft, deren Inhalt festzustellen.»

«Aber wie in aller Welt bewog man sie, das Gift zu nehmen? Und wann?»

«*Mon cher,* erinnern Sie sich, daß die Wohnungstür während der Zeit, als die Haushälterin den Brief zur Post trug, nicht abgeschlossen war? Doch offen gestanden, diese Theorie befriedigt mich nicht, Hastings, sie räumt dem Zufall zu viele Möglichkeiten ein. Also jetzt – an die Arbeit! Wir haben noch zwei Fingerzeigen nachzugehen.»

«Die sind?»

«Zunächst der Telefonanruf bei dem Amt Victoria. Es ist nicht ausgeschlossen, daß Carlotta Adams telefonieren wollte, um ihren Erfolg zu verkünden. Freilich, wo hielt sie sich zwischen zehn Uhr zehn und Mitternacht auf? Verbrachte sie diese Zeit in Gesellschaft des Anstifters, so mag der Telefonanruf gut und gern auch nur einer x-beliebigen befreundeten Person gegolten haben.»

«Und der zweite Fingerzeig?»

«Ach, auf den setze ich nur geringe Hoffnung. Der Brief, Hastings. Der Brief an die Schwester. Es ist möglich – ich sage nur möglich –, daß sie die ganze Angelegenheit in ihm beschrieb. Da man den Brief erst eine Woche später und zudem in einem anderen Land lesen würde, mag sie eine solche Beichte nicht als Vertrauensbruch aufgefaßt haben. Aber, wie gesagt, Hastings, meine Hoffnung ist gleich Null. Nein, wir müssen die Sache vom anderen Ende her anpacken.»

«Was nennen Sie das andere Ende?»

«Eine sorgfältige Suche nach jenen, denen der Tod Lord Edgwares Vorteile bringt.»

Ich zuckte die Schulter. «Außer seinem Neffen und seiner Frau –»

«Und dem Mann, den seine Witwe zu heiraten beabsichtigte», fiel Poirot mir ins Wort.

«Der Herzog? Er ist in Paris.»

«Zugegeben. Trotzdem steht er nicht außerhalb des fraglichen Kreises. Und dann das Hauspersonal: der Butler, die anderen dienstbaren Geister. Wer weiß, welchen Groll sie gehegt haben! Aber unser weiteres Vorgehen leiten wir meines Erachtens am besten damit ein, daß wir uns noch einmal mit Jane Wilkinson unterhalten. Sie ist gewitzt; sie bringt uns möglicherweise auf eine Spur.»

Also lenkten wir unsere Schritte zum Savoy, wo wir die Schauspielerin, umgeben von Schachteln und Kartons und Seidenpapier, vorfanden, während über der Lehne jedes Sessels, jedes Stuhls sich kostbare schwarze Gewänder ausbreiteten. Jane probierte mit ernstem, konzentriertem Ausdruck gerade einen weiteren schwarzen Hut vor dem Spiegel an.

«Oh, Monsieur Poirot? Nehmen Sie Platz. Ellis, rasch, mach bitte mal zwei Stühle leer.»

«Madame, Sie sehen bezaubernd aus!»

Jane betrachtete ausgiebig ihr Spiegelbild.

«Ich will ja nicht heucheln, Monsieur Poirot, doch man muß einen gewissen Anschein wahren, nicht? Übrigens habe ich ein reizendes Telegramm vom Herzog erhalten.»

«Aus Paris?»

«Ja, aus Paris. Natürlich mit der nötigen Vorsicht abgefaßt, so daß es für Fremde wie Beileidsworte klingt, immerhin aber so gehalten, daß ich zwischen den Zeilen lesen kann.»

«Meine Glückwünsche, Madame.»

«Monsieur Poirot.» Sie faltete die Hände, dämpfte die Stimme. Wie ein Engel, der im Begriff steht, Gedanken hehrster Heiligkeit zu verkünden, sah sie aus. «Je mehr ich nachdenke, desto mehr erscheint mir das Ganze wie ein Wunder. Hier stehe ich, erlöst von allen Sorgen. Keine langweilige, unangenehme Scheidung. Keine Scherereien. Glatt und eben liegt mein Weg vor mir. Wissen Sie, es durchströmt mich beinahe ein Gefühl frommer Dankbarkeit.»

Ich hielt vor Staunen und Entsetzen den Atem an.

«Ja, es hat sich alles trefflich für mich gefügt», fuhr Jane beinahe ehrfürchtig fort. «In letzter Zeit habe ich so häufig gedacht: wenn Edgware doch nur stürbe! ... Und eins, zwei, drei! ist er tot! Man könnte beinahe meinen, es sei eine Antwort auf mein Gebet.»

Poirot mußte seine Kehle durch ein Räuspern freimachen, ehe er sagte: «Leider kann ich nicht behaupten, daß ich die Dinge im gleichen Licht sehe, Madame. Irgend jemand tötete Ihren Gatten.»

«Natürlich», gab sie unumwunden zu.

«Haben Sie noch nicht darüber nachgedacht, wer wohl der Mörder gewesen ist?»

Ihre blauen Augen ruhten in heller Verwunderung auf Poirots Gesicht. «Was geht das mich an? In vier oder fünf Monaten können der Herzog und ich getraut werden . . .»

Mit Mühe nur behielt mein Freund die Beherrschung.

«Das weiß ich, Madame. Aber davon abgesehen: Haben Sie sich nie die Frage gestellt, durch wessen Hand Ihr Gatte starb?»

«Nein.» Sie blickte nachdenklich auf den Hut in ihrer Hand, ganz überrascht von Poirots Zumutung. «Nein, wirklich nicht.»

«Interessiert es Sie denn nicht, es zu erfahren?»

«Offen gestanden, nicht allzusehr. Vermutlich wird die Polizei den Täter über kurz oder lang erwischen; sie soll ja sehr findig sein.»

«Auch ich werde meinen Ehrgeiz daran setzen, findig zu sein, Madame.»

«Sie auch? Wie komisch!»

«Warum komisch?»

«Gott . . . ich weiß eigentlich nicht.» Ihre Augen wanderten zu den Kleidern zurück. Dann griff sie nach einem Mantel, streifte ihn über und musterte sich im Spiegel.

«Sie haben doch nichts dagegen, eh?» fragte Poirot, und seine Augen zwinkerten neckend.

«Bewahre, Monsieur Poirot. Ich würde mich sogar freuen, wenn Sie Ihre englischen Kollegen an Findigkeit übertrumpften. Ich wünsche Ihnen jeden Erfolg.»

«Madame, ich brauche mehr als Ihre Wünsche. Ich brauche Ihre Meinung.»

«Meinung?» sprach Jane, die zur Begutachtung des Mantelrückens den Kopf weit über die Schulter reckte, ihm zerstreut nach. «Worüber?»

«Wen halten Sie für den mutmaßlichen Mörder Lord Edgwares?»

«Keine Ahnung.»

Jetzt nahm sie auch noch den Handspiegel zu Hilfe und bewegte probeweise die Schultern.

«Madame!» rief Poirot mit erhobener Stimme. «Wen halten Sie für den Mörder Ihres Gatten?»

Seine laute Stimme ließ sie innehalten. «Wen? Geraldine.»

«Wer ist Geraldine?»

Aber die Aufmerksamkeit von Lord Edgwares Witwe hatte sich bereits wieder verflüchtigt.

«Ellis, heb den Mantel an der rechten Schulter ein wenig. So. Wie, Monsieur Poirot? Geraldine ist seine Tochter ... Nein, Ellis, die rechte Schulter. Ja, ja, so wird es besser. Oh, müssen Sie schon gehen, Monsieur Poirot? Ich bin Ihnen unendlich dankbar für alles – ich meine, für die Scheidung, selbst wenn sie sich nach den letzten Ereignissen erübrigt hat. Nie werde ich Ihre Hilfsbereitschaft vergessen.»

Nur zweimal noch sah ich Jane Wilkinson wieder. Einmal auf der Bühne, und einmal, als ich ihr bei einer Einladung zum Lunch gegenübersaß. Aber wenn ich an sie denke, erscheint vor meinen Augen immer jene Frau aus dem Savoy, die – mit Herz und Seele bei den Kleidern, mit dem Verstand ungeschmälert bei ihrer eigenen Person – nachlässig Worte hinwarf, die Poirots weitere Handlungen bestimmten.

*«Epatant!»* sagte mein Freund mit staunendem Respekt, als wir aus dem Hotelportal traten.

## 12

Als wir unser Wohnzimmer betraten, leuchtete auf dem Tisch das weiße Viereck eines Briefes. Poirot nahm ihn, schlitzte ihn mit der ihm eigenen Sorgfalt auf und lachte.

«Wenn man vom Teufel spricht . . . Sehen Sie, Hastings.»

Der Brief war in einer überaus steilen, charaktervollen Handschrift geschrieben, die den Eindruck erweckte, als sei sie sehr leicht leserlich und sich merkwürdigerweise als ziemlich unleserlich erwies.

Sehr geehrter Herr!
Ich hörte, daß Sie heute morgen mit dem Inspektor im Haus waren, und bedaure außerordentlich, Sie nicht gesprochen zu haben. Wenn Ihre Zeit nicht zu sehr in Anspruch genommen ist, schenken Sie mir bitte heute nachmittag ein paar Minuten.

Ihre
Geraldine Marsh

«Sonderbar, daß sie eine Unterredung mit Ihnen wünscht!»

«So? Sie finden das sonderbar? Nun, allzu höflich sind Sie gerade nicht, *mon ami.*»

Hercule Poirot hat die aufreizende Angewohnheit, immer zur unrechten Stunde zu scherzen.

«Wir werden uns sofort auf die Beine machen, Hastings», befahl er und stülpte, nachdem er zärtlich ein eingebildetes Staubkörnchen von dem Filz entfernt hatte, seinen Hut auf den Kopf. Jane Wilkinsons leichtfertige Mutmaßung, daß Geraldine ihren Vater getötet haben könnte, dünkte mich ebenso abgeschmackt wie widersinnig. Lediglich ein vollkommen hirnloser Mensch vermochte sie zu äußern. Doch als ich meine Ansicht Poirot anvertraute, fertigte er mich unwirsch ab.

«Hirn, Hirn. Was versteht man darunter wirklich? In Ihrer

Sprache, mein guter Hastings, besagt es, daß Jane Wilkinson das Hirn eines Kaninchens hat. Das ist eine Formel der Herabsetzung, der Verachtung. Doch betrachten Sie sich einmal das Kaninchen. Es lebt und vermehrt sich, was in der Natur geistige Erlesenheit bedeutet. Die entzückende Lady Edgware weiß sicher weder in Geschichte noch in Geographie oder bei den Klassikern Bescheid. Hinter dem Namen Laotse würde sie ein preisgekröntes Pekinghündchen vermuten, hinter dem Namen Molière ein Pariser Modehaus. Aber wenn es sich darum handelt, geschmackvolle Kleider auszuwählen, reiche und vorteilhafte Heiraten zu machen und sich durchzusetzen – dann ist ihr Erfolg phänomenal. Die Ansicht eines Philosophen darüber, wer Lord Edgware ermordete, würde ich für wertlos erachten; doch Jane Wilkinsons unüberlegte Meinung könnte allenfalls nützlich sein, weil ihr Standpunkt materialistisch ist und auf einer Kenntnis der schlimmsten Seite der menschlichen Natur beruht.»

«Vielleicht haben Sie recht», gestand ich zu.

*«Nous voici»,* sagte Hercule Poirot. «Ich bin neugierig, warum die junge Dame mich so dringend zu sehen wünscht.»

«Es ist ein sehr natürlicher Wunsch», erwiderte ich, den Spieß umdrehend. «Wenigstens behaupteten Sie dies vor einer Viertelstunde. Der natürliche Wunsch, eine einzigartige Persönlichkeit aus nächster Nähe zu beäugen.»

«Pah, mein Freund! Vielleicht sind Sie es gewesen, der bei unserem allerersten Besuch in diesem Haus einen solch unauslöschlichen Eindruck auf sie gemacht hat!» hänselte Poirot und drückte gleichzeitig energisch auf den Klingelknopf.

Ich rief mir das bestürzte Gesicht des Mädchens ins Gedächtnis zurück, das auf der Türschwelle erschienen war. Noch immer sah ich die brennenden dunklen Augen in dem weißen Gesicht. Wahrscheinlich hatte sie mich nachhaltiger beeindruckt als ich sie.

Der schöne Griechengott führte uns die Treppe hinauf in ein geräumiges Wohnzimmer, und zwei Minuten später gesellte sich Geraldine Marsh zu uns. Sie war sehr gefaßt – in Anbetracht ihrer Jugend sogar erstaunlich gefaßt.

«Wie liebenswürdig von Ihnen, so schnell meine Bitte zu erfüllen, Monsieur Poirot», sagte sie. «Es tut mir leid, daß ich Sie heute morgen verfehlte.»

«Sie hatten sich niedergelegt?»

«Ja. Auf Drängen Miss Carrolls, der Sekretärin meines Vaters. Sie war meinetwegen unnötig besorgt.»

«Was kann ich für Sie tun, Mademoiselle?»

Sie zauderte. «Nicht wahr, am Tag, bevor mein Vater ermordet wurde, haben Sie ihn besucht?»

«Jawohl.»

«Weshalb? Bat er Sie zu sich?»

Poirot antwortete nicht sofort. Er schien zu überlegen. Heute glaube ich allerdings, daß es von seiner Seite ein klug berechneter Zug war, um Geraldine, deren hitziges, ungeduldiges Temperament er erkannt haben mochte, zum Weiterreden anzustacheln.

«Befürchtete er irgend etwas? Sagen Sie es mir, sagen Sie es. Ich muß es wissen. Was befürchtete er? Was teilte er Ihnen mit? Oh, weshalb sprechen Sie denn nicht?»

Wie rasch war die zur Schau getragene Fassung zusammengebrochen! Jetzt saß Geraldine Marsh geduckt vornübergebeugt, und ihre Hände wanden und drehten sich nervös auf ihrem Schoß.

«Ich verhandelte mit Lord Edgware über eine vertrauliche Angelegenheit», entgegnete Poirot gedehnt.

«Dann ist es wegen ... Ich meine, dann muß es mit der Familie zu tun gehabt haben. Oh, warum bereiten Sie mir solche Folterqualen, Monsieur? Warum sind Sie so verschlossen? Es ist eine unbedingte Notwendigkeit für mich, daß ich es erfahre. Jawohl, unbedingte Notwendigkeit!»

Ganz langsam schüttelte mein Freund den Kopf. Erstaunen, Verneinung, Abwehr – auf vielerlei Art konnte man dies Schütteln deuten.

«Monsieur Poirot ...» Sie richtete sich auf. «Ich bin seine Tochter; ich habe das Recht zu erfahren, was meinen Vater am letzten Tag seines Lebens bedrückte. Ich finde es nicht fair, mich im dunkeln tappen zu lassen. Es ist auch nicht fair gegenüber dem Toten.»

«Waren Sie Ihrem Vater denn so zugetan, Mademoiselle?»

Sie zuckte zurück, wie von einer Wespe gestochen.

«Zugetan? Ihm zugetan?» flüsterte sie. «Ich ... ich ...»

Und jäh zerstob der letzte Rest von Selbstbeherrschung. Ein perlendes Gelächter brach von ihren Lippen. In ihrem Sessel zurückgelehnt, lachte sie und lachte.

«Es ist so spaßig, daß einem eine solche Frage gestellt wird», keuchte sie.

Das hysterische Gelächter hatten auch andere Ohren als die unsrigen vernommen. Die Tür öffnete sich, und Miss Carroll trat ins Zimmer, nüchtern und fest.

«Na, na, Geraldine, das geht doch nicht. Nein, nein ... Schluß damit. Ich verlange es. Sofort hörst du mit Lachen auf!»

Ihre entschiedene Art wirkte – Geraldines unsinniges Gelächter wurde schwächer. Sie trocknete ihre Augen und setzte sich auf.

«Verzeihen Sie bitte», sagte sie leise. «Es ist das erste Mal, daß mir so etwas passiert.»

Miss Carroll betrachtete sie noch immer voller Besorgnis.

«Keine Sorge, meine Liebe, ich bin wieder ganz vernünftig. Mein Gott, wie konnte ich mich so verrückt benehmen!»

Dann kräuselten sich ihre Lippen zu einem bitteren Lächeln: «Er hat mich gefragt, ob ich meinem Vater zugetan war.»

Die Sekretärin gab ein unbestimmbares Glucksen von sich, das wohl Unentschlossenheit bezeichnete. Inzwischen fuhr Geraldine mit heller, höhnender Stimme fort:

«Ich möchte wissen, ob es besser ist, sich an die Wahrheit zu halten oder mit Lügen aufzuwarten? Die Wahrheit, denke ich. Also: Ich war meinem Vater keineswegs zugetan, ich haßte ihn.»

«Geraldine ... Kind!»

«Warum schwindeln? Sie haßten ihn nicht, weil er Ihnen nichts anhaben konnte; Sie sahen in ihm nur den Arbeitgeber, der Sie reichlich bezahlte. Sein Toben, seine Wutausbrüche, seine Schrullen kümmerten Sie nicht – Sie gingen darüber hinweg. Ich kann mir vorstellen, wie Sie, Miss Carroll, die Sie eine sehr starke Frau sind, sich achselzuckend vorhielten: Na, wenn schon, irgendeinen Haken hat jedes Ding – und hierauf Ihren Dienst munter weiter versahen. Und schließlich stand es Ihnen ja jeden Augenblick frei, das Haus zu verlassen. Ich aber konnte das nicht – ich gehörte dazu.»

«Wirklich, Geraldine, mir scheint es überflüssig, daß du alles dies ans Licht zerrst. Vater und Tochter vertragen sich häufig nicht. Aber je weniger Worte man darüber verliert, desto besser, habe ich immer gefunden.»

Geraldine wandte ihr kurzerhand den Rücken zu. «Monsieur Poirot, ich haßte meinen Vater und bin froh, daß er tot ist. Es bedeutet Freiheit für mich – Freiheit und Unabhängigkeit. Mich drängt es durchaus nicht, den Mörder auszukundschaften; er mag Gründe, gute Gründe, gehabt haben, die seine Tat rechtfertigen.»

«Mademoiselle, Sie machen sich eine gefährliche Lehre zu eigen.»

«Gibt die Verurteilung des Mörders Vater das Leben zurück?»

«Nein», erwiderte Hercule Poirot kalt. «Aber sie bewahrt möglicherweise andere unschuldige Leute vor dem Schicksal, gleichfalls ermordet zu werden.»

«Ich verstehe Sie nicht.»

«Ein Mensch, der einmal tötete, tötet fast stets ein zweites

Mal – meist noch öfter. Sehen Sie mich nicht so ungläubig an, Mademoiselle, das ist die Wahrheit. Vielleicht ist das eine Leben nach schrecklichen Gewissenskämpfen ausgelöscht worden, und wenn dann Gefahr droht, so geht der zweite Mord moralisch viel leichter von der Hand. Bei dem kleinsten Aufzucken von Argwohn folgt der dritte. Und nach und nach erwacht ein künstlerischer Stolz – das Töten ist zu einem Beruf geworden und wird beinahe mit Vergnügen ausgeübt!»

Das junge Mädchen schlug die Hände vors Gesicht. «Grauenhaft! Grauenhaft. Nein, das ist nicht wahr.»

«Und wenn ich Ihnen nun sage, daß es sich bereits ereignet hat? Daß der Mörder, um sich selbst zu retten, sich an einem zweiten Opfer vergriff.»

«Wie?» rief Miss Carroll dazwischen. «Ein anderer Mord? Wo? Wer?»

Mein Freund blickte sie lächelnd an.

«Verzeihung, Mademoiselle. Ich erlaubte mir nur, ein kleines Beispiel anzuführen.»

«Ach so. Einen Augenblick glaubte ich wirklich ... Nun, Geraldine, hast du jetzt genug Unsinn geredet?»

«Mademoiselle Carroll, Sie stehen, wie ich bemerke, auf meiner Seite», meinte Poirot mit einer leichten Verneigung.

«Ich halte nicht viel von der Todesstrafe», entgegnete Miss Carroll kurz. «Sonst aber stehe ich natürlich auf Ihrer Seite. Die Allgemeinheit muß geschützt werden.»

Geraldine strich mit einer müden Bewegung das Haar zurück.

«Weigern Sie sich noch immer, nur zu erzählen, weshalb mein Vater Sie hineinzog?»

«Ihn hineinzog?» wiederholte die Sekretärin.

«Sie haben mich mißverstanden, Miss Marsh – ich weigerte mich nicht, Ihnen von meinem Besuch bei Ihrem Vater zu erzählen.» Jetzt war Poirot gezwungen, mit offenen Karten zu spielen. «Ich erwog nur, wieweit ich die Unterredung vertraulich behandeln müsse. Ihr Vater hat mich nämlich nicht gerufen, sondern ich ersuchte um eine Unterredung wegen eines Klienten. Und dieser Klient war Lady Edgware.»

Ein eigenartiger Ausdruck glitt über Geraldines bleiches Gesicht. Anfänglich hielt ich ihn für Enttäuschung, und erst allmählich wurde mir klar, daß es Erleichterung war.

«Ich habe mich sehr töricht benommen», sagte sie langsam, «aber ich dachte, mein Vater habe sich durch irgendeine Gefahr bedroht gefühlt. Wenn die Nerven einem einen Streich spielen, verfällt man auf die dümmsten Gedanken.»

«Meinen Sie, daß Lady Edgware den Mord beging?»

«Nein, das glaube ich nicht.»

«Wer hat es denn sonst getan?» trumpfte Miss Carroll auf. «Oder glaubst du etwa, daß Frauen ihrer Art moralische Hemmungen haben?»

«Trotzdem steht ihre Schuld nicht fest», widersprach Geraldine. «Sie kann nach der Unterredung fortgegangen und der wirkliche Täter – vielleicht irgendein armer Wahnsinniger – nachher hereingekommen sein.»

«Alle Mörder sind geistig nicht ganz zurechnungsfähig, habe ich gelesen. Das hängt mit den Hormonen zusammen.»

In diesem Augenblick öffnete sich die Tür. Ein junger Herr erschien auf der Schwelle, blieb linkisch stehen.

«O weh. Ich wußte nicht, daß jemand hier ist.»

Geraldine übernahm die Vorstellung. «Mein Vetter, Lord Edgware. Monsieur Poirot. Komm nur, Ronald, du störst nicht.»

«Wirklich nicht, Dina? Wie geht es, Monsieur Poirot? Versuchen Ihre grauen Zellen unserem Familiengeheimnis auf die Spur zu kommen?»

Wo hatte ich nur dieses runde, vergnügte, nichtssagende Gesicht, diese Augen mit den leichten Säcken darunter, diesen winzigen Schnurrbart, der wie ein braunes Inselchen in der Mitte des breiten Gesichts saß, schon gesehen?

Aber natürlich! Das war ja Carlotta Adams' Begleiter, der beschwipste Tischgenosse bei Jane Wilkinsons Abendgesellschaft. Captain Ronald Marsh – der neue Lord Edgware.

## 13

Der neue Lord Edgware hatte einen scharfen Blick, dem mein leichtes Staunen nicht entgangen war.

«Na, ist's Ihnen eingefallen?» fragte er freundschaftlich. «Ja, ja, Tante Janes Einladung zum Supper. Hatte ein Glas zuviel getrunken, aber ich hoffte, daß man es nicht merken würde.»

Hercule Poirot verabschiedete sich bereits von Geraldine Marsh und Miss Carroll.

«Ich werde Sie hinuntergeleiten», erbot sich Ronald. Und während wir die breite Eichentreppe hinabstiegen, plauderte er weiter: «Ein komisches Ding ist das Leben. An die Luft befördert heute und gleich darauf Herr und Gebieter im Haus ... Mein verstorbener unbeweinter Onkel warf mich nämlich vor drei Jahren hinaus – aber vermutlich ist Ihnen das alles schon bekannt, Monsieur Poirot?»

«Ja. Ich habe es zufällig mal gehört», sagte Poirot gemessen.

«Natürlich, so was hört man immer. Sogar dem grimmigsten Bluthund kommt es zu Ohren.» Er lachte leise und stieß die Tür des Eßzimmers auf.

«Nehmen Sie eine kleine Stärkung, bevor Sie gehen, meine Herren.»

Poirot wie auch ich lehnten ab, worauf der junge Herr sich selbst einschenkte, ohne sein Geplauder dabei zu unterbrechen.

«Innerhalb einer einzigen kurzen Nacht bin ich, die Verzweiflung der Gläubiger, eine Hoffnung der Geschäftsleute geworden. Gestern bettelarm, heute im Überfluß schwimmend. Gott segne Tante Jane!»

Er leerte sein Glas. Dann aber wandte er sich in ernsterem Ton an Poirot.

«Was treiben Sie eigentlich, Monsieur Poirot? Ich meine, hier im Haus. Vor vier Tagen deklamierte Tante Jane dramatisch, als ob sie auf der Bühne stände: Wer will mich von diesem unerträglichen Tyrannen befreien? Und siehe da, sie ist befreit! Hoffentlich nicht dank Ihrer Mitwirkung, he? Das vollkommene Verbrechen, begangen durch Hercule Poirot, den einstigen Bluthund.»

Mein Freund lächelte nachsichtig. «Ich folgte heute nachmittag einem Ruf von Miss Geraldine Marsh.»

«Eine sehr diskrete Antwort, mein Bester, mit der ich mich jedoch nicht abspeisen lasse. Aus dem einen oder anderen Grund interessiert Sie selbst der Tod meines Onkels.»

«Mich interessiert jeder Mord, Lord Edgware.»

«Aber Sie verübten ihn nicht, was? Sehr vorsichtig von Ihnen. Sie sollten Tante Jane Vorsicht lehren, Monsieur. Vorsicht und etwas mehr Zurückhaltung. Sie werden entschuldigen, wenn ich sie Tante Jane nenne, das macht mir nämlich Spaß. Haben Sie übrigens ihr verdutztes Gesicht gesehen, als ich sie auch neulich im Savoy so nannte? Sie hatte nicht den kleinsten Schimmer, wer ich war.»

*«En vérité?»*

«Woher sollte sie mich kennen ... Ich wurde ja drei Monate vor ihrer Heirat mit meinem Onkel gebeten, mir ein anderes Dach über dem Kopf zu suchen.» Eine Sekunde verschwand der alberne, gutmütige Ausdruck von seinem Vollmondgesicht. Aber dann fuhr der glückliche Erbe Lord Edgwares mit derselben Leichtigkeit fort: «Prachtvolles Weib, nicht? Aber kein Geschick, keine Schlauheit. Ziemlich unreifes Vorgehen, wie?»

Poirot zuckte die Schultern. «Möglich.»

Ronald blickte ihn neugierig an. «Sie scheinen zu glauben, daß sie nicht die Täterin war. Also ist es ihr gelungen, Sie auch schon kirre zu machen!»

«Ich hege große Bewunderung für Schönheit», sagte mein Freund gleichmütig. «Aber auch für Beweismaterial.»

«Beweismaterial?»

«Anscheinend wissen Sie nicht, Lord Edgware, daß Lady Edgware zur selben Stunde, als man sie hier gesehen haben will, auf einer Party in Chiswick war.»

«Donnerwetter! Also ist sie doch hingegangen? Das ist so richtig Weiberart. Um sechs Uhr versicherte sie, daß nichts auf Erden sie bewegen könnte, hinzugeben, und zehn Minuten später änderte sie schon ihre Meinung! Was lernt man daraus? Sich bei einem Mordplan nie auf eine Frau zu verlassen. Die ausgetüfteltsten Pläne werden dadurch Stümperwerk. Nein, Monsieur Poirot, ich beschuldigte mich nicht selbst. Oh, meinen Sie, ich wüßte nicht, in welcher Richtung Ihr Hirn jetzt arbeitet? Wer ist denn der natürliche Verdächtige? Der überall als Taugenichts verschrieene Neffe.»

Er lehnte sich schmunzelnd in die Polster seines Sessel zurück und schlug die Beine übereinander.

«Ich werde Ihre kleinen grauen Zellen vor unnötiger Arbeit bewahren, Monsieur Poirot. Sie brauchen nicht herumzuhetzen, um jemanden ausfindig zu machen, der mich in der Nähe sah, als Tante Jane erklärte, daß sie auf keinen, auf gar keinen Fall an diesem Abend ausgehen würde. Ja, ich befand mich in Hörweite. Na, wie steht's nun? Kam der gewissenlose Neffe in einer blonden Perücke und einem Pariser Hut als Frau verkleidet hierher?»

Der neugebackene Lord Edgware schien sich köstlich zu amüsieren. Poirot – mit der bekannten schiefen Kopfhaltung – sah ihn aufmerksam an; ich dagegen fühlte mich im höchsten Grad unbehaglich.

«O ja, ich hatte einen Grund – einen sehr guten Grund sogar, Monsieur Poirot. Und ich werde Ihnen jetzt eine besonders wertvolle und schwerwiegende Auskunft geben. Gestern morgen habe ich meinen Onkel aufgesucht. Warum? Um Geld von ihm zu verlangen. Nicht wahr, da lecken Sie sich die Lippen? Um Geld zu verlangen – prägen Sie es sich gut ein. Und ich mußte gehen, ohne es bekommen zu haben. Am Abend, am selben Abend, stirbt Lord Edgware.»

Er gestattete sich eine Pause, offenbar in der Erwartung, daß Hercule Poirot zu dem Gehörten Stellung nehmen würde. Aber dieser schwieg.

«Ich fühle mich durch Ihre Aufmerksamkeit ungemein geschmeichelt, Monsieur Poirot. Und Captain Hastings macht den Eindruck, als hätte er ein Gespenst gesehen oder als erwarte er es in jeder Sekunde. Mein Lieber, seien Sie nur nicht allzu gespannt ... Also, wo waren wir stehengeblieben? Ach ja, bei dem gewissenlosen Neffen, der den Verdacht schnöde auf die verhaßte Tante lenkt. Mit zarter, mädchenhafter Stimme gibt er sich dem Butler als Lady Edgware zu erkennen und trippelt mit winzigen Schritten an ihm vorbei. ‹Jane!› schreit mein teurer Onkel bei meinem Anblick. ‹George!› lispele ich. Dann schlinge ich meine Arme um seinen Nacken und bohre ihm das Taschenmesser ins Rückgrat. Über die nächsten Einzelheiten können wir, da sie rein medizinischer Art sind, hinweggehen. Es genügt zu erwähnen, daß die falsche Dame das Haus verläßt und sich mit dem Gedanken zu Bett begibt, gute Arbeit geleistet zu haben.»

Er lachte, stand auf, um sich einen neuen Whiskysoda einzugießen, und kehrte hierauf gemächlich zu seinem Sessel zurück.

«Klappt fein, wie? Aber sehen Sie, jetzt flaut das Ganze ab, jetzt naht die Enttäuschung. Denn nunmehr sind wir beim Alibi angelangt, Monsieur Poirot.» Er stürzte den Inhalt des Glases hinunter. «Ich finde Alibis immer sehr genußreich. Sooft ich eine Detektivgeschichte lese, lauere ich stets vom ersten Kapitel an gierig auf das Alibi. Ich habe Ihnen ein ausgezeichnetes zu bieten: Mr., Mrs. und Miss Dortheimer, außerordentlich reiche und außerordentlich musikalische Herrschaften. Sie haben eine Loge im Covent Garden. In diese Logen pflegen sie junge Herren mit aussichtsreicher Zukunft zu bitten. Ich, Monsieur Poirot, bin ein solcher junger Herr – einen besseren können sie sich überhaupt nicht wünschen. Ob ich die Oper liebe? Ehrlich gesagt, nein. Aber ich nehme gern die Einladung zum reichhaltigen Dinner in Grosvenor Square an und lehne auch das anschließende Supper nicht ab, selbst wenn es mich zum Tanz mit Rachel Dortheimer verpflichtet und ich noch zwei Tage hinterher mit einem lahmen Arm herumlaufe. Das ist nun sehr traurig, Monsieur Poirot: Während nämlich Onkels Leben mit seinem Blut verströmte, tuschelte ich fröhliche Nichtigkeiten in das brillantengeschmückte Ohr der blonden – pardon – der schwarzen Rachel. Und deshalb, mein verehrter Monsieur Poirot, darf ich es mir erlauben, so freimütige Reden zu führen. Ich habe Sie doch hoffentlich nicht gelangweilt? Haben Sie sonst noch Fragen?»

«Ich kann Ihnen versichern, daß Sie mich nicht im mindesten gelangweilt haben», ergriff Poirot endlich das Wort, «aber da Sie so liebenswürdig sind, möchte ich noch eine kleine Frage stellen.»

«Bitte.»

«Seit wann, Lord Edgware, kennen Sie Carlotta Adams?»

Diese Frage hatte der junge Herr offenbar nicht erwartet. Er richtete sich aus seiner nachlässigen Haltung auf und sah meinen Freund mit einem gänzlich neuen Ausdruck an.

«Warum wollen Sie das wissen? Was hat es mit dem zu tun, was wir hier erörtern?»

«Ich bin ein bißchen neugierig veranlagt – das ist alles. Im übrigen aber haben Sie alles so ausführlich erklärt, daß es keiner weiteren Frage meinerseits bedarf.»

Ronald streifte ihn mit einem raschen Blick. Es war beinahe, als ob er Poirots freundlicher Nachgiebigkeit nicht traute, als ob er ihn lieber argwöhnisch gesehen hätte.

«Carlotta Adams?» begann er. «Warten Sie mal – nun, ein Jahr oder etwas länger werde ich sie kennen. Richtig, anläßlich ihres vorjährigen Gastspiels wurden wir miteinander bekannt.»

«Sie kennen sie gut?»

«Ziemlich. Miss Adams gehört nicht zu den Frauen, die man im Handumdrehen kennenlernt; sie ist zurückhaltend und verschlossen.»

«Aber Sie mögen sie gern?»

Der junge Lord Edgware starrte ihn prüfend an. «Wenn ich nur wüßte, was Sie eigentlich die junge Dame angeht? Etwa, weil ich neulich abends mit ihr zusammen war? Ja, ich mag sie sogar sehr gern. Sie hat eine liebe Art, hört einen Menschen an und gibt ihm das Gefühl, daß er letzten Endes doch etwas taugt.»

Poirot nickte. «Das verstehe ich. Dann werden Sie um so betrübter sein.»

«Betrübter? Worüber?»

«Daß sie tot ist.»

«Was?» Mit einem Satz war der junge Mann auf den Füßen. «Carlotta tot? Ah, Monsieur Poirot, Sie erlauben sich einen Scherz! Carlotta war, als ich sie das letzte Mal sah, vollkommen lebendig?»

«Wann haben Sie sie zum letztenmal gesehen?» fragte Poirot.

«Vorgestern.»

«*Tout de même,* sie ist tot.»

«Um Gottes willen, wie denn? Ein Verkehrsunfall? Überfahren?»

Poirot betrachtete die Decke. «Nein. Sie nahm eine Überdosis Veronal.»

«Das arme Ding! Wie furchtbar!»

*«N'est-ce-pas?»*

«Tot, gerade jetzt, da sich alles so gut anließ? Sie wollte ihre kleine Schwester zu sich kommen lassen und hatte noch hundert andere Pläne. Verdammt, das nimmt mich mehr mit, als ich Ihnen sagen kann.»

«Ja, es ist traurig zu sterben, wenn das Leben verheißungsvoll vor einem liegt. Glauben Sie, auch mir geht ihr Tod sehr zu Herzen, Lord Edgware ... Und nun müssen wir uns verabschieden.»

«Oh ... Auf Wiedersehen.» Ronald nahm ziemlich verwirrt die ihm gebotene Hand. «Leben Sie wohl, Monsieur Poirot.»

Als ich die Tür öffnete, prallte ich fast mit Miss Carroll zusammen.

«Man hat mir gesagt, daß Sie noch nicht fort seien. Und da ich noch gern ein paar Worte mit Ihnen reden möchte, wollte ich Sie bitten, mit auf mein Zimmer zu kommen.»

«Selbstverständlich, Mademoiselle.»

«Es betrifft das Kind ... Geraldine», ergänzte sie, während wir die Schwelle ihres Büros überschritten. «Was hat sie für einen Unsinn geschwatzt! Widersprechen Sie nicht, Monsieur Poirot. Unsinn nenne ich es, und Unsinn war es.»

«Sie hat ein wenig die Nerven verloren.»

«Ja, gewiß. Um ehrlich zu sein: Sie hat wenig frohe Stunden in ihrem Leben gekannt. Lord Edgware übte eine Schreckensherrschaft aus. Er war nicht der Mann, dem man die Erziehung eines Kindes hätte anvertrauen dürfen; er fühlte sich nur wohl, wenn er Angst und Furcht um sich verbreitete, und genoß es mit geradezu krankhaftem Vergnügen.»

«Das deckt sich mit dem Eindruck, den er auf mich machte, Mademoiselle.»

«Ah, dann glauben Sie also nicht, daß ich übertreibe? Ein außerordentlich belesener Mann, mit einem Verstand, der den Durchschnitt weit überragte ... und dennoch! Wenn ich selbst unter dieser Schattenseite seines Wesens auch nicht zu leiden hatte, so darf ich sie doch nicht leugnen. Offen gestanden überraschte es mich nicht, daß seine Frau ihn verließ. Die jetzige Frau, meine ich. Ich habe keine gute Meinung von ihr, doch als sie Lord Edgware heiratete, bürdete ihr das Schicksal Schlimmeres auf, als sie verdiente. Nun, sie verließ ihn – ohne daß Schlimmeres geschah. Aber Geraldine, die Arme, konnte ihn nicht verlassen. Und manchmal habe ich das Gefühl gehabt, als wollte er durch die brutale Art, mit der er sie behandelte, Rache an ihrer Mutter, seiner ersten Gattin, nehmen. Sie soll eine gutherzige Frau gewesen sein, weich und anschmiegsam. Wenn Geraldine sich vorhin nicht so aufgeführt hätte, würde ich diese traurigen Familiengeschichten gar nicht aufrühren; aber jetzt fühle ich mich dazu verpflichtet, damit Sie kein schiefes, häßliches Bild von dem Kind gewinnen.»

«Ich bin Ihnen für Ihre Erklärungen sehr dankbar, Mademoiselle. Alles in allem hätte Lord Edgware also besser daran getan, nicht zu heiraten?»

«Viel besser.»

«Eine dritte Heirat hat er nie erwogen?»

«Wie denn? Seine Frau lebte ja.»

«Wenn er ihr die Freiheit gegeben hätte, wäre er selbst frei geworden.»

«Ich sollte meinen, die Ungelegenheiten mit zwei Frauen wären hinreichend gewesen», versetzte Miss Carroll grimmig.

«Dann sind Sie überzeugt, daß die Frage einer dritten Heirat niemals angeschnitten wurde? Nie, Mademoiselle? Denken Sie gut nach!»

Der Sekretärin schoß das Blut in die Wangen.

«Sie haben eine seltsame Art, Fragen zu stellen, Monsieur Poirot. Natürlich war niemals von einer dritten Heirat die Rede.»

# 14

«Warum fragten Sie Miss Carroll so hartnäckig nach der Möglichkeit einer Wiederverheiratung Lord Edgwares, Poirot?»

Wir saßen nebeneinander im Auto und fuhren unserer Wohnung entgegen.

«Warum, *mon ami*? Weil ich mir seinen plötzlichen Gesinnungsumschwung zu erklären suche. Jahrelang setzt er dem Drängen seiner Frau und dem Drängen von Rechtsanwälten aller Art eisernen Widerstand entgegen, erklärt, daß er nie in die Scheidung einwilligen würde. Und dann gibt er eines guten Tages plötzlich nach!»

«Oder er behauptet es», erinnerte ich ihn.

«Sehr wahr, Hastings. Er behauptet es; aber wir haben keinerlei Beweise, daß jener Brief tatsächlich geschrieben wurde. Wenn er ihn jedoch geschrieben hat, so hat es einen Grund dafür gegeben. Und der nächstliegende, der sich ohne weiteres anbietet, ist, daß Lord Edgware eine dritte Ehe zu schließen beabsichtigte.»

«Was Miss Carroll mit aller Entschiedenheit in Abrede stellt», fügte ich hinzu.

«Ja . . . Miss Carroll . . .», sagte Poirot nachdenklich.

«Sie halten sie für eine Lügnerin? Warum denn? Haben Sie nicht den Eindruck eines aufrechten, geraden Menschen von ihr gewonnen?»

«Bisweilen läßt sich vorsätzliche Falschheit sehr schwer von uneigennütziger, nachlässiger Ungenauigkeit unterscheiden, *mon ami.*»

«Wie?»

«Vorsätzlich täuschen – das ist eine Sache. Aber von den eigenen Meinungen und Ideen so überzeugt sein, daß Einzelheiten keine Rolle spielen – das, mein guter Hastings, ist ein kennzeichnendes Merkmal für besonders ehrliche Menschen. Bedenken Sie, daß sie uns schon eine Lüge erzählt hat.

Sie sagte, daß sie Jane Wilkinsons Gesicht gesehen habe, was sich als unmöglich herausstellte. Wie kommt sie nun zu einer derartigen Aussage? Auf folgende Weise, Hastings: Sie schaut über das Geländer und erblickt Jane Wilkinson in der Halle. Kein Zweifel steigt in ihr auf, ob es wirklich Jane Wilkinson ist. Sie weiß es. Sie erklärt, das Gesicht deutlich gesehen zu haben, weil – von der Tatsache fest überzeugt – genaue Einzelheiten sie nicht kümmern. Nachher wird ihr nachgewiesen, daß sie das Gesicht gar nicht gesehen haben kann. ‹So . . .? Pah, was tut das, ob ich ihr Gesicht sah oder nicht – es war Jane Wilkinson!› Und so geht's mit jeder anderen Frage. Sie *weiß* es. Meine Frage nach Lord Edgwares Wiederverheiratung nimmt sie nicht ernst, einfach deshalb, weil ihr nie so etwas in den Sinn gekommen ist. Sie nimmt sich nicht die Mühe zu überlegen, ob nicht doch irgendwelche geringfügigen Anzeichen in diese Richtung deuten. Und deshalb stehen wir am selben Fleck wie zuvor. Wohlverstanden, Hastings, ich halte sie nicht für eine vorsätzliche Lügnerin, sofern . . . Bei Gott, das ist eine Idee!» unterbrach er sich plötzlich.

«Was denn? Was, Poirot?» drängte ich neugierig.

Aber er schüttelte bereits den Kopf. «Nein – das ist unmöglich.» Und er weigerte sich, mehr zu sagen.

«Sie scheint das junge Mädchen sehr liebzuhaben», brachte ich das Gespräch wieder in Gang.

«Ja. Welchen Eindruck hinterließ Miss Geraldine Marsh bei Ihnen, Hastings!»

«Sie tat mir leid – ganz entsetzlich leid.»

«Ich weiß, Schönheit in Bedrängnis hat Sie noch jedesmal mitgenommen. Aber» – er wurde plötzlich ernst – «daß sie eine sehr unglückliche Kindheit verlebt hat, steht klar und deutlich auf ihrem Gesicht geschrieben.»

«Jedenfalls werden Sie jetzt eingesehen haben, wie verkehrt Jane Wilkinsons Mutmaßung war, Geraldine könne mit dem Verbrechen etwas zu tun haben.»

«Fraglos ist ihr Alibi befriedigend – obwohl Japp mir bisher noch nichts Entsprechendes mitgeteilt hat.»

«Aber mein lieber Poirot! Sie wollen doch damit nicht andeuten, daß Sie, nachdem Sie sie gesehen und gesprochen haben, noch ein Alibi verlangen?»

«*Eh bien,* mein Freund, welches Ergebnis hat das Sehen und Sprechen gehabt? Wir erfahren, daß viel Leid und Kummer hinter ihr liegen; sie selbst gesteht, daß sie ihren Vater gehaßt hat und froh über seinen Tod ist. Ferner zeigt sich einem scharfen Beobachter, wie sehr sie beschäftigt, was ihr Vater gestern morgen mit uns besprochen hat. Und nach all dem wagen Sie zu sagen: Ein Alibi ist unnötig!»

«Ihre Freimütigkeit beweist ihre Unschuld», verteidigte ich sie warm.

«Freimütigkeit scheint der hervorstechendste Charakterzug dieser Familie zu sein. Der neue Lord Edgware zum Beispiel mit welch freimütiger Geste legte er seine Karten auf den Tisch!»

«Ja, das tat er wirklich!» erwiderte ich und lächelte unwillkürlich bei der Erinnerung. «Eine originelle Methode.»

Poirot nickte. «Er gräbt – wie ihr Engländer sagt – einem den Boden vor den Füßen weg.»

«Unter den Füßen», verbesserte ich. «Ja, wir beide müssen ziemlich dumm ausgesehen haben.»

«Welch ein Einfall! Ich fühlte mich durchaus nicht dumm und werde deshalb auch schwerlich so ausgesehen haben, Hastings. Im Gegenteil, ich raubte ihm sogar die Fassung.»

«Wieso?»

«Ach, Hastings, Ihnen fehlt jede Beobachtungsgabe! Haben Sie nicht bemerkt, wie ich ihm zuhörte und zuhörte, bis ich schließlich mit einer ganz fernliegenden Frage dazwischenfuhr? Das hat unseren guten Monsieur ganz schön durcheinandergebracht.»

«Ich meine, seine Erschütterung und Überraschung über die Nachricht von Carlottas Tod seien echt gewesen.»

«Schwer zu sagen. Wie auch immer – was sagen Sie zu einem netten Dinner? Und hinterher, etwa um neun Uhr, können wir mit unsern Besuchen fortfahren.»

«Bei wem?»

«Erst den Hunger stillen, *mon cher.* Und bis wir unseren Kaffee trinken, werden wir den Fall nicht weiter erörtern. Während der Mahlzeit sollte das Hirn stets der Diener des Magens sein.»

Wir befahlen dem Chauffeur, uns zu einem kleinen Restaurant in Soho zu fahren, wo man uns kannte und ein zartes Omelette, eine Seezunge, ein Hähnchen und einen Rumpudding servierte.

Als wir den ersten Schluck Kaffee nippten und Poirot eine seiner dünnen Zigaretten rauchte, konnte ich meine Neugierde nicht weiter im Zaum halten. «Also», fing ich an, «beschäftigen wir uns wieder mit dem Fall Edgware.»

*«Eh bien.»* Hercule Poirots Augen wurden zu zwei schmalen Schlitzen, und langsam stieß er eine Rauchwolke nach der anderen aus. *«Je me pose des questions.»*

«Ja?» fragte ich eifrig.

«Über die erste Frage haben wir uns bereits unterhalten: Warum Lord Edgware seine Meinung über die Scheidung änderte?

Die zweite Frage, die ich mir stelle, lautet: Was geschah mit jenem Brief? Wer hatte Interesse daran, daß Lord Edgware und seine Gattin die lästig gewordenen Ehefesseln noch weiterschleppten?

Frage Nummer drei: Was bedeutete das wutverzerrte Gesicht des Lords, das Sie gestern vormittag beim Verlassen der Bibliothek zufällig bemerkten? Können Sie mir darauf eine Antwort geben, Hastings?»

Ich verneinte.

«Sind Sie wenigstens sicher, daß Ihre Einbildung nicht mit Ihnen durchging, *mon cher?* Bisweilen haben Sie eine reichlich lebhafte Phantasie.»

«Nein, nein.» Ich schüttelte energisch den Kopf. «Ich bin sicher, daß ich mich nicht täuschte.»

«*Bien.* Dann ist es eine Tatsache, die der Erklärung bedarf. Meine vierte Frage gilt dem Kneifer. Weder Jane Wilkinson noch Carlotta Adams tragen eine Brille. Was haben also die Gläser in Carlottas Handtäschchen zu suchen?

Und meine fünfte Frage: Weshalb telefonierte jemand nach Chiswick, um herauszufinden, ob sich Jane Wilkinson unter den Gästen befand; und wer ist es gewesen?

Mit diesen Fragen schlage ich mich herum, *mon ami.* Wenn ich sie beantworten könnte, würde mein Kopf leicht und frei werden. Und wenn ich auch lediglich eine Theorie entwickeln könnte, die sie einigermaßen zufriedenstellend erklärt, würde meine Eigenliebe nicht so leiden.»

«Es sind nicht die einzigen Fragen, Poirot», wandte ich ein.

«So? Haben Sie noch mehr?»

«Wer stiftete Carlotta Adams zu diesem verhängnisvollen Mummenschanz an? Wo hielt sie sich an dem Mordabend vor und nach zehn Uhr auf? Wer ist D., der ihr die goldene Dose schenkte?»

«Mein lieber Hastings, das sind doch plumpe, derbe Fragen nach Tatsachen, über die wir jede Minute Aufschluß erhalten können. Meine Fragen hingegen bewegen sich auf dem Gebiet der Psychologie. Die kleinen grauen Zellen –»

«Poirot», flehte ich verzweifelt. Ich fühlte, daß ich ihn – koste es, was es wolle – am Weiterreden hindern müsse, da ich nicht imstande war, die bis zum Überdruß bekannten Sätze schon wieder zu hören. «Sie erwähnten, daß Sie heute noch einen Besuch zu machen beabsichtigen?»

«Richtig. Ich werde telefonieren, um zu sehen, ob es paßt.»

Er ließ mich allein und kehrte nach etlichen Minuten vergnügt wieder. «Alles in Ordnung. Kommen Sie!»

«Wohin gehen wir?» fragte ich.

«Nach Chiswick, zu Sir Montague Corner. Ich möchte gern ein wenig mehr über jenen Telefonanruf erfahren.»

## 15

Es schlug zehn Uhr, als wir Sir Montagues am Fluß gelegene Villa erreichten.

Man führte uns in eine Halle, die mit edelsten Hölzern getäfelt war.

«Ich bitte die Herren, mir nach oben zu folgen.» Und die breite Treppe emporsteigend, gelangten wir in ein Zimmer im ersten Stock, das auf die Themse hinausging.

«Monsieur Hercule Poirot», meldete der Butler.

In einer Ecke des dezent erleuchteten Raumes stand unweit des offenen Fensters ein Bridgetisch. Vier Spieler saßen an ihm. Bei unserem Eintritt erhob sich einer von den vieren und kam auf uns zu.

«Ich fasse es als große Ehre auf, Sie bei mir begrüßen zu dürfen, Monsieur Poirot.»

Sir Montague Corner, ein Männlein, das mir knapp bis zur Achsel reichte, hatte sehr kleine, aber pfiffige schwarze Augen und ein sorgfältig frisiertes Toupet. Seine Manieren waren gekünstelt und geziert.

«Darf ich Sie Mr. und Mrs. Widburn vorstellen?»

«Wir kennen uns bereits», sagte Mrs. Widburn stolz.

«Und Mr. Ross.»

Ross war ein junger Mann von etwa zweiundzwanzig Jahren, mit ansprechendem Gesicht und hellblondem Haar.

«Ich platze als Störenfried mitten in Ihr Spiel. Ich bitte um Entschuldigung», sagte mein Freund.

«Durchaus nicht. Wir haben noch gar nicht zu spielen begonnen, nur erst die Karten gemischt. Kaffee gefällig, Monsieur Poirot?»

Hercule Poirot lehnte dankend ab, nahm aber einen alten Brandy an, der uns in ungeheuren Bechern serviert wurde.

Während wir ihn kosteten, plauderte Sir Montague bald über japanische Holzschnitte und chinesische Lackarbeiten, bald über persische Teppiche. Von den französischen Impressionisten gelangte er zur modernen Musik und hintendrein zu Einsteins Relativitätstheorie. Dann lehnte er sich zurück und lächelte uns wohlwollend zu. In dem sorgfältig abgetönten dämmerigen Licht des Zimmers, das die erlesensten Kunstschätze füllten, wirkte er wie ein mittelalterlicher Mäzen.

«Und nun will ich Ihre Gastfreundschaft nicht länger mißbrauchen», erklärte Poirot, «sondern zu dem eigentlichen Zweck meines späten Besuches kommen.»

Sir Montague wedelte mit einer merkwürdig klauenartigen Hand durch die Luft. «Das eilt gar nicht, bester Herr. Wir haben Zeit in Hülle und Fülle.»

«Ja, das fühlt man, sobald man nur den Fuß über die Schwelle Ihres Heims setzt», seufzte Mrs. Widburn verzückt.

«Wenn man mir eine Million Pfund schenkte, so würde ich nicht in London selbst wohnen», sagte Sir Montague. «Hier draußen herrscht eine Atmosphäre von Frieden und Stille, die unser hektisches, lärmendes Zeitalter nicht mehr kennt.»

«In einer solchen Atmosphäre von Verbrechen zu sprechen, ist eigentlich unverzeihlich», begann Poirot.

«Durchaus nicht.» Wieder wedelte Sir Montague gnädig mit der Hand. «Ein Verbrechen kann ein Kunstwerk sein und ein Detektiv ein Künstler. Natürlich gilt dies nicht für die Polizei. Da war zum Beispiel heute ein Inspektor bei mir, ein wirklich komischer Kauz. Können Sie sich vorstellen, daß der Mann noch nie etwas von Benvenuto Cellini gehört hatte?»

«Vermutlich war er wegen Jane Wilkinson bei Ihnen, wie?» fragte Mrs. Widburn in schnell entbrannter Neugier.

«Die Dame kann von Glück sagen, daß sie sich gestern abend in Ihrem Haus aufgehalten hat», mischte sich Hercule Poirot ein.

«Das scheint so. Ich lud sie ein, weil sie schön und talentiert ist und weil ich hoffte, ihr von Nutzen sein zu können. Und nun hat es das Schicksal gewollt, daß ich ihr in einem ganz anderen Sinn, als wir ahnten, von Nutzen bin.»

«Jane ist eben ein Glückskind», meinte Mrs. Widburn. «Nichts hat sie sich so sehnlich gewünscht, wie Lord Edgware loszuwerden. Und da kommt ein Unbekannter und räumt ihr alle Hindernisse aus dem Weg. Man munkelt übrigens, daß sie den Herzog von Merton heiraten wird. Seine Mutter soll außer sich sein vor Zorn.»

«Ich muß sagen, daß sie mich durch ihren Geist noch mehr bezaubert hat als durch ihre Schönheit», erklärte Sir Montague. «Sie machte ein paar sehr verständige Bemerkungen über griechische Kunst.»

Sehr verständig . . .! Ich lächelte innerlich, da ich mir Jane vorstellte, wie sie mit ihrer magischen, heiseren Stimme «Ja» und «Nein» oder «Wirklich wundervoll» girrte. Und Sir Montague Corner war der Mann, der die Fähigkeit, seinen eigenen Bemerkungen mit gebührender Aufmerksamkeit zu lauschen, als Gradmesser der Intelligenz nahm.

«Edgware ist unleugbar ein sonderbarer Heiliger gewesen», sagte Widburn, «und wird sich genug Feinde gemacht haben.»

Hierauf wandte sich seine Gattin an Hercule Poirot. «Stimmt es, daß er mit einem Messer in den Nacken gestochen wurde?»

«Jawohl, Madame. In durchaus fachgerechter, wirksamer – um nicht zu sagen wissenschaftlicher – Weise.»

«Ich merke, welch künstlerisches Vergnügen Ihnen der Fall bereitet, Monsieur Poirot», warf der Hausherr ein.

«Darf ich jetzt die Ursache meines Hierseins erläutern?» bat mein Freund. «Mir wurde gesagt, daß man Lady Edgware während des gestrigen Dinners ans Telefon rief. Gestatten Sie mir, daß ich Ihrem Personal hierüber einige Fragen vorlege?»

«Gewiß, gewiß. Ross, wollen Sie bitte klingeln?»

Auf dieses Klingelzeichen erschien der Butler, ein hochgewachsener Mann von mittlerem Alter und priesterlichem Gebaren.

Sir Montague erklärte, worum es ging.

«Wer ging an den Apparat, als es läutete?» begann dann Poirot sein Verhör.

«Ich selbst, Sir. Das Telefon befindet sich in einer der Halle angegliederten Nische.»

«Fragte man nach Miss Wilkinson oder nach Lady Edgware?»

«Nach Lady Edgware, Sir.»

«Wie war der genaue Wortlaut?»

Der Butler überlegte eine Sekunde. «Wenn ich nicht irre, Sir, sagte ich ‹Hallo!›, worauf eine Stimme sich erkundigte, ob dort Chiswick 43434 sei. Auf meine bejahende Antwort hieß man mich am Apparat warten. Hierauf vergewisserte sich eine andere Stimme noch einmal von der Richtigkeit der Nummer und fragte dann: ‹Ist Lady Edgware bei Ihnen zu Tisch? Dann möchte ich sie gern sprechen.› Ich benachrichtigte die Dame, die sich von der Tafel erhob und unter meiner Führung zum Telefon ging.»

«Und weiter?»

«Lady Edgware nahm den Hörer auf, sagte: ‹Hallo, wer spricht?›, und dann: ‹Ja, ja, Lady Edgware persönlich.› Ich wollte mich gerade zurückziehen, als sie sich umwandte und verwundert bemerkte, die Verbindung sei unterbrochen worden; es hätte jemand gelacht und offenbar den Hörer aufgelegt. Ob der Betreffende mir nicht seinen Namen genannt habe ...? Dies mußte ich verneinen, Sir, und damit war das Ganze erledigt.»

«Glauben Sie wirklich, Monsieur Poirot, daß dieser Anruf mit dem Mord in Zusammenhang steht?» riß Mrs. Widburn das Wort an sich.

«Unmöglich, darüber zu urteilen, Madame. Immerhin ist es ein sonderbarer Vorfall.»

«Finden Sie? Man erlaubt sich doch manchmal einen Scherz.»

*«C'est toujours possible, Madame.»*

«War es eine Männer- oder eine Frauenstimme?» wollte Poirot vom Butler wissen.

«Meiner Meinung nach eine Frauenstimme, Sir.»

«Hoch oder tief?»

«Tief, Sir. Mit sorgfältiger, deutlicher Aussprache.» Er zauderte. «Mir klang es beinahe wie die Stimme einer Ausländerin. Mit rollendem R.»

«Donald, Donald, vielleicht ist es eine schottische Stimme gewesen!» rief Mrs. Widburn neckend dem jungen Ross zu.

«Nicht schuldig!» gab er lachend zurück. «Ich saß nämlich mit bei Tisch.»

Aber Poirot gab den Butler noch nicht frei.

«Würden Sie die Stimme, wenn Sie sie noch einmal hörten, wiedererkennen?» fragte er.

Der Mann blickte unsicher vor sich hin.

«Das kann ich nicht sagen, Sir.»

«Ich danke Ihnen, mein Freund.»

«Bitte sehr, Sir.» Der Butler verneigte sich gemessen und schritt zur Tür.

Sir Montague Corner, dem es offenbar gefiel, seine Hausherrnrolle mit altmodischer Grandezza zu spielen, überredete uns, dazubleiben und am Bridge teilzunehmen. Ich lehnte ab – mein Geldbeutel glaubte sich den hohen Einsätzen nicht gewachsen. Und der junge Ross fühlte sich als Zuschauer anscheinend ebenfalls wohler. Jedenfalls endete der Abend mit einem beträchtlichen finanziellen Gewinn für Poirot und Sir Montague. Dann dankten wir unserem Gastgeber und brachen, gemeinsam mit Ross, auf.

«Ein drolliger kleiner Mann», meinte Poirot, als wir durch den parkartigen Garten zum Ausgang schritten.

Angesichts der schönen, sternenklaren Nacht entschlossen wir uns, ein Stück des Heimwegs zu Fuß zurückzulegen.

«Ein sehr reicher kleiner Mann», wandelte Ross den Ausspruch meines Freundes ab.

«Vermutlich.»

«Und wer ihn als Gönner hat, braucht sich über seine Zukunft keine Sorgen mehr zu machen.»

«Sie sind Schauspieler, Mr. Ross?»

Ross bejahte und schien betrübt darüber zu sein, daß sein Künstlerruhm nicht bis zu unseren Ohren gedrungen war. Offenbar hatte irgendein düsteres, aus dem Russischen übersetztes Stück ihm kürzlich glänzende Rezensionen eingetragen. Nachdem Poirot und ich seinen Kummer durch ein paar Schmeicheleien gelindert hatten, warf mein Freund beiläufig hin:

«Haben Sie übrigens Carlotta Adams gekannt?»

«Nein. Ich las aber ihre Todesanzeige in den Abendblättern. Gestorben an einer Überdosis Veronal, nicht? Blödsinnig, daß alle diese Mädchen irgendeinem Gift verfallen sind!»

«Vor allem ist es traurig, wenn man über solche Begabung verfügt wie Miss Adams. Haben Sie sie einmal gesehen?»

«Nein. Diese Art Darbietungen liegen nicht auf meiner Linie», sagte Ross im Ton eines Menschen, für den nur die eigenen Leistungen Wert haben. «Und das Publikum, das sich um sie riß, wird sie bald vergessen haben, glaube ich.»

«Ah, da kommt ein Taxi!» Poirot winkte mit seinem Stock.

«Ich gehe noch bis zur nächsten Untergrundbahn und

fahre von dort heim», meinte der junge Künstler. Und dann brach er plötzlich in ein nervöses Lachen aus. «Wunderlich, dieses Dinner gestern abend!»

«Ja?»

«Wir waren nämlich dreizehn, da irgend jemand in letzter Minute abgesagt hatte, merkten es aber erst gegen Ende des Essens.»

«Und wer brach zuerst auf?» forschte ich.

Wieder ein kleines, unfreies Lachen. «Ich, Captain Hastings.»

## 16

Bei unserer Heimkehr fanden wir Japp vor, der geduldig auf uns gewartet hatte.

«*Eh bien,* mein guter Freund, wie geht es?»

«Na, wenn es besser ginge, könnte es nicht schaden. Haben Sie vielleicht einen guten Rat für mich, Monsieur Poirot?»

«Ich habe eine oder zwei kleine Ideen, die ich Ihnen nicht vorenthalten will.»

«Sie und Ihre Ideen! In gewisser Hinsicht sind Sie ein gefährlicher Kerl, Monsieur Poirot, wenngleich Ihr komisch geformter Kopf bisweilen verdammt brauchbares Zeug ausbrütet.»

Poirot nahm das Kompliment kühl auf. Der andere fuhr fort: «Beschäftigen sich Ihre Ideen etwa mit Lady Edgwares Doppelgängerin? Dann heraus mit der Sprache! Wer war sie?»

Statt einer direkten Antwort erkundigte sich mein Freund, ob Japp je von Carlotta Adams gehört habe.

«Den Namen, ja. Aber im Augenblick weiß ich nicht, wie und wo.»

Poirot gab die nötigen Erklärungen und schilderte anschließend die Schritte, die wir im Laufe des Tages unternommen und welche Schlußfolgerungen wir aus ihnen gezogen hatten.

«Bei Gott, Sie scheinen recht zu haben, Monsieur Poirot, Kleidung, Hut, Handschuhe und die blonde Perücke ... ja, es kann gar nicht anders sein. Bravo, Monsieur Poirot, das nenne ich wackere Arbeit! Zwar glaube ich nicht, daß man diese Carlotta Adams aus dem Weg geräumt hat, nein, nein. Das ist ein bißchen zu weit hergeholt. Carlotta Adams wird aus eigenem Antrieb Lord Edgware aufgesucht haben – Erpressung vermutlich, da sie ja angedeutet hat, daß sie eine größere Geldsumme erwarte. Und wie es dann so geht, entbrannte zwischen den beiden ein Streit. Er wurde borstig, sie ebenfalls, und endlich stach sie auf ihn ein. Und ich möchte weiter behaupten, daß sie, zu Hause angekommen, vor Entsetzen über das, was sie im blinden Zorn angerichtet hatte, eine Überdosis Veronal schluckte. Freilich besteht auch die Möglichkeit, daß ihr Fastnachtsscherz und der Mord nichts miteinander zu tun haben und es nur ein verdammt blödes Zusammentreffen gewesen ist.»

Ich wußte, daß Poirot diese Ansicht nicht teilte, aber auch Inspektor Japp griff schon wieder auf seine erste Theorie zurück. «Natürlich werden wir ermitteln, ob zwischen dem Ermordeten und dem toten Mädchen irgendeine Verbindung bestanden hat», sagte er.

Darauf berichtete Poirot von dem Brief nach Amerika, den Miss Adams' Dienerin spätnachts noch zur Post gebracht hatte, und Japp pflichtete meinem Freund bei, daß dieses Schreiben wertvolle Fingerzeige enthalten könne. Er machte sich eine Notiz und fuhr dann fort:

«Ich sprach auch mit Captain Marsh, dem jetzigen Lord Edgware. Bis über die Ohren verschuldet und mit dem Onkel überworfen – das genügt eigentlich, um in den Kreis der Verdächtigen einbezogen zu werden. Aber der glückliche

Erbe konnte mir ein einwandfreies Alibi nachweisen; er war mit den Dortheimers in der Oper. Ich ließ vorsichtshalber die Angaben nachprüfen – sie stimmen. Er hat das Dinner in ihrer Gesellschaft eingenommen, sie dann in die Oper begleitet, und hinterher sind sie zu viert zu Sobranis gegangen.»

«Und Mademoiselle?»

«Edgwares Tochter meinen Sie? Auch sie verbrachte den Tag außerhalb des Hauses. Zum Dinner bei einer Familie Carthew West, mit denen sie ebenfalls die Oper besuchte. Viertel vor zwölf kam sie heim ... Miss Carroll, die Sekretärin, halten Sie wohl auch für eine durchaus anständige, über jeden Verdacht erhabene Person? Weiter, der Butler. Ich müßte lügen, wenn ich sagen wollte, daß er mir gefällt. Irgend etwas ist faul mit ihm; dunkel und unverständlich auch, wie er in Lord Edgwares Dienste trat. Keine Bange, Monsieur Poirot, ich werde in der Vergangenheit dieses Menschen noch gründlich herumstöbern! Aber ein Mordmotiv sehe ich bei ihm eigentlich nicht.»

«Und sonst nichts Neues?»

«Lord Edgwares Schlüssel fehlt, wenn Ihnen das der Erwähnung wert erscheint.»

«Der Hausschlüssel?»

«Ja.»

«Natürlich ist das wichtig, *mon ami*!»

«Möglich. Bedeutsamer aber dünkt mich die Tatsache, daß Lord Edgware gestern für seine Pariser Reise hundert Pfund in französische Noten umgewechselt hat, die verschwunden sind.»

«Wer erzählte Ihnen das?»

«Miss Carroll, die das Geld auf der Bank besorgte. Sie erwähnte es rein zufällig, und erst hinterher fand ich heraus, daß es fehlte.»

«Wo war es gestern abend?»

«Das weiß Miss Carroll nicht. Sie händigte die Noten

Lord Edgware nachmittags gegen halb vier in der Bibliothek aus, und er legte sie – in dem Briefumschlag der Bank – auf einen Tisch.»

«Mein lieber Japp, das gibt zu denken . . . und macht den Fall verwickelter.»

«Oder einfacher. Was übrigens die Wunde betrifft . . .»

«Ja?»

«. . . so erklären die Ärzte, daß sie von keinem der üblichen Federmesser herrührt. Die Klinge müsse eine ungewöhnliche Form gehabt haben und erstaunlich scharf gewesen sein.»

«Ein Rasiermesser?»

«Nein, nein. Viel kleiner.»

Während Poirot nachdenklich die Stirn runzelte, setzte Japp seinen Bericht fort:

«Dem neuen Lord Edgware scheint die Vorstellung, daß man auch ihn der Tat verdächtigen könne, ungeheuren Spaß zu bereiten. Verdrehter Geschmack, was? Für ihn war der Tod des Onkels ja wie ein Geschenk des Himmels, und schleunigst ist er wieder in das Haus übergesiedelt, das man ihm vor drei Jahren verbot.»

«Wo hat er bislang gewohnt?»

«Martin Street, St. George's Road. Kein sehr standesgemäßes Viertel!»

«Hastings, seien Sie so nett und notieren Sie doch bitte die Adresse.»

Ich erfüllte den Wunsch meines Freundes, wenngleich mir der Zweck nicht einleuchtete. Wenn Ronald seinen Wohnsitz nach Regent Gate verlegt hatte, wozu brauchte man dann noch die alte Adresse?

Inzwischen rüstete sich Inspektor Japp zum Aufbruch.

«Na, ich neige immer mehr zu der Ansicht, daß diese Carlotta Adams die Täterin war. Eine feine Nase haben Sie heute gehabt, Monsieur Poirot!» Als ob ihn dieses uneingeschränkte Lob reue, fügte er rasch hinzu: «Freilich, wenn Sie nicht Zeit hätten für Theater und ähnliche Vergnügungen, so wären Sie auch nicht darauf gekommen ... Jammerschade, daß kein augenfälliges Tatmotiv vorhanden ist, aber mit ein bißchen Schürfarbeit werden wir es schon entdecken.»

«Ist Ihnen bewußt, mein lieber Inspektor, daß Sie einer bestimmten Person, die sehr wohl ein Motiv hat, keinerlei Beachtung geschenkt haben?» bemerkte Poirot.

«Wer ist das, Sir?»

«Der Herr, den man als künftigen Gatten von Lord Edgwares Witwe betrachtet. Der Herzog von Merton.»

Japp brach in Lachen aus. «Bei dem fehlt allerdings das Motiv nicht. Doch wird ein Herr in seiner Stellung nicht zum Mörder. Und außerdem befindet er sich in Paris.»

«Also halten Sie ihn nicht für ernsthaft verdächtig?»

«Sie etwa, Monsieur Poirot?» Und mit dröhnendem Lachen schüttelte Inspektor Japp uns beiden die Hand.

## 17

Der folgende Tag war ein Tag der Untätigkeit für uns und regster Geschäftigkeit für Japp. Zur Teestunde kam er auf einen Sprung bei uns vorbei. Sein Gesicht, rot und grimmig, verhieß nichts Gutes.

«Ich habe einen Schnitzer gemacht.»

«Unmöglich, lieber Freund», sagte Hercule Poirot beschwichtigend.

«Ja. Ich habe diesen (hier erlaubte er sich eine schlimme Entgleisung) ... von Butler entwischen lassen.»

«Wie? Er ist fort?»

«Jawohl, verduftet! Und mir hirnverbranntem Idioten erschien er gar nicht so verdächtig!»

«Beruhigen Sie sich doch, mein Bester. Beruhigen Sie sich!»

«Sie haben gut reden! Möchte mal Ihre Ruhe sehen, wenn Sie von Ihrem Vorgesetzten heruntergeputzt würden!»

Japp wischte sich die Stirn, während Poirot mitleidige Laute von sich gab, die irgendwie an eine eierlegende Henne erinnerten. Als besserer Kenner des englischen Charakters mixte ich einen steifen Whiskysoda und stellte ihn vor den schwermütigen Scotland-Yard-Beamten hin. Und tatsächlich klärten sich seine Züge etwas auf.

«Das kann mir nichts schaden», sagte er.

Gleich darauf sprach er schon merklich froher.

«Ich bin auch jetzt keineswegs sicher, daß er der Mörder ist. Selbstverständlich deutet diese Flucht auf ein schlechtes Gewissen, aber er kann ja auch was anderes ausgefressen haben. Ein wenig bin ich ihm nämlich schon auf die Schliche gekommen. Scheint in ein paar der anrüchigsten Nachtclubs verkehrt zu haben – nicht etwa die landläufigen Lokale dieser Art. Nein, etwas viel Widerlicheres und Schmutzigeres, und deshalb von einer gewissen Menschengattung sehr gesucht. Wirklich, er ist ein sauberes Früchtchen.»

«Aber, wie Sie sehr richtig sagten, nicht unbedingt ein Mörder.»

«Nein. Ich bin mehr denn je überzeugt, daß Carlotta Adams den Mord beging, obwohl ich es vorläufig noch durch nichts zu beweisen vermag. Ich habe heute ihre Wohnung um und um gekehrt . . . umsonst. Ah, sie muß ein ganz durchtriebenes Geschöpf gewesen sein! Hat nichts von Bedeutung verwahrt mit Ausnahme einiger Verträge, alle hübsch geordnet und mit Aufschrift versehen. Ferner fand ich ein dickes Bündel Briefe von ihrer Schwester in Washington, offenherzige, nette Briefe. Ein paar schöne Schmuckstücke, offenbar Erbstücke – nichts Neues oder Kostbares. Vergebens suchte ich nach einem Tagebuch, und ihr Paß und ihr Scheckbuch sind trostlos nichtssagend. Zum Kuckuck, dieses Mädchen scheint überhaupt kein Privatleben geführt zu haben!»

«Man hat sie mir allgemein als still und verschlossen geschildert», sagte Poirot grübelnd. «Von unserem Standpunkt aus ist das natürlich bedauerlich.»

«Ich habe ihre Haushälterin wie eine Zitrone ausgequetscht. Nichts! Ich habe die Freundin, die einen Hutsalon besitzt, aufgesucht ...»

«Ah, Miss Driver. Was halten Sie von ihr?»

«Ein aufgewecktes Ding, aber helfen konnte sie mir auch nicht. Das überrascht mich keineswegs. Von all den vielen als vermißt gemeldeten Mädchen, denen ich im Lauf meiner Praxis nachspüren mußte, sagten ihre Familien und Freundinnen stets dasselbe: ‹Sie war heiter und liebevoll veranlagt und hatte auf keinen Fall irgendwelche Freunde.› Das stimmt niemals. Es ist auch unnatürlich. Mädchen müssen Freunde haben. Haben sie keine, so hapert es irgendwo bei ihnen. Ach, wenn Sie ahnten, wie diese vertrottelte Biederkeit von Freunden und Verwandten einem Detektiv das Leben vergällt!»

Er machte eine Atempause, und ich benutzte sie, um ihm von neuem einzuschenken.

«Schönen Dank, Captain Hastings – wirklich, das kann mir nicht schaden. Also zurück zu Carlotta Adams! Sie hat ein Dutzend junge Herren oberflächlich gekannt, mit denen sie gelegentlich tanzte und zum Essen ausging, aber nicht einen scheint sie bevorzugt zu haben. Unter ihnen befinden sich Ronald Marsh, der jetzige Lord Edgware, dann Martin Bryan, der Filmstar, und die übrigen sind der Erwähnung nicht wert. Geben Sie Ihrer Idee von dem geheimen Drahtzieher den Laufpaß, Monsieur Poirot; sie ist falsch. Ich hoffe, Ihnen eines Tages beweisen zu können, daß Miss Adams allein zu Werke ging. Vorläufig suche ich allerdings erst mal nach der Verbindung zwischen ihr und dem Ermordeten, und diese Suche wird mich wahrscheinlich nach Paris führen. Paris war in die kleine Golddose eingraviert; Paris war, wie mir Miss Carroll erzählte, im letzten Herbst verschiedentlich Lord Edgwares Reiseziel, der dort Antiquitäten und Raritäten kaufte. Auf morgen früh ist der Untersuchungstermin anberaumt, und vielleicht fahre ich dann noch mit der Nachmittagsfähre.»

«Sie haben eine Energie im Leibe, die mich verwirrt, Japp.»

«Ja, Sie werden träge; Sie sitzen in Ihrem bequemen Stuhl und denken! Oder – wie Sie es nennen – Sie lassen die kleinen grauen Zellen arbeiten. Aber damit schaffen Sie nichts, mein Bester. Sie müssen sich hinausbemühen, um die Dinge zu suchen, denn sie kommen nicht zu Ihnen hereinspaziert.»

In diesem Augenblick trat unser Hausmädchen ins Zimmer.

«Mr. Martin Bryan läßt fragen, ob Sie ihn empfangen wollen, Sir.»

«Ah, da werde ich mich verdrücken.» Japp hievte sich aus dem Sessel. «Bei Ihnen scheinen sich ja sämtliche Stars der Theater- und Filmwelt Rat zu holen.»

Poirot wehrte bescheiden ab, und der Inspektor lachte.

«Sie sind auf dem besten Weg, Millionär zu werden, Monsieur Poirot. Was machen Sie nur mit all dem Geld?»

«Erzählen Sie mir lieber, wie Lord Edgware über sein Geld verfügte. Das ist augenblicklich wichtiger.»

«Alles, was nicht zum Fideikommiß gehört, hat er seiner Tochter vermacht. Ein Legat von fünfhundert Pfund fällt an Miss Carroll. Andere Legate sind nicht vorgesehen. Mithin ein sehr kurzes, bündiges Testament.»

«Und wann wurde es abgefaßt?»

«Kurz nachdem seine Frau ihn verließ – vor über zwei Jahren. Er schließt sie ausdrücklich von jeder Erbschaft aus.»

«Ein rachsüchtiger Mensch», murmelte Poirot.

Und dann ging Japp mit einem munteren «Auf Wiedersehen» davon, weil Martin Bryan bereits im Türrahmen auftauchte.

Er war mit vorbildlicher Eleganz gekleidet, und jeder, der ihm Gerechtigkeit widerfahren ließ, mußte ihn einen schönen Mann nennen. Aber auf mich machte er einen verstörten und nicht sehr glücklichen Eindruck.

«Ich glaube, daß ich ungebührlich lange auf mich warten ließ, Monsieur Poirot», entschuldigte er sich. «Und zudem habe ich Ihre Zeit für nichts und wieder nichts in Anspruch genommen.»

*«En vérité?»*

«Ja. Ich sprach mit der betreffenden Dame, beschwor sie, flehte ... aber sie will nichts davon hören, daß Sie sich der Angelegenheit annehmen. Infolgedessen bin ich gezwungen, den Dingen ihren Lauf zu lassen. Es tut mir leid, daß ich Sie belästigte ...»

*«Du tout – du tout»*, sagte Hercule Poirot liebenswürdig. «Ich erwartete nichts anderes.»

«Ah ... Sie erwarteten das? ...» stammelte er.

*«Mais oui.* Sobald Sie davon redeten, sich erst mit Ihrer Freundin zu beraten.»

«Dann haben Sie schon eine Theorie?»

«Ein Detektiv hat immer eine Theorie, Mr. Bryan. Man erwartet das von ihm. Ich selbst pflege dergleichen allerdings eine kleine Idee zu nennen. Das ist die erste Stufe.»

«Und die zweite?»

«Wenn die kleine Idee sich bewahrheitet – dann *weiß* ich. Nichts einfacher als das, nicht?»

«Wollen Sie mir nicht erzählen ...»

«Merken Sie sich das eine, mein Lieber: Ein Detektiv erzählt nichts.»

«Aber vielleicht andeuten?»

«Nein. Immerhin mögen Sie erfahren, daß meine Theorie entstand, als Sie den Goldzahn erwähnten ... Doch meine ich, wir sollten das Thema wechseln», lächelte mein Freund.

«Aber Ihr Honorar ... Sie müssen mir gestatten –»

«Poirot schnitt ihm mit einer ungewohnt herrischen Bewegung das Wort ab.

«*Pas un sou!* Ich habe nichts getan, um Ihnen zu helfen.»

«Aber Sie opferten mir Ihre Zeit.»

«Wenn mich ein Fall interessiert, nehme ich kein Geld an. Und der Ihrige interessiert mich ungemein.»

Der Schauspieler zupfte nervös an seinen Handschuhen, und Poirot klopfte ihm auf die Schulter: «Also – sprechen wir von etwas anderem.»

«Ich sah eben den Scotland-Yard-Beamten von Ihnen fortgehen. Er war heute auch bei mir und stellte mir ein paar Fragen über die arme Carlotta Adams.»

«Sie haben sie gut gekannt, nicht wahr?»

«Gut – das wäre zuviel gesagt. Ich kannte sie als Kind in Amerika. Hier waren wir nur selten zusammen. Die Polizei scheint an einen Selbstmord zu glauben, Monsieur Poirot.»

«Möglich. Ich jedoch glaube nicht daran.»

«Auch ich halte einen Unglücksfall für wahrscheinlicher.»

Dann stockte das Gespräch, bis Hercule Poirot mit einem Lächeln sagte: «Finden Sie nicht auch, daß der Fall Edgware beginnt, reichlich verworren zu werden?»

«Ja. Wissen Sie ... oder vielmehr, gibt es irgendwelche Mutmaßungen, wer es war – jetzt, nachdem Jane endgültig ausscheidet?»

«*Mais oui*, die Polizei hegt einen starken Verdacht.»

Martin Bryans Spiel mit den Handschuhen begann von neuem.

«Wirklich? Gegen wen?»

«Der Butler ist geflüchtet. Sie begreifen: Flucht ist so gut wie eine Beichte.»

«Der Butler?»

«Jawohl. Er war ein außergewöhnlich gut aussehender Mensch – ein wenig ähnelte er Ihnen, Monsieur Bryan.» Diese Worte begleitete Poirot mit einer kleinen Verneigung.

«Seit wann gehören Sie zu den Schmeichlern, Monsieur

Poirot?» entgegnete der Filmschauspieler mit einem kurzen Auflachen.

«Nein, nein, nein. Ist Martin Bryan denn nicht der Abgott aller jungen Mädchen, gleichgültig ob Dienstmädchen, Teenager, Tippse oder höhere Tochter? Gibt es eine einzige, die Ihnen widerstehen kann?»

«Oh, eine ganze Menge vermutlich», erwiderte Bryan, und unvermittelt brach er auf. «Noch einmal vielen Dank, Monsieur Poirot. Und verzeihen Sie die Störung.»

Jetzt trat der gequälte Ausdruck noch mehr zutage und machte den Mann um Jahre älter.

Ich wurde von Neugier verzehrt, und sobald die Tür hinter ihm ins Schloß fiel, bestürmte ich meinen Freund:

«Poirot, haben Sie wirklich erwartet, daß er auf die Untersuchung dieser seltsamen Vorfälle in Amerika verzichten würde?»

«Sie hörten es doch.»

«Aber dann ...» Rasch stellte ich eine logische Überlegung an. «Dann müssen Sie ja wissen, wer die geheimnisvolle junge Dame ist?»

«Ich habe wieder einmal eine kleine Idee, mein Freund, auf die mich, wie gesagt, der Goldzahn brachte.»

## 18

Ich habe weder die Absicht, den Untersuchungstermin in der Sache Edgware zu beschreiben, noch jenen, der sich mit Carlottas Tod befaßte. Bei Carlotta lautete der Spruch: Tod infolge eines Unglücksfalls. In der Affäre Lord Edgware wurde nach Verlesung der ärztlichen Gutachten die Verhandlung vertagt. Aufgrund der Magenanalyse war man zu dem Schluß gekommen, daß der Tod mindestens eine Stunde nach dem Dinner, möglicherweise auch anderthalb bis zwei

Stunden nachher, eingetreten sei – das hieß also zwischen zehn und elf Uhr.

Kein Wort sickerte darüber durch, daß Carlotta unter der Maske Jane Wilkinsons den Ermordeten aufgesucht hatte. Die Zeitungen veröffentlichten eine Beschreibung des flüchtigen Butlers, den man allgemein als den Täter bezeichnete. Seine Geschichte von Jane Wilkinsons abendlichem Besuch wurde als freche Lüge gewertet, zumal die Öffentlichkeit von Miss Carrolls bekräftigendem Zeugnis gleichfalls nichts erfuhr. Und all die spaltenlangen Aufsätze über Mord waren eigentlich kläglich arm an wirklicher Information.

Inzwischen war Japp eifrig an der Arbeit. Hercule Poirot jedoch erklärte, er ziehe es vor, den Fall sitzenderweise zu lösen.

«Aber das können Sie doch nicht, Poirot.»

«Nicht völlig – das gebe ich zu.»

«Verstehen Sie mich recht, mein Lieber: Wir tun nichts, und Japp tut alles.»

«Was mir wunderbar gefällt», ergänzte er unerschüttert.

«Mir gefällt es durchaus nicht», entgegnete ich gereizt. «Sie müssen etwas unternehmen.»

«Das tue ich ja.»

«Was tun Sie denn?»

«Ich warte.»

«Worauf?»

«Daß mir mein Jagdhund das Wild apportiert», belehrte mich Poirot schmunzelnd.

«Wie bitte?»

«Ich meine den guten Japp. Warum sich einen Hund halten und dann selber bellen? Japp hat verschiedene Mittel zu seiner Verfügung, die ich als Ausländer nicht habe, und wird daher fraglos über kurz oder lang mit etlichen Neuigkeiten anrücken.»

Durch beharrliche Nachforschung brachte Inspektor Japp tatsächlich langsam Material zusammen. Aus Paris freilich kehrte er mit leeren Händen zurück. Doch schob er sich einige Tage später mit selbstgefälligem Lächeln zur Tür herein.

«Es hat schwergehalten», sagte er, «aber etwas sind wir doch vorwärtsgekommen.»

«Gratuliere, Inspektor. Was gibt's also Neues?»

«Ich habe entdeckt, daß an dem fraglichen Abend eine blonde Dame um neun Uhr einen kleinen Handkoffer in der Gepäckaufgabe des Euston-Bahnhofs hinterlegte. Als wir dem Beamten Miss Adams' Koffer zeigten, erklärte er, daß es dieser gewesen sei. Es ist eine amerikanische Marke und unterscheidet sich ein wenig von unseren englischen Fabrikaten.»

«Ah, Euston! Die letzte große Station vor Regent Gate. Wahrscheinlich machte sie sich im dortigen Waschraum zurecht. Wann wurde der Koffer wieder abgeholt?»

«Gegen halb elf, und zwar, nach Aussage des Beamten, von derselben Dame. Das ist aber nicht die einzige Neuigkeit, Monsieur Poirot. Ich habe Grund zu der Annahme, daß Carlotta Adams um elf im Lyon Corner House gewesen ist.»

*«Ah, c'est très bien ça!»*

«Der Zufall war mir behilflich. In einigen Zeitungen wurde die kleine Golddose mit den Rubinen erwähnt, und irgendein Reporter, der für die Sonntagsausgabe einen romantischen Stoff brauchte, verfertigte hierauf einen Artikel über den Hang junger Schauspielerinnen zu Drogen. Das verhängnisvolle Golddöschen mit seinem tödlichen Inhalt – die rührende Gestalt einer jungen Frau, vor der ein erfolgreiches Leben liegt ... wo mag sie den allerletzten Abend zugebracht haben ... von welchen Gefühlen wurde sie beherrscht ... Na ja, Sie wissen schon, was die Federfuchser zusammenkritzeln! Kurz und gut, eine Kellnerin aus dem Corner House las den Erguß und erinnerte sich an eine Dame, die sie bedient und bei der sie eine derartige Dose gesehen hatte. Sogar an das C. A. in roten Steinen erinnerte sie sich ...»

Ja, so mußte man die Dinge anpacken! Da hörte Japp all diese Nachrichten aus erster Hand und ließ sicher viele wertvolle Einzelheiten unbeachtet, und Poirot, der hundertmal begabtere Poirot, begnügte sich damit, sie nachher aus Japps Mund zu erfahren.

«Ich habe die Kellnerin verhört. Sie konnte zwar Carlotta Adams' Fotografie aus den ihr vorgelegten nicht herausgreifen, aber sie erklärte das glaubhafterweise damit, daß sie nicht so sehr auf die Gesichtszüge der Dame geachtet habe. Sie sei jung, dunkel und schlank gewesen, sehr gut gekleidet, und habe auf dem einen Ohr einen der neuen Hüte getragen. Ich wollte, das Weibervolk guckte ein bißchen mehr auf die Gesichter und ein bißchen weniger auf die Hüte.»

«Miss Adams' Gesicht prägte sich einem nicht so ohne weiteres ein», gab Poirot zu bedenken. «Es verfügte über zu viel Wandlungsfähigkeit, Empfindsamkeit; es war, möchte ich sagen, von weicher, fließender Art.»

«Vielleicht haben Sie recht – ich verstehe mich nicht auf solche psychologischen Spitzfindigkeiten. Jedenfalls sei die Dame schwarz gekleidet gewesen und habe einen Koffer bei sich gehabt, erklärte mir die Kellnerin; es habe sie noch gewundert, daß eine derartig elegante Dame einen Koffer mit sich herumschleppte. Die Fremde bestellte Rührei und Kaffee, aber nach Ansicht der Kellnerin nur, um die Zeit totzuschlagen, denn sie habe offenbar jemanden erwartet. Verschiedentlich habe sie auf die Armbanduhr geschaut. Als das Mädchen ihr die Rechnung vorlegte, bemerkte es die Golddose. Die Dame drehte und wendete sie mit träumerischem Lächeln hin und her, klappte den Deckel auf, klappte ihn wieder zu, und hierbei blitzten die roten Steine der beiden Buchstaben hell auf. Aber auch nach dem Begleichen der Rechnung ist Miss Adams noch längere Zeit sitzen geblieben. Schließlich sah sie zum letztenmal auf die Uhr, schien das Warten aufzugeben und ging hinaus.»

Poirot runzelte die Stirn.

«Das war ein Rendezvous», murmelte er. «Ein Rendezvous mit jemanden, der es vorzog, nicht zu kommen. Aber hat Carlotta ihn hinterher getroffen? Oder verfehlte sie ihn, fuhr heim und versuchte, ihn telefonisch zu erreichen? Oh, wenn ich das doch wüßte!»

«Kleben Sie noch immer an Ihrer Theorie des Unbekannten hinter den Kulissen, Monsieur Poirot? Geben Sie sie auf – jener Unbekannte ist ein Phantasiegebilde. Damit will ich aber keineswegs sagen, daß die Adams sich nicht doch für später, also nach Erledigung ihres Geschäftes mit Lord Edgware, verabredet hatte. Nun, wir wissen, was geschah; sie verlor den Kopf und erstach Edgware. Doch sie ist nicht die Frau, die den Kopf für längere Zeit verliert. Sie verändert auf dem Bahnhof Euston abermals ihr Aussehen, begibt sich mit ihrem Koffer zum verabredeten Stelldichein, und dort überkommt sie, was man Schockreaktion nennt. Grauen und Entsetzen über ihre Tat. Und daß ihr Freund sie sitzenließ, gibt ihr den Rest. Vielleicht hat sie ihm gegenüber auch erwähnt, daß sie einen Besuch in Regent Gate beabsichtigte. Sie sieht die drohende Entdeckung, nimmt ihre kleine Dose aus der Tasche ... Ah, eine reichliche Menge von dem weißen Pulver, und alles ist vorüber! Und einen solchen Tod zieht sie dem Strick des Henkers vor. Das ist so gewiß wie die Nase in ihrem Gesicht, Monsieur Poirot.»

Zweifelnd strich mein Freund an seiner Nase entlang, dann glitten die Finger abwärts zum Schnurrbart, um ihn mit liebevoller Sorgfalt zu glätten.

«Nichts deutet auf einen geheimnisvollen Drahtzieher hin», wiederholte Japp. «Noch habe ich allerdings keinen handfesten Beweis für eine Verbindung zwischen ihr und dem Ermordeten – aber das ist lediglich eine Frage der Zeit. Daß Paris mich schwer enttäuschte, will ich nicht leugnen; man darf jedoch nicht vergessen, daß neun Monate eine lange Zeit sind. Und da man die Nachforschungen dort weiter betreibt, ist es nicht ausgeschlossen, daß allmählich doch noch das eine oder andere ans Licht kommt.

Haben Sie noch irgendwelche Anregungen oder Fingerzeige für mich?»

«Eine Anregung, ja.»

«Heraus damit!»

«Fragen Sie bei den Taxichauffeuren herum, bis Sie denjenigen finden, der in der Mordnacht einen Fahrgast – oder viel wahrscheinlicher zwei Fahrgäste – aus der nächsten Umgebung von Covent Garden nach Regent Gate brachte. Zeit: ungefähr zwanzig Minuten vor elf.»

«Also daher pfeift der Wind? Gut, soll geschehen. Schaden kann's ja nicht – und außerdem sind Ihre Ideen manchmal gar nicht so übel.»

Kaum hatte er uns verlassen, schoß mein träger Freund mit ungeahnter Energie aus seinem bequemen Sessel hoch und begann seinen Hut zu bürsten.

«Keine Fragen, Hastings! Und Sie verübeln mir wohl nicht, wenn ich Ihnen sage, daß mir die Art, wie Sie Ihre Krawatte gebunden haben, durchaus nicht gefällt.»

«Sie ist doch sehr hübsch gebunden.»

«So? Vor dreißig Jahren fand man das vielleicht mal hübsch. Ich flehe Sie an, nehmen Sie eine andere, und bürsten Sie sich den rechten Ärmel ab.»

«Wollen wir vielleicht dem König im Buckingham-Palast einen Besuch machen?» fragte ich sarkastisch.

«Nein. Aber ich las in der Morgenzeitung, daß der Herzog von Merton in London eingetroffen ist, und da er zum englischen Hochadel zählt, will ich ihm alle gebührenden Ehren erweisen.»

«Was wollen wir beim Herzog?»

«Ich will ihn sprechen.»

Zu weiteren Erklärungen ließ er sich nicht herbei. Und als sein kritisches Auge an meinem Äußeren nichts mehr auszusetzen fand, machten wir uns auf den Weg.

In Merton House fragte uns ein Diener, ob wir angemeldet seien, was Poirot verneinen mußte. Er händigte ihm seine Karte aus, und nach wenigen Minuten kehrte der Mann mit dem Bescheid zurück, daß Durchlaucht bedaure, uns infolge dringender Geschäfte nicht empfangen zu können.

Hercule Poirot nahm unverzüglich auf dem ersten besten Stuhl Platz.

«*Très bien!*» sagte er. «Ich warte. Und werde, wenn nötig, mehrere Stunden warten.»

Dies erwies sich jedoch als überflüssig. Wahrscheinlich glaubte der Herzog, den ungelegenen, zudringlichen Besucher am schnellsten dadurch loszuwerden, daß er ihn sofort zu sich rief. Wir sahen uns einem etwa Siebenundzwanzigjährigen gegenüber, einer hageren, kränklichen Erscheinung mit fahlem Haar, das sich an den Schläfen bereits bedenklich lichtete, kleinem verbittertem Mund und wässerigen, verträumten Augen. In dem Raum, in dem er uns empfing, hingen größere und kleinere religiöse Gemälde, und das große Bücherregal schien ausschließlich theologischen Büchern vorbehalten zu sein.

Ein Herzog? Nein, viel eher glich der junge Mann einem dürren Kurzwarenhändler!

Wegen seiner zarten Gesundheit zu Hause erzogen, hatte er, wie ich wußte, als Knabe von acht Jahren die Herzogwürde geerbt und war unter dem herrischen Regiment einer willensstarken Mutter aufgewachsen. Das war also der Mann, der eine sofortige Beute Jane Wilkinsons geworden war!

«Vielleicht ist Ihnen mein Name bekannt», begann Poirot.

«Nein, durchaus unbekannt», kam es frostig zurück.

«Ich studiere die Psychologie des Verbrechens.»

Der Herzog schwieg. Er saß an seinem Schreibtisch, und vor ihm lag ein unvollendeter Brief.

«Aus welchem Grund wünschen Sie mich zu sprechen», erkundigte er sich schließlich und tippte ungeduldig mit dem Federhalter auf die Platte.

Poirot hatte ihm gegenüber Platz genommen, den Rücken dem Fenster zugekehrt.

«Ich bin gegenwärtig damit beschäftigt, die mit Lord Edgwares Tod verknüpften Umstände zu untersuchen.»

Kein Muskel rührte sich in dem wenig charaktervollen, aber störrischen Gesicht.

«So? Ich war nicht mit ihm bekannt.»

«Aber Sie sind mit seiner Frau bekannt – mit Miss Jane Wilkinson.»

«Allerdings.»

«Wissen Sie, daß man vermutet, sie habe Ursache gehabt, den Tod ihres Gatten zu wünschen?»

«Ich weiß nichts Derartiges.»

«Durchlaucht, vielleicht ist es besser, wenn ich Sie rundheraus frage, ob Sie Jane Wilkinson heiraten wollen.»

«Wenn ich mich mit irgendeiner Dame verlobe, wird es in den Zeitungen bekanntgegeben werden. Ihre Frage aber, mein Herr, fasse ich als eine Frechheit auf. Guten Morgen!»

Poirot erhob sich, linkisch, verlegen. Er hielt den Kopf gesenkt und stammelte: «Ich wollte Sie nicht ... *Je vous demande pardon ...*»

«Guten Morgen!» wiederholte der Herzog, ein wenig lauter als das erste Mal.

Poirot gab auf. Mit einer resignierten Handbewegung wandte er sich dem Ausgang zu. Es war eine beschämende Entlassung.

Mir tat Poirot leid. Seine eigene Arroganz konnte es mit der des Herzogs nicht aufnehmen. Für diesen stand ein großer Kriminalist offenbar auf derselben Stufe wie Mistkäfer.

«Da haben wir schlecht abgeschnitten», sagte ich mitfühlend. «Was für ein steifnackiger Grobian! Lag Ihnen denn soviel daran, ihn zu sehen?»

«Ich wollte erfahren, ob er und Jane Wilkinson wirklich heiraten werden.»

«Sie hat es uns doch gesagt!»

«Oh, die sagt vieles, wenn es ihren Zwecken dienlich ist. Es hätte doch sein können, daß sie entschlossen war, ihn zu heiraten, und daß er, der Ärmste, noch nichts davon ahnte.»

«Nun, durch unseren Besuch sind Sie jedenfalls nicht schlauer geworden.»

«Meinen Sie, *mon cher* ...? Gewiß, er hat mich abgefertigt wie einen lästigen Reporter. Aber trotzdem weiß ich jetzt genau, wie der Hase läuft», lachte mein Freund.

«Wodurch? Durch seine Art?»

«Unsinn! Haben Sie nicht bemerkt, daß wir ihn beim Schreiben störten?»

«Ja.»

*«Eh bien,* als ich in jüngeren Jahren bei der belgischen Polizei arbeitete, lernte ich, wie nützlich es ist, auf dem Kopf stehende Handschriften entziffern zu können. Soll ich Ihnen erzählen, Hastings, was er schrieb? ‹Geliebte, ich vermag die entsetzliche Wartezeit kaum zu ertragen. Jane, mein angebeteter, mein schöner Engel, es gibt ja keine Worte, die Dir beschreiben könnten, was Du mir bist. Du, die Du so unsagbar gelitten hast! Deine herrliche Seele –›»

«Poirot!» unterbrach ich ihn entsetzt.

«Jawohl, so weit war er gekommen: ‹Deine herrliche Seele kenne nur ich.›»

«Schämen Sie sich, Poirot!» schrie ich meinen Freund an. «Schämen Sie sich, daß Sie sich so weit vergaßen, einen privaten Brief zu lesen. Das ist kein ehrliches Spiel.»

«Warum ereifern Sie sich, mein Lieber? Mord ist überhaupt kein Spiel, sondern eine verteufelt ernste Angelegenheit.»

Ich ging verstimmt neben ihm her.

«Und unnötig war es überdies», sagte ich nach einer Weile. «Wenn Sie ihm mitgeteilt hätten, daß Sie Lord Edgware auf Jane Wilkinsons Verlangen aufgesucht hatten, hätte er Ihnen eine ganz andere Behandlung zuteil werden lassen.»

«Das konnte ich doch nicht, *mon cher.* Jane Wilkinson ist meine Klientin, und die Angelegenheiten eines Klienten darf ich keinem Dritten anvertrauen.»

«Aber sie wird ihn doch heiraten», erinnerte ich.

«Bedeutet das etwa, daß sie keine Geheimnisse vor ihm hat? Sie haben sehr unmoderne Ansichten übers Heiraten, Hastings. Nein, was Sie vorschlagen, konnte ich nicht tun. Ich habe meine Detektivehre zu wahren, und die Ehre ist ein sehr heikles Ding.»

## 19

Am folgenden Morgen saß ich in meinem Zimmer, als Hercule Poirot mit funkelnden Augen die Tür aufriß.

«*Mon ami,* wir haben Besuch.»

«Wer ist es?»

«Die Herzoginwitwe.»

«Wie –? Das klingt ja wie im Märchen. Was führt sie her?»

«Wenn Sie mich nach unten ins Wohnzimrner begleiten, werden Sie es erfahren.»

Die Herzogin war eine untersetzte Frau mit hoher Stirn und scharfen Augen, aber ihre Gestalt wirkte keineswegs plump. Auch in dem schlichten schwarzen Kleid war sie ganz die *grande dame.*

Sie führte eine Lorgnette an die Augen und studierte erst mich und hierauf meinen Gefährten, an den sie dann das Wort richtete – mit klarer, zwingender, ans Befehlen gewöhnter Stimme.

«Sie sind Monsieur Hercule Poirot?»

Mein Freund antwortete mit einer Verbeugung. «Zu Ihren Diensten, Madame la Duchesse.»

Nun wurde ich das Ziel der herrischen Augen.

«Das ist mein Freund, Captain Hastings, der mir bei der Bearbeitung meiner Fälle hilft», erklärte Poirot.

Sie sah mich ein wenig unschlüssig an und neigte endlich wie zustimmend den Kopf.

«Ich bin gekommen, um Sie in einer sehr delikaten Angelegenheit um Rat zu fragen», begann sie, während sie sich gemessen in dem Sessel niederließ, den mein Freund ihr anbot. «Ehe ich jedoch weiterspreche, muß ich Sie um völlige Verschwiegenheit bitten.»

«Das versteht sich von selbst, Madame.»

«Lady Yardly erzählte mir so dankbar und so begeistert von Ihnen, daß ich die Überzeugung gewann, Sie seien der einzige, der mir helfen könnte.»

Sie zauderte, und Poirot half über die Pause hinweg, indem er versicherte: «Madame, ich werde tun, was in meinen Kräften steht.»

«Also gut!» Und mit einer Direktheit, die mich merkwürdig an Jane Wilkinson in jener denkwürdigen Nacht im Savoy erinnerte, kam sie zur Sache.

«Monsieur Poirot, ich will verhindern, daß mein Sohn die Schauspielerin Jane Wilkinson heiratet.»

Wenn Poirot innerlich staunte, so verrieten seine Züge nichts davon. Er betrachtete sie nachdenklich und ließ sich mit der Antwort Zeit.

«Können Sie sich nicht ein wenig bestimmter darüber auslassen, inwiefern ich mitwirken soll, Madame?»

«Das ist nicht leicht, Monsieur. Ich fühle, daß solch eine Heirat das Leben meines Sohnes ruinieren würde.»

«Glauben Sie, Madame?»

«Glauben? Ich weiß es. Mein Sohn hat sehr hohe Ideale, weiß wenig von der Welt und hat sich aus den jungen Mädchen seiner eigenen Gesellschaftsschicht, die er hohlköpfig und frivol nennt, nie etwas gemacht. Was aber jene Frau betrifft, nun, sie ist ungewöhnlich schön, zugegeben, und versteht es, die Männer zu Sklaven zu machen. Sie hat auch meinen Sohn verzaubert, Monsieur Poirot, und leider ist der Zauber noch nicht gebrochen. Dem Himmel sei Dank, daß sie nicht frei war. Aber jetzt, nach dem Tod ihres Gatten –» Sie brach ab.

«In wenigen Monaten wollen sie sich trauen lassen, Monsieur. Und da muß ein Riegel vorgeschoben werden», fuhr sie mit Entschiedenheit fort.

Poirot zuckte die Achseln.

«Ich bestreite nicht, daß Sie recht haben, Madame. Nein, ich stimme Ihnen sogar bei, daß diese Heirat unpassend ist. Aber was tun?»

«Entscheiden Sie das, Monsieur. Doch jedenfalls müssen Sie mir helfen.»

«Ich fürchte, Ihr Herr Sohn wird keinem, der etwas gegen die Dame sagt, Gehör schenken. Und überdies ist meines Erachtens nicht sehr viel gegen sie zu sagen. Ich bezweifle stark, daß wir irgendwelche diskreditierenden Vorfälle aus ihrer Vergangenheit ausgraben können.»

«Das weiß ich», stieß die Herzogin grimmig hervor.

«Ah? Sie haben also bereits entsprechende Nachforschungen angestellt?»

Unter Poirots durchdringendem Blick errötete sie leicht. «Es gibt nichts, das ich nicht tun würde, um meinen Sohn vor dieser Heirat zu bewahren. Nichts, Monsieur Poirot!» sagte sie mit Nachdruck.

Wieder entstand eine Pause.

«Verlangen Sie, was Sie wollen, Monsieur. Und wenn es ein Vermögen kostet, diese Ehe muß verhindert werden.»

Poirot schüttelte langsam den Kopf. «Ich kann nichts tun – aus einem Grund, den ich Ihnen sofort erklären werde, aber ich glaube – entschuldigen Sie meinen Freimut! – überhaupt nicht, daß irgend etwas getan werden kann. Werden Sie es mir nicht als Unverschämtheit auslegen, wenn ich Ihnen einen Rat gebe, Madame la Duchesse?»

«Welchen Rat?»

«Widersetzen Sie sich Ihrem Sohn nicht. Er ist in dem Alter, selbst seine Wahl zu treffen. Weil seine Wahl nicht die Ihre ist, dürfen Sie nicht annehmen, daß Sie im Recht sind. Wenn Unglück daraus erwächst, nehmen Sie es in Kauf. Seien Sie zur Stelle, um ihm zu helfen, wenn er Hilfe benötigt; aber erklären Sie ihm nicht den Krieg.»

«Sie verstehen meine Lage nicht, Monsieur.» Sie war aufgestanden, ihre Lippen zitterten.

«Madame la Duchesse, ich verstehe Sie sehr gut – ich verstehe das Mutterherz. Niemand versteht es besser als ich, Hercule Poirot. Und dennoch wiederhole ich nachdrücklich: Seien Sie geduldig. Geduldig und ruhig, und beherrschen Sie Ihre Gefühle. Noch besteht ja auch die Möglichkeit, daß die Sache von selbst in die Brüche geht; Widerstand aber würde Ihren Sohn in seinem Eigensinn nur bestärken.»

«Guten Tag, Monsieur Poirot», sagte die Herzogin kalt. «Sie haben mich sehr enttäuscht.»

«Ich bedaure unendlich, Madame, daß ich Ihnen nicht dienen kann. Sehen Sie, ich befinde mich in einer schwierigen Lage. Lady Edgware hat mir schon die Ehre erwiesen, mich um Rat zu fragen.»

«Ah . . . Das also ist es!» Messerscharf wurde ihre Stimme. «Sie stehen im gegnerischen Lager. Hieraus erklärt sich wohl auch, weshalb Lady Edgware noch immer nicht wegen Ermordung ihres Gatten verhaftet worden ist.»

*«Comment, Madame la Duchesse?»*

«Ich spreche doch klar und deutlich, sollte ich meinen. Warum ist sie nicht verhaftet? Am Mordabend hat sie, wie Zeugen bekunden, das Haus betreten, ist in die Bibliothek gegangen. Außer ihr hat sich niemand Lord Edgware genähert, und obwohl man den Mann tot auffand, erfreut sie sich weiter ihrer Freiheit. Die Korruption bei unserer Polizei muß ja ungeheuer sein!»

Mit bebenden Händen ordnete sie den Schal um ihren Hals, neigte kaum merklich den Kopf und rauschte hinaus.

«Puh!» stöhnte ich. «Das ist ja ein schrecklicher Drachen! Und trotzdem bewundere ich sie.»

«Weil sie das gesamte Weltall zu ihrer Denkweise bekehren will?»

«Poirot, seien Sie gerecht, es liegt ihr doch nur das Wohl ihres Sohnes am Herzen.»

«Das schon, Hastings. Aber ist es für den Herzog denn tatsächlich solch ein Übel, Jane Wilkinson zu heiraten?»

«Sie glauben doch nicht etwa, daß sie ihn liebt?»

«Ihn nicht, aber seine soziale Stellung. Und als außerordentlich schöne und sehr ehrgeizige Frau wird sie ihre neue Rolle mit aller Sorgfalt spielen. Nein, eine Katastrophe ist diese Heirat nicht. Der junge Mann hätte leicht ein Mädchen seiner Kreise heiraten können, das ihm das Jawort aus denselben Gründen wie Jane Wilkinson gegeben haben würde, aber kein Mensch hätte dann ein Aufhebens davon gemacht. Und wenn er ein Mädchen heiratet, das ihn leidenschaftlich liebt – bedeutet das denn solch einen großen Vorteil? Eine verliebte Frau inszeniert Eifersuchtsszenen, macht den Mann lächerlich, verlangt, daß er ihr all seine Zeit und Aufmerksamkeit widmet. *Ah non,* es ist kein Bett von Rosen.»

«Poirot, Sie sind ein unverbesserlicher Zyniker!»

*«Mais non, mon cher,* ich stelle nur meine Überlegungen an. Aber eigentlich stehe ich auf der Seite der guten Mama. Haben Sie bemerkt, wie gut unterrichtet die Frau war? Und wie rachsüchtig? Sie kannte das ganze Material, das gegen Jane Wilkinson spricht. Woher aber kannte sie es?»

«Jane erzählte es dem Herzog; der Herzog erzählte es ihr. Höchst einfach.»

«Dennoch –»

Das Telefon schrillte.

Ich ging zum Apparat hinüber, und bei dem Gespräch, das sich nun entwickelte, beschränkte sich meine Rolle darauf, in einigen Abständen ja zu sagen. Schließlich legte ich den Hörer auf und wandte mich aufgeregt an Poirot.

«Das war Japp. Erstens sind Sie wie gewöhnlich ein findiger Kopf. Zweitens hat er ein Telegramm aus Amerika erhalten. Drittens trieb er den Chauffeur auf. Viertens bittet er Sie, schnell zu ihm zu kommen und der Vernehmung des Mannes beizuwohnen. Fünftens sind Sie nochmals ein findiger Kopf, und sechstens hat er sich davon überzeugt, daß Sie mit Ihrer Meinung, es stecke ein Mann hinter dem Ganzen, den Nagel auf den Kopf getroffen haben ... Leider versäumte ich, ihm mitzuteilen, daß wir soeben von einer Besucherin erfuhren, wie ungeheuerlich die Korruption bei der Polizei sei.»

«Sieh da! Japp hat sich endlich überzeugen lassen», murmelte Poirot. «Gerade in dem Augenblick, da ich selbst von dieser Theorie etwas abrücke und mir eine andere aufbaue.»

«Welche?»

«Daß das Motiv für den Mord möglicherweise gar nicht Lord Edgware selbst betrifft. Stellen Sie sich vor, jemand haßte Jane Wilkinson so glühend, daß er sie gern wegen Mordes sogar am Galgen baumeln sehen möchte. *C'est une idée, ça!*»

Er seufzte – riß sich dann von seinen Gedanken los: «Kommen Sie, Hastings, wir wollen hören, was Japp uns Neues zu sagen hat!»

## 20

«Fein, daß Sie da sind!» sagte Inspektor Japp und unterbrach bei unserem Eintritt das Verhör des älteren Mannes mit struppigem Schnurrbart und Brille. «Die Dinge entwickeln sich. Hier, dieser Mann – sein Name ist Jobson – hatte in der Nacht des 29. Juni in Long Acre die zwei Fahrgäste, nach denen Sie Ausschau halten.»

«Jawohl», bestätigte der Genannte mit heiserer Stimme. «Eine schöne Nacht war es. Mondschein und alles, was man sich nur wünschen kann. Die junge Dame und der Herr hielten mich bei der Untergrundbahn an.»

«Waren sie in Abendkleidung?»

«Ja. Der Herr in weißer Weste und die junge Dame ganz in Weiß, mit Blumen oder Vögeln darauf gestickt. Ich glaube, sie kamen aus der Royal Opera.»

«Um wieviel Uhr?»

«Ein bißchen vor elf.»

«Und weiter?»

«Ich sollte sie nach Regent Gate fahren, befahlen sie mir, aber möglichst rasch. Das sagen die Leute immer. Als ob uns daran läge, wie eine Schnecke zu kriechen! Je schneller wir einen Fahrgast loswerden, desto eher können wir einen anderen nehmen, und weiter wollen wir doch nichts. Doch daran denken die Herrschaften nicht. Wenn's aber einen Unfall gibt, dann sind natürlich immer wir Taxifahrer schuld.»

«Das dürfen Sie sich denken», unterbrach ihn Japp ungeduldig. «Oder gab's in jener Nacht etwa einen Unfall?»

«Nein», brummte der Mann mürrisch, weil er den Bericht nicht abfassen konnte, wie es ihm beliebte. «Nein, ich kam ganz ohne Zwischenfall in knapp sieben Minuten nach Regent Gate. Und dort klopfte der Herr an die Scheibe, so daß ich anhielt. So ungefähr bei Nummer 8. Dann stiegen der Herr und die Dame aus; der Herr blieb stehen und hieß mich warten, während die Dame über die Straße ging und an der gegenüberliegenden Häuserreihe entlangschritt. Den Rücken mir zugekehrt, sah der Herr ihr nach. Hatte beide Hände in den Taschen. Vielleicht fünf Minuten später hörte ich ihn etwas sagen – ich glaube, es war nur ein Ausruf, und dann ging er gleichfalls davon. Ich behielt ihn im Auge, weil ich nicht um das Fahrgeld geprellt werden wollte, sah, wie er drüben die Stufen zu einem der Häuser hinaufstieg und in der Haustür verschwand.»

«Stand die Tür denn offen?»

«Nein, er hatte einen Schlüssel.»

«Wissen Sie die Hausnummer?»

«Siebzehn oder neunzehn, denke ich. Nach weiteren fünf Minuten kamen der Herr und die Dame zusammen wieder heraus, stiegen ins Auto und wollten zur Covent-Garden-Oper zurückgefahren werden. Kurz vorher ließen sie mich halten und bezahlten mich. Bezahlten mich sogar überreichlich, alles, was recht ist. Aber nun habe ich ihretwegen doch noch Scherereien, scheint mir.»

«Sehen Sie sich mal diese Bilder an, und sagen Sie mir, ob die junge Dame sich darunter befindet», forderte Japp ihn auf und legte ihm ein halbes Dutzend Fotografien vor.

«Das war sie», erklärte Jobson, und sehr entschieden deutete sein Zeigefinger auf ein Bild Geraldines in Abendtoilette.

«Sicher?»

«Ganz sicher. Bleich war sie und dunkel.»

«Jetzt suchen Sie den Mann.»

Eine weitere Reihe Fotografien wurde ihm ausgehändigt, die er gründlich musterte und dann mit einem Kopfschütteln zurückgab. «Kann ich nicht genau sagen. Von diesen beiden könnte es einer sein.»

Unter den Fotos war auch eines von Ronald Marsh, aber Jobson hatte es übergangen; immerhin bestand eine entfernte Ähnlichkeit zwischen den beiden Köpfen, die der Mann herausgegriffen hatte, und dem neuen Lord Edgware.

Der Inspektor entließ Jobson und warf die Bilder in eine Schublade.

«Das kommt davon, daß ich nur eine sieben oder acht Jahre alte Fotografie des Lords auftreiben konnte. Natürlich wäre mir eine genaue Feststellung seiner Person lieber gewesen, aber auch so ist die Sache klipp und klar. Ha, da gingen ein paar anscheinend blitzsaubere Alibis in Scherben! Gescheit von Ihnen, Monsieur Poirot, an so was zu denken.»

Poirot setzte seine allerbescheidenste Miene auf, was ihm sehr gut gelang.

«Als mir bekannt wurde, daß Vetter und Kusine beide die Oper besucht hatten, rechnete ich mit der Möglichkeit, daß sie während einer der Pausen zusammengewesen waren. Natürlich ahnten weder die Dortheimers noch die Carthew Wests, daß sie das Opernhaus verließen. Doch eine halbstündige Pause bietet hinreichend Zeit, um nach Regent Gate und zurück zu fahren. In dem Augenblick, als der neue Lord Edgware solch ein Gewicht auf sein Alibi legte, begann ich Verdacht zu schöpfen.»

«Sie sind ein argwöhnischer Geselle, he?» sagte Japp fast zärtlich. «Ja, ja, in dieser Welt kann man nicht argwöhnisch genug sein. Und nun lesen Sie dies hier.» Er reichte ihm ein Papier. «Telegramm aus New York, wo man Verbindung mit Miss Lucie Adams aufnahm. Der Brief wurde ihr heute mit der Morgenpost zugestellt, und sie weigerte sich, das Original aus der Hand zu geben, sofern es nicht unbedingt erforderlich sei. Indessen gestattete sie dem Beamten sofort, es abzuschreiben und uns den Inhalt wortgetreu zu kabeln. Und er ist so enthüllend, wie man es sich nur wünschen kann.»

Poirot nahm das Blatt, und ich las, über seine Schulter gebeugt:

Nachstehend der Text des Briefes an Lucie Adams, datiert 29. Juni, Rosedow Mansions 8, London SW. Lautet: «Liebe, kleine Schwester, es tut mir leid, daß ich Dir vergangene Woche nur ein paar flüchtige Zeilen schrieb, aber meine Zeit war sehr in Anspruch genommen, vor allem durch geschäftliche Dinge. Dafür, mein liebes Kleines, kann ich Dir heute von einem großen Erfolg berichten. Glänzende Rezensionen, ausverkauftes Haus und überall warmes Entgegenkommen und Liebenswürdigkeit! Ich habe hier ein paar wirklich gute Freunde gewonnen und hoffe, nächstes Jahr ein Theater für zwei Monate zu mieten. Der russische Tänzer-Sketch fand viel Anklang, desgleichen die Amerikanerin in Paris, doch am meisten rissen die Szenen in einem internationalen Hotel das Publikum hin. Ich bin so aufgeregt, daß ich kaum weiß, was ich schreibe, Schwesterchen. Gedulde dich nur noch eine Minute, dann wirst Du auch den Grund erfahren. Vorher will ich Dir nur schnell noch von einigen Leuten erzählen, mit denen ich zusammen war. Zuerst Mr. Hergsheimer. Er zeigt mir ein großes Wohlwollen und beabsichtigt, mich in den nächsten Tagen zum Lunch einzuladen, bei welcher Gelegenheit ich Sir Montague Corner kennenlernen soll, dessen Unterstützung von unschätzbarem Wert sein würde. Gestern abend machte ich die Bekanntschaft Jane Wilkinsons, die mich wegen meiner Leistungen und besonders wegen der täuschenden Nachahmung ihrer Person mit Lob überhäufte. Und das leitet schon zu dem über, was ich Dir gleich erzählen will. Sympathisch ist mir J. eigentlich nicht. Ich habe kürzlich von einem beiderseitigen Bekannten, dem gegenüber sie sich sehr herzlos und – man kann es nicht anders bezeichnen – heimtückisch benommen hat, manches über sie gehört; aber Dir alles zu schreiben würde heute zu weit führen. Du weißt wohl, Kleines, daß J. eigentlich Lady Edgware heißt. Auch über ihren Gatten erfuhr ich allerhand, das nicht schön ist. Er behandelte seinen Neffen, Captain Marsh, den Du ja bereits aus meinen Briefen kennst, in der rücksichtslosesten Weise – warf ihn buchstäblich aus dem Haus und brach jede Brücke ab. Ich weiß das alles aus Marshs eigenem Mund, und der Arme tut mir herzlich leid. Er hegt ebenfalls große Bewunderung für mich, er sagte: ‹Ich glaube, Sie würden sogar Lord Edgware selbst täuschen. Hören Sie, würden Sie das um einer Wette willen unter Beweis stellen?› Ich lachte und sagte: ‹Wieviel bringt's ein?› Liebe, kleine Lucie, die Antwort raubte mir

fast den Atem. Zehntausend Dollar. Zehntausend Dollar – kannst Du das fassen? Zehntausend Dollar, nur um jemandem zu helfen, eine einfältige Wette zu gewinnen! ‹Nun, dafür würde ich auch den König im Buckingham-Palast zum Narren halten und eine Majestätsbeleidigung riskieren›, erwiderte ich. Wir steckten also die Köpfe zusammen und berieten uns über die Einzelheiten.
Ob man mich erkennt oder nicht, werde ich Dir nächste Woche erzählen. Aber ob Erfolg oder Mißlingen – zehntausend Dollar bekomme ich. Oh, Lucie, was das für uns bedeutet!
Keine Zeit jetzt für mehr – muß sofort zu meinem ‹Possenspiel›. Tausend, tausend, tausend Grüße, mein geliebtes Kleines,

Deine Carlotta.»

Poirot legte den Brief nieder, der ihn, wie ich bemerkte, sehr ergriffen hatte. Bei Japp indes brachte er eine ganz andere Wirkung hervor. «Jetzt haben wir ihn gefaßt», frohlockte er.

«Ja», erwiderte mein Freund. Seine Stimme klang merkwürdig gepreßt.

«Was ist denn los, Monsieur Poirot?» fragte der Inspektor.

«Nichts. Es ist nur, irgendwie, nicht ganz so, wie ich dachte. *Voilà.*» Er sah unglücklich aus. «Aber es muß so sein», sagte er wie im Selbstgespräch. «Ja, es muß so sein.»

«Selbstverständlich ist es so; Sie haben das ja schon längst prophezeit.»

«Nein, nein. Sie verstehen mich falsch, Japp.»

«Haben Sie nicht immer gepredigt, es sei jemand im Hintergrund, der das ahnungslose Mädchen zu jener Maskerade überredet hätte?»

Poirot seufzte und entgegnete nichts, so daß der Inspektor fortfuhr: «Sie sind ein wunderlicher Heiliger! Nie zufrieden. Ich meine, wir können von Glück sagen, daß Miss Adams diesen Brief schrieb.»

Und plötzlich pflichtete ihm Poirot mit unerwarteter Heftigkeit bei. «*Mais oui, mais oui,* das ist es ja, was der Mörder nicht wissen konnte. Als Carlotta Adams die zehntausend Dollar annahm, unterzeichnete sie ihr Todesurteil. Er schmeichelte sich, alle Vorsichtsmaßregeln getroffen zu haben – doch sie überführte ihn, in aller Unschuld: Die Tote spricht. Es ist in meiner Praxis nicht das erste Mal, daß die Toten sprechen.»

«Ich habe nie geglaubt, daß sie auf eigene Faust handelte», gab Japp unverfroren von sich. «So, und nun muß ich die weiteren Maßnahmen treffen.»

«Sie wollen Captain Marsh – Lord Edgware, meine ich verhaften?»

«Weshalb nicht? Kann noch der geringste Zweifel an seiner Schuld bestehen? Ich begreife Ihre Niedergeschlagenheit nicht, Monsieur Poirot. Statt stolz zu sein, daß Ihre eigene Theorie sich siegreich behauptet, sitzen Sie trübselig da. Sehen Sie denn irgendeine brüchige Stelle in dem Beweismaterial?»

Hercule Poirot schüttelte den Kopf.

«Ob Miss Marsh seine Helfershelferin war, wissen wir noch nicht», führte der Inspektor aus. «Der gleichzeitige Opernbesuch läßt es fast vermuten. Nun, ich werde ja hören, was die beiden sagen.»

«Darf ich der Vernehmung beiwohnen?» Beinahe demütig klang die Frage.

«Das versteht sich von selbst, nachdem Sie das Ganze ja überhaupt in die Wege geleitet haben.»

Während er den Brief in seinem Schreibtisch verschloß, zog ich meinen Freund beiseite.

«Wo fehlt's denn, Poirot?»

«Ich bin sehr unglücklich, Hastings. Obwohl die Rechnung so glänzend aufzugehen scheint, steckt irgendwo ein Fehler. Alles greift genau ineinander, wie ich es mir ausmalte – und dennoch, *mon cher,* hapert es irgendwo.»

## 21

Ich verstand meinen Freund nicht mehr. Was plagte er sich, nachdem die Dinge eine Entwicklung nahmen, die er längst vorausgesagt hatte, mit mißmutigem Grübeln?

Auf der ganzen Fahrt nach Regent Gate saß er brütend, mit finster gerunzelter Stirn, neben uns und schenkte Japps selbstzufriedener Fröhlichkeit keine Beachtung.

«Auf alle Fälle können wir ja hören, was er zu sagen hat», fuhr er schließlich seufzend fort.

«Wenn er klug ist, hält er den Mund», meinte der Inspektor.

Bei der Ankunft in Regent Gate erfuhren wir, daß unser verfolgtes Wild im Bau war. Man saß noch beim Lunch, und Japp bat um eine sofortige Unterredung mit Lord Edgware allein.

Wieder wurden wir in die Bibliothek geführt. Ronald trat nach wenigen Minuten herein, ein leichtes Lächeln auf dem Gesicht, das sich etwas veränderte, als er unsere kleine Gruppe mit einem raschen Blick überflog. Seine Lippen wurden schmal.

«Hallo, Inspektor, was bedeutet das?»

Japp sagte seinen Spruch.

«So, so. Also so weit sind wir!» meinte Lord Edgware.

Er zog einen Stuhl zu sich heran, setzte sich und holte sein Zigarettenetui aus der Tasche.

«Inspektor, ich möchte Ihnen ein Geständnis machen.»

«Ganz wie es Ihnen beliebt, Mylord.»

«Selbst auf die Gefahr hin, daß Sie mich hinterher für einen Narren halten. Ich habe nämlich keinen Anlaß, die Wahrheit zu fürchten, wie die Romanhelden immer so schön sagen.»

Inspektor Japp erwiderte nichts, sein Gesicht blieb ausdruckslos.

«Sehen Sie, da drüben stehen Tisch und Stuhl», fuhr der

junge Mann fort. «Nehmen Sie dort Platz. Dann können Sie meine Aussage gleich bequem mitstenografieren.»

Vermutlich begegnete es dem Scotland-Yard-Beamten zum erstenmal, daß sich ein Mordverdächtiger um seine Bequemlichkeit sorgte!

«Und nun zur Sache! Da ich nicht ganz auf den Kopf gefallen bin, nehme ich an, daß mein wunderschönes Alibi in Rauch aufgegangen ist, wie? Aus mit den nützlichen Dortheimers. Taxichauffeur, ja?»

«Uns sind Ihre sämtlichen Schritte in jener Nacht bekannt», sagte Japp steif.

«Ich habe immer die größte Bewunderung für die Tüchtigkeit Scotland Yards gehabt. Aber wissen Sie, Inspektor, wenn ich wirklich eine Gewalttätigkeit geplant hätte, würde ich bestimmt in kein Taxi geklettert und schnurstracks zum Hause meines Onkels gefahren sein. Und ebenso bestimmt hätte ich das Auto nicht warten lassen. Haben Sie das nicht bedacht? Ah, Monsieur Poirot, Ihnen sind wohl derartige Bedenken gekommen?»

Poirot nickte.

«Ein wohlüberlegter Mord wird anders in Szene gesetzt», fuhr Lord Edgware fort. «Man klebt sich meinetwegen einen roten Schnurrbart an, versteckt sich hinter einer großen Hornbrille, fährt bis zur nächsten Straßenecke und bezahlt den Chauffeur. Oder nimmt die Untergrundbahn . . . Na, lassen wir das! Für ein paar tausend Pfund wird Ihnen mein Advokat das besser schildern als ich. Ihre Antwort, Inspektor, weiß ich schon im voraus: keine vorbereitete, sondern eine aus einem jähen Impuls geborene Tat. Aber auch das stimmt nicht, sondern in Wirklichkeit verhält sich alles folgendermaßen: Ich brauchte Geld, brauchte es dringend. Wenn ich es nicht bis zum nächsten Tag beschaffte, war ich verloren. Mein Onkel? Er liebte mich nicht, doch ich glaubte, es sei ihm vielleicht an der Ehre seines Namens etwas gelegen. Ältere Herren werden bisweilen von solchen

Gefühlen beherrscht. Mein Onkel jedoch erwies sich in seiner schamlosen Gleichgültigkeit als bedauernswert modern.

Was tun? Bei dem alten Dortheimer einen Pumpversuch machen? Ich wußte, daß das zwecklos gewesen wäre. Und seine Tochter heiraten – nein, dazu vermochte ich mich nicht zu überwinden. Da traf ich durch reinen Zufall meine Kusine in der Oper. Unsere Wege kreuzen sich nur selten, doch verstehen wir uns ziemlich gut. Ich vertraute ihr meine Schwierigkeiten an, und Geraldine, das liebe Kind, drängte mir ihre Perlen auf, die einst ihrer Mutter gehört hatten.»

Er schwieg. Mir schien, als müsse er einer echten Bewegung Herr werden – war sie aber nicht echt, so wußte er sie durch ein leichtes Beben der Stimme unwahrscheinlich gut vorzutäuschen.

«Nun, ich wies das großmütige Angebot nicht zurück. Durch Beleihung der Perlen konnte ich mir das erforderliche Geld verschaffen, Inspektor. Aber gleichzeitig schwor ich meiner Kusine, daß ich sie ihr wiedergeben würde, und sollte ich auch nur durch härteste Arbeit dazu imstande sein. Leider befanden sich die Perlen jedoch in Regent Gate. Auf diese Art kam Ihr Chauffeur zu seinen Fahrgästen, Inspektor.

Hat er Ihnen berichtet, daß wir auf der entgegengesetzten Seite einige Häuser entfernt halten ließen? Das geschah, damit niemand durch ein vorfahrendes Auto aufmerksam werden sollte. Geraldine, die ihren Schlüssel bei sich hatte, wollte sich möglichst lautlos hinauf in ihr Zimmer begeben und hoffte, daß ihr dies unbemerkt glücken würde, da Miss Carroll meist um halb zehn zu Bett ging und mein Onkel sicher in der Bibliothek saß. Ich sah ihr nach, wie sie die Straße überquerte, drüben an der Häuserreihe entlangschritt und endlich im Haus verschwand. Und nun, Inspektor, komme ich zu dem Teil meiner Geschichte, den Sie wahrscheinlich für Schwindel halten werden.

Ein Mann bog in die Straße ein, ging auf dem jenseitigen Bürgersteig an mir vorüber, stieg dann gleichfalls die Stufen zu Nr. 17 empor und betrat das Haus. Aus zwei Gründen war ich starr vor Staunen: erstens, weil der Betreffende die Haustür mit einem Schlüssel geöffnet hatte, und zweitens, weil ich in ihm einen bekannten Filmschauspieler erkannt zu haben glaubte.

Dieser Sache mußte ich auf den Grund gehen! Zufällig trug ich meinen eigenen Schlüssel zu Nr. 17 in der Tasche. Ich hatte ihn vor drei Jahren verloren oder glaubte ihn wenigstens verloren, bis er mir vor zwei Tagen unerwartet in die Hände gefallen war. Ihn, wie ursprünglich beabsichtigt, meinem Onkel vormittags zurückzugeben, hatte ich in der Hitze unserer Auseinandersetzung vergessen, und beim Umkleiden hatte ich ihn mit dem gesamten anderen Tascheninhalt in die Smokinghose gesteckt.

Ich befahl dem Chauffeur zu warten, rannte quer über die Straße bis zu Nr. 17, sprang die Stufen empor und öffnete die Tür. Keinerlei Anzeichen eines soeben eingetretenen Besuchers. Ich schaute mich nach allen Seiten um und schlich mich hinauf zur Bibliothek. War der Mann bei meinem Onkel, so würde man ja Stimmengemurmel hören. Aber nicht ein Laut drang zu mir hinaus.

Und plötzlich schalt ich mich einen Dummkopf. Natürlich hatten mich die Entfernung und die mangelhafte Straßenbeleuchtung genarrt, und der Mann war gar nicht in Nr. 17, sondern wahrscheinlich im Nebenhaus verschwunden.

Ich ging auf den Zehenspitzen zur Haustür zurück, und im gleichen Augenblick kam Geraldine mit den Perlen in der Hand die Treppe herab. Als sie mich sah, fuhr sie selbstverständlich zusammen, und ich zog sie rasch nach draußen und erklärte ihr den Zusammenhang.

Dann ging's so schnell wie möglich zur Oper zurück, wo wir gerade beim Aufziehen des Vorhangs unsere Plätze wieder einnahmen. Niemand ahnte etwas von unserer Abwesenheit, denn in der warmen Sommernacht hatten viele Besucher im Freien Luft geschöpft.»

Er machte eine Pause und holte tief Atem.

«Ich weiß, Inspektor, daß Sie mir jetzt entgegnen werden, ich hätte Ihnen das sofort erzählen sollen. Aber nun möchte ich Sie fragen: Würden Sie leichtherzig zugeben, daß Sie in der fraglichen Stunde am Schauplatz des Verbrechens gewesen sind, wenn man Ihnen ohnedies schon triftige Gründe für den Mord vorrechnen kann?

Wir hatten nichts mit dem Mord zu tun, wir hatten nichts gesehen, nichts gehört. Auf Ehre und Gewissen versichere ich Ihnen, daß ich glaubte, Tante Jane sei die Schuldige. Weshalb sollte ich mir selbst Ungelegenheiten bereiten?»

«Miss Marsh willigte in dieses . . . hm, Vertuschen ein?»

«Ja. Sobald ich von dem Mord erfuhr, ging ich zu ihr und beschwor sie, über unseren Abstecher Schweigen zu bewahren und auf Befragen zu erklären, daß wir in der letzten Pause zusammengewesen und ein wenig draußen im Freien umherspaziert wären. Sie begriff meine Lage und ging ohne weiteres auf meinen Vorschlag ein. Ich weiß, Inspektor, daß es einen verflucht schlechten Eindruck macht, wenn ich erst jetzt mit der Wahrheit herausrücke. Aber es ist die Wahrheit. Ich kann Ihnen Namen und Adresse des Mannes geben, der mir am anderen Morgen für Geraldines Perlen Geld lieh. Und wenn Sie meine Kusine fragen, wird sie Ihnen jedes Wort bestätigen.»

Lord Edgware lehnte sich in seinen Stuhl zurück und blickte Japp an. Doch dessen Gesicht behielt dieselbe maskengleiche Ausdruckslosigkeit.

«Sie sagen, Lord Edgware, daß Sie glaubten, Jane Wilkinson habe den Mord begangen?» warf er hin.

«Würden Sie das etwa nicht gedacht haben, Inspektor? Nach dem, was der Butler erzählte?»

«Und Ihre Wette mit Miss Adams?»

«Wette mit Miss Adams? Carlotta Adams meinen Sie? Was hat sie damit zu schaffen?»

«Leugnen Sie, daß Sie ihr die Summe von zehntausend

Dollar boten, damit sie in jener Nacht hier Jane Wilkinson spielte?»

Ronald starrte ihn mit weit aufgerissenen Augen an. «Zehntausend Dollar? Unsinn! Jemand hat Ihnen einen Bären aufgebunden, Inspektor. Als ob ich zehntausend Dollar anzubieten hätte! Hat sie Ihnen das gesagt? Oh, verdammt – ich vergaß, sie ist ja tot.»

«Ja», mischte sich Poirot ruhig ein. «Sie ist tot.»

Ronald blickte uns drei der Reihe nach an. Sein Gesicht hatte seine frische Farbe verloren, und in den Augen lauerte Angst. «Ich verstehe kein Wort von allem», sagte er. «Was ich Ihnen erzählte, ist die reine Wahrheit. Aber mir scheint, Sie glauben mir nicht – keiner von Ihnen.»

Und da trat zu meinem Erstaunen Hercule Poirot vor.

«Doch», erklärte er. «Ich glaube Ihnen.»

## 22

Wir waren in unsere Wohnung zurückgekehrt.

«Was in aller Welt –», fing ich an und wurde durch die maßloseste Bewegung, die ich je bei Poirot sah, zum Schweigen gebracht. Seine beiden Arme kreisten durch die Luft.

«Ich flehe Sie an, Hastings! Nicht jetzt. Nicht jetzt!»

Und hierauf ergriff er seinen Hut, klatschte ihn sich auf den Kopf, als ob er niemals von Ordnung und Methode gehört hätte, und stürmte aus dem Zimmer. Er war auch noch nicht wieder da, als eine Stunde später Japp erschien.

«Ist der Kleine ausgegangen?» Ich nickte.

Der Inspektor sank müde in einen Sessel und betupfte seine Stirn mit einem Taschentuch, denn der Tag hatte uns eine ziemliche Hitze beschert.

«Was ist denn bloß in ihn gefahren?» forschte er. «Ich denke, mich trifft der Schlag, als er plötzlich auf den Mann zutritt und feierlich sagt: ‹Ich glaube Ihnen.› Mit dem Pathos eines Schauspielers! Offen gestanden, Captain Hastings, ich bin platt.»

Ich war ebenso platt und verhehlte es nicht.

«Und dann marschiert er auf und davon und läßt Sie hier allein sitzen! Was sagte er denn?»

«Nichts!»

«Nichts?»

«Gar nichts. Als ich zu sprechen anfing, fuchtelte er mit den Armen, nahm seinen Hut – und weg war er!»

Wir blickten uns an, und Japp tippte vielsagend gegen seine Stirn.

In diesem Augenblick trat Poirot über die Schwelle.

Er hatte, wie ich mit einem tiefen Dankgefühl feststellte, seine Ruhe wiedergefunden. Sehr sorgsam nahm er seinen Hut ab, legte ihn samt dem Stock auf ein Tischchen und ließ sich in seinem Lieblingssessel nieder.

«Mein guter Japp, ich bin außerordentlich froh, daß Sie da sind, weil ich so der Mühe enthoben werde, Sie aufzusuchen.» Der Inspektor, in dem sicheren Gefühl, daß dies lediglich die Einleitung war, erwiderte nichts. Und tatsächlich fuhr mein Freund, langsam und jedes Wort überlegend, fort:

«*Ecoutez,* Japp. Wir haben uns geirrt. Schmerzlich, es zuzugestehen – aber wir haben einen Fehler gemacht.»

«Das kommt schon in Ordnung», sagte der Inspektor zuversichtlich.

«Keineswegs. Es ist kläglich, jämmerlich und drückt mir das Herz ab.»

«Grämen Sie sich nicht über den jungen Herrn, Monsieur Poirot. Er hat die Strafe redlich verdient.»

«Nicht seinetwegen gräme ich mich – sondern Ihretwegen.»

«Meinetwegen? Das ist wirklich nicht nötig.»

«So? Wer hat Ihnen denn diesen Tipp gegeben? Ich, Hercule Poirot. *Mais oui,* ich setzte Sie auf die Fährte; ich lenkte

Ihre Aufmerksamkeit auf Carlotta Adams, ich erwähnte Ihnen gegenüber den Brief nach Amerika. Ich, ich und überall ich.»

«Auch ohne Sie wäre ich zu diesem Ziel gelangt», erklärte Japp kühl. «Sie landeten dort nur ein bißchen vor mir – das ist alles.»

«*Cela se peut.* Aber das tröstet mich nicht. Wenn Ihnen Schaden erwüchse, wenn Ihr Prestige litte, weil Sie meine kleinen Ideen beachteten, so würde ich mir schwere Vorwürfe machen.»

Japp blickte sehr verschmitzt drein. Ich denke, daß er Poirots Reden auf wenig lautere Quellen zurückführte und sich einbildete, der kleine Belgier mißgönne ihm die Lorbeeren, die ihm die erfolgreiche Aufklärung des Falles bescheren würde.

Und meine Vermutung wurde durch die Antwort des Inspektors bestätigt.

«Sie können beruhigt sein, Monsieur Poirot», sagte er. «Ich werde nicht verfehlen, Ihre verdienstvolle Mitwirkung hervorzuheben.»

«Darum handelt es sich doch nicht», rief Hercule Poirot verzweifelt. «Mir bedeutet Anerkennung nichts. Und außerdem wird es keine geben.» Ungeduldig benetzte er die Lippen mit der Zunge. «Es ist ein Mißerfolg, der Ihnen bevorsteht, *mon ami,* und ich, Hercule Poirot, bin die Ursache.»

Angesichts dieser Trübsal brach Japp in ein schallendes Gelächter aus. Er lachte und lachte, bis ihm die Tränen in den Augen standen.

«Verzeihung, Monsieur Poirot», prustete er, indem er sich die Augen wischte. «Wenn Sie sich anschauen könnten, würden Sie auch lachen. Wie eine sterbende Ente im Gewittersturm sehen Sie aus . . .! Einigen wir uns also: Sowohl das Verdienst als auch den Tadel werden wir in dieser Affäre brüderlich teilen. Es mag sein, daß ein geschickter Anwalt den edlen Lord herausreißt – Geschworene sind unberechenbar. Aber auch ein Freispruch wird die Tatsache nicht verschleiern, daß wir den richtigen Mann auf die Anklagebank brachten.»

Poirot sah ihn sanft und traurig an. «Fast möchte man Sie um diese Zuversicht beneiden! Nie machen Sie halt und fragen sich: Kann es so sein? Nie zweifeln Sie oder wundern sich. Nie denken Sie: Das ist zu leicht!»

«Sehen Sie, Monsieur Poirot, das ist genau der Punkt: Warum soll eine Sache nicht leicht sein?»

Mein Freund stieß einen tiefen Seufzer aus, hob beide Hände hoch und ließ sie wieder auf die Armlehne fallen.

«*C'est fini!* Ich will kein Wort mehr darüber verlieren.»

«Wunderbar!» sagte Japp herzlich. «Möchten Sie nun erfahren, was ich inzwischen getan habe?»

«Bitte.»

«Ich sprach mit Miss Marsh, deren Schilderung sich genau mit der ihres Vetters deckt. Daß die beiden unter einer Decke stecken, glaube ich nicht. Meine Ansicht geht dahin, daß er sie täuschte. Die Nachricht von seiner Verhaftung hat sie übrigens vollkommen niedergeschmettert.»

«Und die Perlen?»

«Das hat seine Richtigkeit. Am folgenden Morgen verschaffte er sich in aller Herrgottsfrühe durch ihre Verpfändung das Geld. Aber finden Sie, daß dadurch die Anklage gegen ihn entkräftet wird? Ich stelle mir folgendes vor: Während Ronald Marsh in der Oper mit der Kusine plaudert, fällt ihm ein, daß er, wenn er sie in das Verbrechen verstrickt, vermehrte Sicherheit für sich selbst gewinnt. Deshalb klagt er ihr sein Leid, macht eine Anspielung auf die Perlen, die sie ihm bereitwilligst zur Verfügung stellt, und fährt mit ihr davon. Sobald sie im Haus ist, folgt er ihr, geht in die Bibliothek, wo Lord Edgware in seinem Stuhl eingeschlummert sein mag. Jedenfalls ist in zwei Sekunden der tödliche Stich ausgeführt und Ronald Marsh schon wieder draußen. Ich glaube, daß es seine Absicht war, wieder auf der

Straße wartend auf und ab zu gehen, wenn seine Kusine mit den Perlen kam, aber das mißlang ihm.

Am nächsten Morgen muß er natürlich, um den Schein zu wahren, die Perlen verpfänden. Als dann das Verbrechen bekannt wird, schüchtert er Geraldine Marsh ein, damit sie ihre Fahrt nach Regent Gate verheimlicht; beide wollen sagen, daß sie die Pause zusammen im Opernhaus verbrachten.»

«Und warum sagten sie das nicht?» fragte Poirot scharf.

Japp zuckte gleichmütig die Achseln. «Was weiß ich? Vielleicht, weil Ronald Marsh fürchtete, sie würde nicht imstande sein durchzuhalten. Sie ist ziemlich nervös.»

Poirot zog versonnen mit der Fußspitze das Teppichmuster nach. «Meinen Sie nicht, *mon cher*, es wäre für Captain Marsh einfacher gewesen, sich während der Pause allein fortzustehlen? Ganz still mit Hilfe des Schlüssels in das Haus zu schleichen, den Onkel zu töten und nach Covent Garden zurückzukehren, statt ein Taxi draußen warten zu lassen und sich mit einem nervösen Mädchen zu belasten, das jede Sekunde die Treppe herunterkommen und im ersten Schreck Unheil anrichten konnte?»

Der Inspektor grinste. «Sie und ich, ja, wir wären allein gefahren. Aber wir sind beide ein bißchen heller als Captain Marsh.»

«Von dem letzteren bin ich keineswegs überzeugt. Auf mich macht er einen recht intelligenten Eindruck.»

«Kann sich seine Intelligenz etwa mit jener Hercule Poirots messen?» gab Japp lachend zurück. Und als Poirot darauf nicht einging, fuhr er fort: «Wenn er nicht schuldig ist, warum überredete er dann Miss Adams zu der Wette? Die Wette bezweckt nur das eine: den wahren Verbrecher zu schützen.»

«Darin stimme ich Ihnen vollkommen bei.»

«Gut, daß wir wenigstens in etwas übereinstimmen!»

«Sagen Sie mir mal Ihre Meinung über Carlotta Adams' Tod», verlangte mein Freund unvermittelt.

Japp räusperte sich, ehe er erwiderte: «Ein Unglücksfall. Freilich ein Unglücksfall, der sich zu sehr gelegener Stunde ereignete. Ronald Marsh kann seine Finger nicht dabei im Spiel haben, denn an seinem Alibi nach Theaterschluß ist nichts auszusetzen. Er saß bis ein Uhr mit den Dortheimers bei Sobranis, als sie schon längst, längst für immer eingeschlafen war. Hätte sich dieser Unglücksfall allerdings nicht zugetragen, so würde er sie durch andere Mittel zum Schweigen gebracht haben. Erst wieder das übliche Einschüchtern – daß man sie, wenn sie die Wahrheit gestände, unweigerlich wegen Mordes verhaften würde. Und dann wäre sie mit einer neuen anständigen Geldsumme bedacht worden.»

«Sind Sie sich denn klar darüber, Japp, daß Miss Adams durch ihr Schweigen eine andere Frau an den Galgen gebracht hätte?»

«Jane Wilkinson wäre nicht gehenkt worden. Die Zeugenaussagen von Sir Montagues Gästen fielen zu stark in die Waagschale.»

«Aber der Mörder konnte das nicht voraussehen. Er rechnete damit, daß Jane Wilkinson verurteilt und Carlotta Adams den Mund halten würde.»

«Ah, Monsieur Poirot, Sie philosophieren! Und jetzt sind Sie fest davon überzeugt, daß Ronald Marsh, das Unschuldslamm, keinem Böses zufügen kann. Glauben Sie etwa jener Mär von dem verdächtigen Mann, den er ins Haus gehen sah? Er nannte mir gegenüber sogar den Namen: Martin Bryan. Na, was sagen Sie nun? Martin Bryan, der Lord Edgware niemals im Leben begegnet war!»

«Dann mußte es Marsh um so mehr befremden, wenn dieser Mann sich mit einem Schlüssel Zutritt zum Haus verschaffte.»

«Bah!» schnaubte Japp, was bei ihm den Ausdruck höchster Verachtung bedeutete. «Also hören Sie, Monsieur Poirot: Martin Bryan ist an jenem Abend gar nicht in London gewesen. Er machte mit einer jungen Dame einen Ausflug nach Molesey, von wo die beiden erst gegen Mitternacht heimkehrten.»

«Und wer war die junge Dame? Ebenfalls eine Künstlerin?»

«Nein. Die Besitzerin eines Modesalons. Aber wozu die Umschweife? Es war Carlotta Adams' Freundin, Miss Driver. Ihre Aussage werden Sie ja wohl nicht in Zweifel ziehen.»

«Nicht im geringsten, mein Freund.»

«Sie sind in die Enge getrieben, alter Knabe, und wissen es», lachte der Inspektor. «Niemand ging in das Haus Nr. 17 oder in eins der beiden Nachbarhäuser – und das beweist? Daß der neue Lord Edgware ein Lügner ist.»

Japp erhob sich – ein Mensch, mit sich und der Welt zufrieden. Und diese Zufriedenheit vermochte auch Poirots nächste Frage nicht zu erschüttern.

«Wer ist D., Paris, November?»

«Wahrscheinlich ein längst vergessener Freund. Muß denn ein Erinnerungsstück, das das Mädchen vor sechs Monaten bekam, durchaus mit diesem Verbrechen zu tun haben?»

«Vor sechs Monaten», murmelte Poirot. *«Dieu, que je suis bête!»* rief er plötzlich mit funkelnden Augen.

«Was sagt er?» fragte der Inspektor, der kein Französisch verstand.

«Hören Sie!» Poirot hatte sich erhoben und klopfte bei jedem Wort auf Japps Brustkasten. «Warum erkannte Miss Adams' Haushälterin die Dose nicht wieder? Warum erkannte sie auch Miss Driver nicht?»

«Ich verstehe nicht, was –»

Schon setzte das Hämmern gegen die Brust wieder ein. «Weil die Dose neu war! Man hatte sie ihr gerade erst geschenkt. Paris, November – das mag das Datum sein, an welches die Dose erinnern soll. Doch als Geschenk erhielt Carlotta sie erst jetzt. Nicht damals, Japp. Ganz kürzlich wurde sie gekauft! Forschen Sie nach, Japp, ich flehe Sie an. Wahrscheinlich kaufte man sie in Paris. Wäre sie hier gekauft worden, so hätte sich nach den Bekanntmachungen in den Zeitungen irgendein Juwelier bei der Polizei gemeldet. Ja, ja, Paris. Kundschaften Sie das aus, scheuen Sie keine Mühe, Japp. Ich muß unbedingt wissen, wer der geheimnisvolle D. ist.»

«Ich bin zwar nicht so neugierig wie Sie», lachte der Inspektor gutmütig. «Doch warum soll ich Ihnen den Gefallen nicht tun? Je mehr wir erfahren, desto besser.»

Und mit einem fröhlichen Nicken ging er zur Tür.

## 23

«Auf zum Lunch!» rief Poirot gut gelaunt, hakte sich bei mir ein und blickte mich lächelnd an. «Hastings, ich habe Hoffnung.»

Ich freute mich, daß er sein Gleichgewicht wiedergefunden hatte, und über unverfängliche Dinge plaudernd, gingen wir zusammen zum Lunch.

Als wir uns an einem Tisch niederließen, bemerkte ich am anderen Ende des Saals Martin Bryan und Jenny Driver. Sollte sich zwischen den beiden etwa eine kleine Romanze entspinnen? Jetzt hatten sie uns erblickt, und Jenny winkte uns mit der Hand.

Später, während man uns den Kaffee servierte, verließ sie ihren Begleiter und kam, so lebendig und energiegeladen wie nur je, zu uns herüber.

«Darf ich mich einen Augenblick zu Ihnen setzen, Monsieur Poirot?»

«Ich bin entzückt, Sie zu sehen, Mademoiselle. Will Monsieur Bryan uns nicht auch das Vergnügen machen?»

«Nein. Ich bat ihn, drüben zu bleiben, weil ich mit Ihnen

über Carlotta sprechen möchte. Sie haben mich damals gefragt, ob nicht irgendein Mann ihrem Herzen nähergestanden habe. Erinnern Sie sich, Monsieur Poirot?»

«Ja, ja.»

«Nun, ich habe gegrübelt und gegrübelt. Bisweilen muß man, um ein klares Bild zu gewinnen, sich eine Menge geringfügiger Worte und Sätze, denen man früher keine Beachtung schenkte, ins Gedächtnis zurückrufen. So habe ich's auch gemacht und bin schließlich zu einem gewissen Ergebnis gekommen.»

«Ja, Mademoiselle?»

«Ich glaube, der Mann, der sie interessierte – oder besser gesagt, zu interessieren begann –, war Ronald Marsh, der jetzige Lord Edgware.»

«Woraus schließen Sie das, Mademoiselle?»

«Eines Tages bemerkte Carlotta ganz im allgemeinen, daß Pech und Unglück ungünstig auf den Charakter eines Mannes wirkten, daß er im Grunde seines Herzens ein wirklich anständiger Kerl sein und es dennoch mit ihm bergab gehen könne. Mehr ein Opfer der Sünde anderer, als selbst sündigend – Sie verstehen, Monsieur Poirot? Ich weiß, was es bedeutet, wenn Frauen solche Dinge sagen. Und als die kluge, verständige Carlotta damit anfing, sagte ich mir: Halt, da stimmt was nicht! Wohlverstanden, sie erwähnte keinen Namen. Jedoch fast unmittelbar darauf kam sie auf Ronald Marsh zu sprechen, meinte, daß er schlecht behandelt worden sei. Sie sagte es ohne leidenschaftliche Anteilnahme, so daß ich damals keinen Zusammenhang sah. Aber jetzt? Jetzt glaube ich, daß das Ganze auf Ronald gemünzt war. Was denken Sie, Monsieur Poirot?» Ernst hing ihr Blick an seinem Gesicht.

«Ich denke, Mademoiselle, daß Sie mir da vielleicht eine sehr wertvolle Auskunft gegeben haben.»

«Prächtig!» Jenny klatschte in die Hände.

«Es ist Ihnen vermutlich noch nicht bekannt, Mademoiselle, daß der betreffende Herr gerade verhaftet worden ist?»

«Oh!» Ihr blieb der Mund vor Überraschung offenstehen. «Oh! Dann komme ich mit dem Ergebnis meines Grübelns reichlich spät!»

«Zu spät ist es nie, Mademoiselle. Ich danke Ihnen.»

Sie verabschiedete sich von uns und kehrte zu Martin Bryan zurück.

«Nun, Poirot», sagte ich, «das versetzt Ihrer Theorie wohl den letzten Stoß?»

«Im Gegenteil, Hastings – es stärkt sie.»

Ungeachtet dieser tapferen Behauptung hatte ich das Gefühl, daß Poirot im geheimen schon zu Japp übergeschwenkt sei.

Im Verlauf des nächsten Tages erwähnte er den Fall Edgware mit keiner Silbe. Wenn ich die Sache anschnitt, antwortete er einsilbig und ohne Anteilnahme. Mit anderen Worten: Er wollte nichts mehr mit ihr zu tun haben. Welche Ideen auch in seinem wunderlichen Hirn gekeimt haben mochten, nunmehr sah er sich gezwungen, sie als Wahngebilde zu bezeichnen und sich einzugestehen, daß seine erste Auffassung, die Ronald Marsh der Tat bezichtigte, die richtige gewesen war. Doch da er Hercule Poirot hieß, konnte er das nicht offen zugeben, sondern tat so, als sei der Fall für ihn reizlos geworden.

So deutete ich wenigstens seine Haltung.

Aber vierzehn Tage später, als wir eines Morgens beim Frühstück saßen, wurde ich mir meines ungeheuren Irrtums bewußt. Neben Poirots Gedeck lag der gewohnte ansehnliche Stapel Briefe, den er mit flinken Händen durchging. Und plötzlich stieß er einen Laut der Befriedigung aus und behielt einen Brief mit amerikanischer Briefmarke in der Hand.

Ohne Hast schnitt er ihn auf und entnahm dem Umschlag ein Schreiben und eine ziemlich dicke Beilage.

Zweimal las er das erstere, ehe er mich fragte: «Wollen Sie sehen, Hastings?»

Und ich las das folgende:

Sehr geehrter Monsieur Poirot!
Ihre freundlichen Worte haben mir so wohlgetan in dem Unglück. Außer dem furchtbaren Kummer, der an meinem Herzen nagt, leide ich unter den Verdächtigungen und Mutmaßungen, die sich an Carlottas Person knüpfen – Carlotta, diese treueste, süßeste Schwester, die je ein Mädchen gehabt hat. Nein, Monsieur Poirot, sie nahm kein Rauschgift, da bin ich sicher. Sie hatte Angst vor Drogenabhängigkeit, wie sie mir häufig erklärte.
Und wenn sie eine Rolle bei der Ermordung des armen Lords gespielt hat, so tat sie es in voller Unschuld – ihr Brief an mich beweist das ja schon. Ich sende Ihnen denselben, weil Sie mich darum bitten, obwohl es mir unsagbar schwer fällt, mich von den letzten Zeilen, die ihre liebe, gute Hand schrieb, zu trennen. Aber ich habe das feste Vertrauen, daß Sie den Brief wie einen Schatz hüten und ihn mir zurücksenden werden, wenn Sie ihn nicht mehr benötigen. Wie dürfte ich ihn Ihnen vorenthalten, wenn er, wie Sie meinen, vielleicht hilft, das Rätsel um Carlottas Tod zu lösen?
Sie fragen mich, ob Carlotta in ihren Briefen irgendeinen Freund besonders erwähnt habe. Natürlich nannte sie eine Menge Leute, aber keinen hob sie auffällig hervor. Martin Bryan, den wir vor vielen Jahren kennenlernten, eine junge Frau namens Jenny Driver und ein Captain Ronald Marsh sind diejenigen, mit denen sie wohl am meisten verkehrte. Ich wünschte, ich könnte Ihnen irgendwie behilflich sein. Sie schreiben mir so lieb und mit solch zartfühlendem Verständnis. Und Sie scheinen begriffen zu haben, was Carlotta und ich einander waren.

In Dankbarkeit
Ihre Lucie Adams

PS: Gerade ist ein Polizeibeamter wegen des Briefes bei mir gewesen. Ich gebrauchte eine Notlüge und sagte, ich hätte ihn schon an Sie abgeschickt, denn ich denke, daß Sie Wert darauf legen, ihn als erster zu sehen. Mir scheint, Scotland Yard will ihn als Beweismaterial gegen den Mörder benutzen. Bitte, lieber verehrter Monsieur Poirot, sorgen Sie dafür, daß ich ihn wiederbekomme. Bedenken Sie, es sind Carlottas letzte Worte an mich.

«Warum haben Sie ihr geschrieben?» forschte ich, als ich den Briefbogen niederlegte. «Warum verlangten Sie das Original, nachdem Sie den Inhalt schon kannten?»

Er beugte den Kopf über die beigefügten Seiten.

«Einen richtigen Grund vermochte ich Ihnen nicht zu nennen, Hastings», gestand er. «Es sei denn, daß ich mich in der völlig ungerechtfertigten Hoffnung wiegte, der Originalbrief könnte irgendwie das Unerklärliche erklären.»

«Wie soll er das? Carlotta Adams gab ihn ihrer Hausangestellten eigenhändig zur Beförderung – ein Hokuspokus ist mithin nicht mit ihm getrieben worden. Und außerdem liest er sich sicherlich wie ein vollkommen echter, gewöhnlicher Brief.»

Poirot seufzte. «Ich weiß, ich weiß. Und das macht es eben so schwierig. Denn so, Hastings, wie es da schwarz auf weiß steht, ist der Brief unmöglich.»

«Unsinn!»

«*Si, si.* So, wie ich alles durchdacht habe, *müssen* gewisse Dinge sein – mit Regel und Methode folgen sie einander in klar verständlicher Art. Aber dann kommt dieser Brief. Er ist nicht in Einklang zu bringen mit allem anderen. Wer hat also unrecht? Hercule Poirot oder der Brief?»

«Sie glauben nicht, daß es Hercule Poirot sein könnte?» deutete ich so zart wie möglich an.

Mein Freund warf mir einen vorwurfsvollen Blick zu. «Es hat Fälle gegeben, in denen ich mich irrte – aber dieser gehört nicht zu ihnen. Rundheraus, Hastings: Da der Brief unmöglich erscheint, ist er unmöglich. In ihm gibt es irgendeine Tatsache, die uns vorderhand noch entgeht, und ich werde nicht ruhen und nicht rasten, bis ich sie entdeckt habe.»

Und hierauf widmete er sich unter Benutzung einer kleinen Taschenlupe dem Studium des Briefes. Jede Seite, mit der er fertig war, reichte er mir. Aber ich konnte nichts Verfängliches entdecken. Der Brief, in einer großen, festen, deutlichen Handschrift geschrieben, wich in keinem Wort von dem telegrafierten Text ab.

«Nichts von Fälschungen irgendwelcher Art!» stöhnte Hercule Poirot verzweifelt. «Sämtliche Zeilen sind von derselben Hand geschrieben worden. Und dennoch bleibe ich bei meiner Behauptung: Es ist unmöglich –»

Er brach ab und verlangte barsch die Seiten von mir zurück. Wiederum ging er sie der Reihe nach durch.

Ich war vom Frühstückstisch aufgestanden, ans Fenster getreten und schaute auf das morgendliche Getriebe in der Straße hinab. Da hörte ich hinter mir einen Schrei, so daß ich mich hastig umwandte.

Zitternd vor Erregung wies Poirot auf die Seiten.

«Sehen Sie, Hastings? Nun kommen Sie doch und schauen Sie her!»

Ich lief zum Tisch zurück. Vor ihm lag einer der mittleren Briefbogen, den ich genauso nichtssagend fand wie die übrigen.

«Sehen Sie nicht, daß alle die anderen Seiten einen glatten Rand haben? Es sind einzelne Blockseiten, Hastings. Dieser jedoch ist hier links zackig und uneben – er wurde durchgerissen. Erfassen Sie immer noch nicht die Bedeutung? Dies war ein Doppelbogen, und folglich – begreifen Sie jetzt endlich? – fehlt eine ganze Briefseite.»

«Aber wie kann das sein? Das hat doch keinen Sinn.»

«Doch, doch, es hat Sinn. Da setzt eben die Gerissenheit

des Vorhabens ein. Lesen Sie, und Sie werden sehen! Verstehen Sie immer noch nicht, nein? Dann werde ich es Ihnen erklären», sagte Poirot. «Hier unten auf diesem Einzelblatt spricht Carlotta von Captain Marsh, den sie herzlich bedauert und von dem sie schreibt: ‹Er hegt ebenfalls große Bewunderung für mich, er . . .› Dann fährt sie, auf der neuen Seite, fort: ‹sagte . . .› Aber, mein Freund, eine Seite fehlt. Und daher bezieht sich das Wort ‹sagte› der neuen Seite gar nicht auf das ‹er› der vorhergehenden. Es ist ein ganz anderer Mann, der jenen Scherz vorschlug. Beachten Sie, Hastings, daß in dem folgenden nirgends der Name erwähnt wird. *Ah, c'est épatant!* Irgendwie bekommt unser Mörder den Brief, der ihn verrät, zu Gesicht, und ohne Zweifel gedenkt er ihn gänzlich zu unterschlagen. Doch als er ihn liest, sieht er einen anderen Ausweg. Entfernt man die eine Seite, so wird der Brief zu einer vernichtenden Anklage für einen anderen Mann – einen Mann obendrein, dem der Tod Lord Edgwares ungeheure Vorteile bringt. Ah, das ist ein Geschenk des Himmels! Eins, zwei, drei, reißt er die gefährliche Seite ab und legt den Brief an Ort und Stelle zurück.»

Ich war von dieser Theorie nicht vollkommen überzeugt. Weshalb sollte Carlotta Adams nicht einen bereits losgetrennten, alten halben Bogen benutzt haben? Jedoch Poirots Gesicht war so verklärt vor Freude, daß ich es einfach nicht übers Herz brachte, diese prosaische Möglichkeit anzudeuten. Und schließlich konnte ja auch seine Meinung die richtige sein. Immerhin erlaubte ich mir, auf zwei Schwierigkeiten hinzuweisen.

«Wie geriet der Brief aber in die Hände des Mannes – gleichgültig, wie er heißt?» sagte ich. «Miss Adams nahm ihn selbst aus ihrem Koffer und gab ihn der Haushälterin zur Beförderung. Haben Sie vergessen, daß uns die Angestellte das erzählte?»

«Keineswegs. Infolgedessen gibt es zwei Möglichkeiten:

Entweder log die Angestellte, oder Carlotta Adams traf sich im Lauf des Abends mit dem Mörder.»

Ich nickte, und Poirot fuhr fort:

«Mir scheint die letzte Möglichkeit die wahrscheinlichere. Wo Carlotta Adams die Zeit zwischen sieben und neun Uhr, als sie ihren Koffer im Euston-Bahnhof zur Aufbewahrung gab, verbracht hat, wissen wir noch nicht. Meine persönliche Ansicht geht dahin, daß sie sich mit dem Mörder traf, mit ihm zusammen irgendwo aß, wobei er ihr die letzten Verhaltensmaßregeln einschärfte. Vielleicht trug sie den Brief dabei in der Hand, um ihn zur Post zu bringen, vielleicht legte sie ihn im Restaurant auf den Tisch, so daß der Mörder die Adresse las und Gefahr witterte. Dann mag er ihn gewandt an sich gebracht haben, ist unter irgendeiner Entschuldigung vom Tisch aufgestanden, hat ihn draußen gelesen, die Seite entfernt und hat ihn hinterher wieder verstohlen auf den Tisch gelegt oder ihn ihr beim Abschied wiedergegeben, mit der Bemerkung, daß sie ihn, ohne es zu gewahren, fallen gelassen hätte. Es ist nicht wichtig, wie er es einrichtete, Hastings, sondern wichtig ist, daß Carlotta den Verbrecher an jenem Abend entweder vor der Ermordung Lord Edgwares oder hinterher traf. Und ich habe die Ahnung – obwohl ich mich täuschen kann –, daß der Mörder ihr die Golddose schenkte, vielleicht als sentimentale Erinnerung an ihre erste Begegnung. In diesem Fall ist D. der Mörder.»

«Ich sehe den Zweck der Golddose nicht.»

«Hören Sie, *mon cher:* Carlotta Adams war nicht veronalabhängig, sie war ein kläräugiges, gesundes Mädchen. Das ist meine Überzeugung, die durch Lucie Adams bestätigt wird. Keiner aus ihrem Freundeskreis kannte die Dose. Weshalb findet man sie dann, nachdem sie starb, in ihrem Besitz? Weshalb? Weil der Eindruck erweckt werden soll, daß sie Veronal nahm, und zwar schon mindestens sechs Monate lang. Nehmen wir an, daß sie sich nach dem Mord nur zehn, fünfzehn Minuten getroffen und, um Carlottas Erfolg zu feiern, irgend etwas getrunken haben. Bei der Gelegenheit hat er die Menge Veronal in ihr Glas geschüttet, die einen ewigen Schlaf garantierte.»

«Gräßlich», sagte ich schaudernd.

«Ja, nett war es nicht.»

«Wollen Sie Japp dies alles erzählen?»

«Im gegenwärtigen Augenblick nicht. Was würde er mir denn antworten, der gute Japp? ‹Ein neues Hirngespinst! Das Mädchen schrieb auf einen alten halben Bogen – basta!› *C'est tout.*» Schuldbewußt blickte ich zu Boden. «Bedenken Sie nur, Hastings, wenn dem Mörder Ordnung und Methode lieb gewesen wären! Dann hätte er die Seite schön säuberlich abgeschnitten und nicht abgerissen, und wir würden nichts gemerkt haben. Rein gar nichts!

Er muß in rasender Eile gewesen sein. Sie sehen hier oben an der linken Ecke, wo sogar ein Stückchen fehlt, wie flüchtig die Seite abgerissen wurde. Und jetzt besteht unsere Aufgabe darin, nach jemandem zu fahnden, dessen Name oder auch Spitzname mit D beginnt.»

## 24

Am folgenden Tag wurde uns zu unserer Überraschung Geraldine Marsh gemeldet. Sie sah, wenn möglich, noch bleicher aus als sonst, und unter den großen, dunklen Augen lagen schwarze Ringe, als hätte sie seit Wochen nicht geschlafen.

Armes Kind! dachte ich, als ich ihr einen Sessel zurechtrückte.

«Ich komme zu Ihnen, Monsieur Poirot, weil ich es einfach nicht länger ertrage. Wenn Sie wüßten, welche Angst ich um Ronald habe!»

«Ja, Mademoiselle?»

«Er erzählte mir, was Sie damals zu ihm gesagt haben – ich meine, an dem furchtbaren Tag seiner Verhaftung.» Sie schauderte. «Ist es wahr, daß Sie in dem Augenblick, als er nur Zweifler um sich zu sehen glaubte, auf ihn zutraten und erklärten: ‹Ich glaube Ihnen›? Ist das wahr, Monsieur Poirot?»

«Ja, so sagte ich.»

«Nicht darauf kommt es mir an. Ich will wissen, ob der Satz Ihrer ehrlichen Überzeugung entsprang ... ob Sie seiner Schilderung wirklich glaubten.»

Die Hände ineinander verkrampft, lehnte sie sich weit nach vorn, und ihre Blicke hingen an Poirot.

«Mademoiselle, ich glaube nicht, daß Ihr Vetter Lord Edgware tötete», entgegnete mein Freund ruhig.

«Oh!» Plötzlich rötete sich ihr Gesicht. «Dann müssen Sie denken, daß ... daß es jemand anders war.»

«*Evidemment*, Mademoiselle», erwiderte Poirot lächelnd.

«Verzeihung ... ich bin dumm. So sollte meine Frage ja nicht lauten; ich habe mich unbeholfen ausgedrückt, Monsieur Poirot. Ahnen Sie, wer der Täter ist?»

«Natürlich habe ich meine Ideen. Einen gewissen Verdacht, wie man zu sagen pflegt.»

«Wollen Sie mich nicht einweihen? Bitte, bitte!»

Er schüttelte den Kopf.

«Wenn ich nur ein bißchen mehr wüßte!» flehte das junge Mädchen. «Es würde mir wieder Mut geben. Und vielleicht wäre ich imstande, Ihnen zu helfen. Monsieur Poirot, sprechen Sie doch!»

Aber Poirot schwieg hartnäckig.

«Die Herzogin von Merton ist auch jetzt noch überzeugt, daß meine Stiefmutter den Mord beging», sagte Geraldine Marsh nachdenklich und streifte Poirot dabei mit einem raschen fragenden Blick. «Doch ich wüßte nicht, wie das möglich wäre.»

«Darf ich Ihre Meinung über Ihre Stiefmutter wissen, Mademoiselle?»

«Nun – ich kenne sie kaum. Als mein Vater sich mit ihr verheiratete, war ich in Paris auf der Schule. Verbrachte ich meine Ferien daheim, so behandelte sie mich ganz nett. Oder um es beim richtigen Namen zu nennen: Sie nahm von meiner Anwesenheit keinerlei Notiz. Ich hielt sie für sehr dumm und gewinnsüchtig.»

Poirot nickte. «Sie erwähnten soeben die Herzogin von Merton, Mademoiselle. Haben Sie sie oft gesehen?»

«Ja. Sie hat sich während der letzten vierzehn Tage in der rührendsten Weise um mich gekümmert. Vielleicht hätte ich ohne sie das Ganze gar nicht ertragen – die Vernehmungen, die Reporter, Ronald im Gefängnis ... Ich wurde mir jetzt erst so recht bewußt, daß ich keine wirklichen Freunde habe. Aber die Herzogin war unbeschreiblich nett, und auch ihr Sohn ist nett zu mir gewesen.»

«Mögen Sie ihn gern?»

«Er ist scheu und steif und unzugänglich. Doch da seine Mutter fast stets von ihm spricht, habe ich das Gefühl, daß ich ihn besser kenne, als es eigentlich der Fall ist.»

«Ich verstehe. Wie gefällt Ihnen Ihr Vetter, Mademoiselle?»

«Ronald? Ich mag ihn sehr, sehr gern. Leider haben wir uns während der letzten beiden Jahre wenig gesehen; aber als er noch bei uns im Haus lebte – ach, wie war das schön! Immer war er lustig und guter Dinge, immer zu einem Spaß aufgelegt. Wie ein Sonnenstrahl, der etwas Licht in unser düsteres Haus brachte, kam er mir vor.»

«Nicht wahr, Sie möchten nicht, daß er verurteilt wird?» fragte Poirot, und ich zuckte ein wenig zusammen, weil mich die Frage roh und überflüssig dünkte.

«Nein, nein», gab das Mädchen unter heftigem Zittern zurück. «Oh, wenn es doch meine Stiefmutter gewesen wäre! Die Herzogin sagt, sie muß es gewesen sein.»

«Ja», sagte mein Freund weich, «es ist ein Jammer, daß Captain Marsh nicht draußen bei dem Taxi stehenblieb, weil dann der Chauffeur beeiden könnte, daß er Ihr Haus nicht betrat.»

Sie neigte den Kopf. Die Tränen, die sie bislang mühsam zurückgehalten hatte, liefen die blassen Wangen herab.

Poirot nahm ihre Hand. «Ich soll ihn für Sie retten, nicht wahr?»

«Ja, ja. O bitte, retten Sie ihn. Sie wissen nicht –»

«Mademoiselle, Sie haben keine leichte Kindheit gehabt, ich weiß es sehr wohl», unterbrach er sie ernst. «Nein, es ist bei Gott nicht leicht gewesen ... Hastings, besorgen Sie für Mademoiselle bitte ein Taxi.»

Ich begleitete Geraldine Marsh hinunter. Sie hatte sich inzwischen gefaßt und dankte mir, als ich die Tür des Wagens schloß, mit ein paar freundlichen, netten Worten.

Oben wanderte Poirot, die Stirn in Falten gelegt, ruhelos im Zimmer auf und ab. Ich sah, wie unglücklich er sich fühlte, und begrüßte daher das laute Gellen des Telefons als eine willkommene Ablenkung.

«Hier Poirot. Ah, Sie sind's, Japp? *Bonjour, mon ami.*»

«Was hat er wohl zu melden?» flüsterte ich, mich näher an den Apparat drängend.

Schließlich sagte Poirot, nachdem er sich geraume Zeit mit einsilbigen Ausrufen begnügt hatte:

«Ja, und wer holte sie ab?»

Die Antwort schien ihn zu enttäuschen.

«Sind Sie sicher, Japp?»

«. . . . . . . . .»

«*Comment?*»

«Nein, es ist nur etwas unerwartet. Ich muß mich umstellen.»

«. . . . . . . . .»

«Das ist gleich. Hauptsache, ich hatte recht, *mon cher!* Richtig, richtig, eine kleine Einzelheit.»

«. . . . . . . . .»

«Nein. Ich bin nach wie vor derselben Ansicht. Stellen Sie

Nachforschungen in den Restaurants in der Nachbarschaft von Regent Gate und Euston an. Tottenham Court Road und vielleicht Oxford Street.»

«. . . . . . . . .»

«Ja, ein Mann und eine Frau. Und ebenfalls in der Umgebung des Strands, kurz vor Mitternacht. Comment?»

«. . . . . . . . .»

«Aber ja. Ich weiß, daß Captain Marsh mit den Dortheimers zusammensaß. Es gibt außer Captain Marsh aber auch noch andere Leute auf der Welt.»

«. . . . . . . . .»

«Dickschädelig . . .? *Tout de même,* tun Sie mir den Gefallen. Schön, schön. Also besten Dank im voraus.»

Er legte den Hörer auf.

«Nun, was Gutes?» forschte ich ungeduldig.

«Weiß ich, ob es was Gutes ist? Die Golddose wurde tatsächlich in Paris gekauft. Auf eine briefliche Bestellung hin hat sie ein sehr bekanntes Pariser Geschäft angefertigt. Der Brief ist von einer Lady Constancy Ackerley unterzeichnet worden und kam zwei Tage vor dem Mord an. Die Dame betonte, daß die Dose mit Initialen und Gravierung am nächsten Tag fertig sein müsse und abgeholt werden würde, das heißt also am Tag vor der Tat. Im übrigen gibt es eine Lady Constancy Ackerley nicht, mein Lieber, der Name wurde wohl gewählt, damit die Initialen paßten.»

«Und man holte die Dose tatsächlich ab?»

«Ja. Die Bezahlung erfolgte in Banknoten.»

«Wer holte sie ab?» erkundigte ich mich erregt, denn ich fühlte, daß wir uns der Wahrheit näherten.

«Eine Frau, Hastings.»

«Eine Frau?»

«*Mais oui.* Eine untersetzte Frau mittleren Alters, die einen Kneifer trug.»

Sprachlos schaute ich meinen Freund an.

## 25

Ich glaube, es war am dritten Tag nach diesem Besuch, als wir uns zum Lunch zu den Widburns nach Claridge begaben.

Weder Poirot noch ich legten auf diese Gesellschaft Wert. Aber nachdem wir bereits sechs Einladungen abgelehnt hatten, ließ uns die beharrliche Mrs. Widburn, die gern Berühmtheiten bei sich empfing, zwischen so viel Tagen die Wahl, daß die Kapitulation unvermeidlich wurde.

Poirot zeigte sich seit dem Eintreffen der Pariser Nachricht äußerst wortkarg. Auf meine Bemerkungen gab er stets die gleiche Antwort.

«Da ist etwas, das ich nicht begreife.» Und ein- oder zweimal hörte ich ihn im finsteren Selbstgespräch murmeln: «Ein Kneifer in Paris, ein Kneifer in Carlotta Adams' Handtäschchen . . .»

Schließlich war ich soweit, Mrs. Widburns Lunch als eine sehr gelegene Zerstreuung zu betrachten.

Der junge Ross befand sich auch unter den Eingeladenen. Er kam sofort auf mich zu, um mich zu begrüßen, und da Mrs. Widburn mehr Herren als Damen gebeten hatte, wurde er mein Tischnachbar. Uns beinahe gegenüber saß Jane Wilkinson und neben ihr der junge Herzog von Merton, während die Hausherrin den Platz an seiner anderen Seite einnahm.

Bildete ich es mir ein, oder fühlte er sich wirklich unbehaglich? Die Gesellschaft, die ihn umgab, konnte schwerlich seinen Neigungen entsprechen. Streng konservativ, um nicht zu sagen reaktionär, schien der junge Mann durch einen bedauernswerten Irrtum aus dem Mittelalter in unsere heutige Zeit versetzt worden zu sein, und seine Vernarrtheit in die moderne Jane Wilkinson war einer jener anachronistischen Scherze, in denen sich die Natur gefällt.

Beim Anblick von Janes Schönheit und unter dem Bann

ihrer seltsam heiseren Stimme, die auch den abgedroschensten Sätzen einen gewissen Charme verlieh, wunderte mich seine Kapitulation freilich nicht. Aber man kann sich auch an die vollendetste Schönheit und die betörendste Stimme gewöhnen! Es schoß mir durch den Sinn, daß vielleicht gerade eben ein Strahl gesunder Einsicht die Nebel blinder Verliebtheit zerteilte. Eine zufällige Bemerkung – eine ziemlich beschämende Blöße, die sich Jane gab, rief diesen Eindruck hervor. Irgend jemand – wer es war, habe ich vergessen – hatte in der Unterhaltung auf «das Urteil des Paris» Bezug genommen, und gleich darauf meldete sich Jane Wilkinsons köstliche Stimme.

«Paris?» sagte sie. «Auf Paris kommt es heutzutage nicht mehr an. Maßgebend sind London und New York.»

Die Worte fielen, wie es bisweilen vorkommt, als die Unterhaltung gerade stockte. Und dadurch steigerte sich das Peinliche der Lage. Zu meiner Rechten hörte ich Ross einen kurzen, erschreckten Atemzug tun, Mrs. Widburn begann eifrig über das russische Ballett zu sprechen. Jedermann sagte hastig irgend etwas zu irgendwem.

Nur Jane schaute heiter die Tafel hinauf und hinab, ohne sich im mindesten bewußt zu sein, daß ihr ein böser Schnitzer unterlaufen war.

Mein Blick fiel auf den Herzog, seine Lippen waren fest zusammengepreßt, eine verlegene Röte färbte seine Wangen, und mir wollte es scheinen, als zöge er sich ein paar Zentimeter von Jane zurück. Ihn mußte wohl eine Ahnung überkommen haben, daß für einen Mann seiner Stellung die Ehe mit einer Jane Wilkinson manche Widrigkeiten nach sich ziehen konnte.

In meiner Betroffenheit richtete ich an meine Nachbarin zur Linken, eine adelige Dame, die sich auf dem Gebiet der Kinderfürsorge hervortat, die erste beste Frage. Ich erinnere mich, daß sie lautete: Wer ist diese unglaublich aufgetakelte Frau in Purpurrot dort unten am Ende des Tisches? Natürlich war sie die Schwester meiner Nachbarin! Nachdem ich hundert Entschuldigungen gestammelt hatte, drehte ich mich zur Seite und schwatzte mit Ross, der mir einsilbig antwortete.

Von links und rechts zurückgewiesen, blickte ich die Tafel entlang und entdeckte Martin Bryan, dessen Anwesenheit mir vorher entgangen war. Er plauderte angeregt mit einer hübschen blonden Frau und sah viel jünger, blühender und gesünder aus als bei unserem letzten Beisammensein.

Es fehlte mir an Zeit, ihn weiter zu beobachten, denn Hercule Poirot wollte bereits aufbrechen. Er untersuchte neuerdings das seltsame Verschwinden der Stiefel eines ausländischen Diplomaten und hatte für halb drei Uhr eine Verabredung getroffen. Er trug mir auf, ihn wegen seines raschen Aufbruchs bei Mrs. Widburn zu entschuldigen.

Als ich mich dieser nicht leichten Aufgabe – denn die Dame war von Freunden umringt, die in überschwenglichen Worten ihren Dank für die «entzückenden Stunden» ausdrückten – zu entledigen versuchte, berührte jemand meinen Arm.

Es war Ross. «Ist Monsieur Poirot nicht mehr da?»

Ich erklärte, daß mein Freund kurz zuvor weggegangen sei, was den jungen Schauspieler sichtlich bestürzte. Als ich ihn daraufhin näher ansah, bemerkte ich die tiefe Erregung, die er kaum zu meistern vermochte.

«Wollten Sie ihn persönlich sprechen?» fragte ich.

Er entgegnete langsam, unschlüssig: «Ich ... weiß nicht.»

Welch wunderliche Antwort.

«Es klingt verrückt, nicht wahr?» meinte Ross, der meine Gedanken erraten zu haben schien. «Als Entschuldigung kann ich nur angeben, daß sich etwas ganz Sonderbares ereignet hat, etwas, für dessen Erklärung mein Verstand nicht ausreicht. Ich hätte so gern Monsieur Poirots Ansicht darüber gehört. Weil ... ja, sehen Sie, Captain Hastings, ich weiß nicht, was ich machen soll ... ich möchte ihn nicht belästigen, aber ...»

Er blickte mich so hilfesuchend, so verzweifelt an, daß ich ihn schnell beruhigte.

«Poirot mußte eine Verabredung einhalten. Um fünf jedoch wollte er zurücksein. Wollen Sie ihn dann nicht anrufen oder selber kommen?»

«Ah! Besten Dank, Captain Hastings. Ich glaube, ich werde vorbeikommen. Also um fünf?»

«Telefonieren Sie lieber erst, damit Sie den Weg nicht umsonst machen», riet ich.

«Richtig. Verstehen Sie, Hastings, was ich mit ihm besprechen möchte, ist vielleicht von ungeheurer Wichtigkeit.»

Ich nickte und wandte mich wieder dorthin, wo Mrs. Widburn honigsüße Worte und schlaffe Händedrücke verteilte.

Nachdem ich meiner Pflicht genügt hatte, schlenderte ich durch den Park heimwärts. Gegen vier kam ich zu Haus an. Poirot war noch nicht da, sondern erschien erst zwanzig Minuten vor fünf, vergnügt schmunzelnd.

«Ich sehe, Sherlock Holmes, daß Sie die diplomatischen Stiefel aufgespürt haben», sagte ich.

«Ja. Es handelt sich um einen sehr schlau eingefädelten Kokainschmuggel.»

Bevor er nähere Erklärungen abgeben konnte, klingelte das Telefon.

«Das wird Ross sein», bemerkte ich, während ich zum Apparat ging. «Ihm liegt sehr daran, Sie zu sprechen.»

Ich legte den Hörer ans Ohr. «Hallo! Hier Captain Hastings.»

«Ist Monsieur Poirot zurückgekommen?» fragte Ross' Stimme.

«Ja. Wollen Sie die Sache telefonisch erledigen, oder dürfen wir Sie hier erwarten?»

«Es sind nur ein paar Worte, Captain Hastings. Die kann ich ihm ebensogut telefonisch sagen.»

«Dann bleiben Sie bitte am Apparat.»

Poirot nahm mir den Hörer aus der Hand. Ich blieb so dicht neben ihm stehen, daß ich die Stimme des jungen Schauspielers noch schwach vernahm. «Monsieur Poirot? Entschuldigen Sie die Störung. Aber ich möchte Ihnen etwas mitteilen in Bezug auf Lord Edgwares Tod. Etwas Merkwürdiges ...»

Sofort nahmen Hercule Poirots Züge den Ausdruck gespannter Erwartung an.

«Ihnen wird es wahrscheinlich dumm und unsinnig erscheinen.»

«Nein, nein. Sagen Sie es mir trotzdem.»

«Als man heute bei Tisch von Paris sprach, fiel es mir wie Schuppen von den Augen. Sehen Sie, Monsieur ...» Schwach hörte ich den hellen Ton einer Klingel.

«Eine Sekunde», bat Ross. Dann kam das dumpfe Geräusch des aus der Hand gelegten Hörers über die Leitung.

Wir warteten. Poirot am Telefon, ich neben ihm.

Zwei Minuten vergingen ... drei ... vier ... fünf Minuten.

Unbehaglich bewegte Poirot die Füße. Jetzt sah er auf die Uhr.

«Die Verbindung besteht nach wie vor», wandte er sich zu mir, «und der Hörer ist am anderen Ende noch nicht wieder aufgelegt worden. Schnell, Hastings, schlagen Sie Ross' Adresse im Telefonbuch nach. Wir müssen sofort zu ihm fahren.»

Wenige Minuten später sprangen wir in ein Taxi.

«Ich fürchte, Hastings», sagte Poirot, dessen Gesicht sehr ernst war, «ich fürchte –»

«Sie glauben doch nicht etwa ...», unterbrach ich.

«Wir haben es mit einem Gegner zu tun, der bereits zweimal zum Schlag ausholte und der auch vor dem dritten Schlag nicht zurückweichen wird. Er windet und dreht sich wie eine um ihr Leben kämpfende Ratte, *mon ami.* Ross ist eine Gefahr, und deshalb wird er ausgeschaltet werden.»

«Ob das, was er Ihnen sagen wollte, wirklich so wichtig war?» fragte ich zweifelnd.

«Ungeheuer wichtig anscheinend.»

«Aber wie konnte das jemand wissen?»

«Hastings, Sie haben mir gesagt, daß sich, als er mit Ihnen sprach, ringsum Leute befanden. Solche Verrücktheit, solch himmelschreiende Verrücktheit! Ah, weshalb nahmen Sie ihn nicht mit sich, weshalb hüteten Sie ihn nicht, weshalb sperrten Sie ihn nicht gegen jedermann ab, bis ich ihn angehört hatte?»

«Ich ahnte doch nicht ...», stammelte ich.

«Richtig. Quälen Sie sich nicht mit Vorwürfen – Sie konnten es wirklich nicht wissen. Ich aber, ich hätte es gewußt. Der Mörder, Hastings, ist so verschlagen und so unbarmherzig wie ein Tiger ... Mein Gott, werden wir denn niemals ankommen?»

Schließlich hielt das Auto. Ross wohnte in der ersten Etage eines großen Häuserblocks in Kensington. Die Haustür stand offen, und kein Portier gab auf die Ein- und Ausgehenden acht.

«Besser könnte er sich's gar nicht wünschen», murmelte Poirot, als er die Treppe hinaufrannte.

Im ersten Stock war an einer schmalen Korridortür mit Yale-Schloß Ross' Visitenkarte befestigt.

Wir lauschten. Überall herrschte tiefstes Schweigen.

Als ich gegen die Tür stieß, gab sie zu meiner Überraschung nach. Vor uns lag eine kleine Diele, rechts eine offenstehende Tür. Geradeaus führte eine gleichfalls offene Tür in ein Wohnzimmer, hübsch, aber billig möbliert. Auf einem kleinen Tischchen lag der Telefonhörer – nicht auf der Gabel, sondern neben dem Apparat.

Poirot warf einen raschen Blick durch den leeren Raum und machte kehrt.

«Hier nicht. Kommen Sie, Hastings.»

Wir gingen durch die Diele zurück und betraten das andere Zimmer. An der Schmalseite des Eßtisches saß Ross. Nein, er saß nicht, sondern hing vielmehr auf der Stuhlkante, während sein Oberkörper quer über die Tischplatte gefallen war.

Mein Freund beugte sich zu ihm hinab.

«Er ist tot», sagte er, als er sich wieder aufrichtete. «Tot ... Stich in den Nacken.»

Der Ankunft der Polizei, dem Verhör der übrigen Hausbewohner, all den hunderterlei Einzelheiten der routinemäßigen Amtshandlung, die ein Mord nach sich zieht, hatte Poirot geistesabwesend beigewohnt – einen fernen, nachdenklichen Blick in den Augen.

Als ich spätabends daheim in bittere Selbstvorwürfe ausbrach, fiel mir Poirot ins Wort:

«Wir haben keine Zeit, uns in Bedauern und Vorwürfen zu ergehen, Hastings», sagte er. «Keine Zeit zu sagen: ‹Wenn›. Der arme junge Mann wollte uns etwas eröffnen, und wie wichtig das war, beweist die traurige Tatsache, daß er getötet worden ist. Da er nun nicht mehr sprechen kann, müssen wir es erraten, obwohl wir nur über einen winzigen Fingerzeig verfügen.»

«Paris», meinte ich.

«Ja, Paris.» Er stand auf und begann, im Zimmer hin und

her zu wandern. «Nicht zum erstenmal stolpern wir über dieses Wort. Es ist in den Deckel der Golddose eingraviert. Im November vergangenen Jahres war Miss Adams in Paris. Ross vielleicht ebenfalls. War auch noch ein dritter dort, den Ross kannte und den er unter etwas seltsam anmutenden Umständen mit Miss Adams zusammen sah?

Ferner haben wir im Zusammenhang mit Paris die ältere Frau mit dem Kneifer, die die Dose bei dem Juwelier abholte. War sie Ross bekannt? Auch der Herzog von Merton weilte zur Zeit des Verbrechens in Paris. Paris, Paris, Paris. Lord Edgware beabsichtigte eine Reise dorthin – ah, hat man ihn etwa getötet, um diese Reise zu verhindern?»

Er nahm wieder Platz, die Brauen grübelnd zusammengezogen.

«Was ereignete sich bei Mrs. Widburns Lunch?» murmelte er. «Bei irgendeinem gelegentlichen Wort oder Satz muß dem jungen Ross die Bedeutung von dem, was er wußte und das er bislang als unbedeutend erachtete, aufgegangen sein. Drehte sich die Unterhaltung um Frankreich? Um Paris? An Ihrem Tischende, meine ich, Hastings.»

«Das Wort Paris fiel, aber nicht in jenem Sinn», entgegnete ich und berichtete ihm von Jane Wilkinsons Schnitzer.

«Dort haben wir nach meiner Meinung die Lösung zu suchen», meinte er nachdenklich. «Wohin blickte Ross in jenem Augenblick? Oder wovon hatte er gesprochen, als man das Wort erwähnte?»

«Über schottischen Aberglauben.»

«Und seine Augen waren – wo?»

«Das kann ich nicht mit Bestimmtheit sagen. Ich glaube, er guckte nach dem Kopfende des Tisches, wo Mrs. Widburn saß.»

«Und neben ihr?»

«Der Herzog von Merton, dann Jane Wilkinson, dann ein mir unbekannter Herr.»

«Hm ... Monsieur le Duc. Also möglicherweise ruhte

sein Blick auf Monsieur le Duc, als das Wort Paris fiel. Erinnern Sie sich, daß es allgemein hieß, der Herzog sei am Mordtag in Paris gewesen? Wie aber, wenn Ross sich plötzlich an irgend etwas erinnert hätte, das anzeigte, daß Merton nicht in Paris war?»

«Mein lieber Poirot!»

«Ja, Sie, Hastings, finden das abgeschmackt und albern, und mit Ihnen die meisten Leute. Hatte Monsieur le Duc einen Grund für das Verbrechen? Jawohl, sogar einen sehr triftigen. Aber zu vermuten, daß er es verübte – ah! das ist abgeschmackt! Er ist so reich, in einer solch hohen Stellung, hat solch einen hehren Charakter! Niemand wird sein Alibi einer allzu sorgfältigen Prüfung unterziehen. Aber in einem großen Hotel ein Alibi zu erschwindeln bietet keine Schwierigkeiten. Sagen Sie mir, äußerte Ross nichts, als das Wort Paris erwähnt wurde? Zeigte er keine Gemütsbewegung?»

«Ich glaube mich zu entsinnen, daß er plötzlich den Atem anhielt.»

«Und sein Benehmen, als er hinterher mit Ihnen sprach? War er zerstreut? Bestürzt? Verwirrt? In sich gekehrt?»

«Ja, Poirot. Besser hätten Sie es gar nicht beschreiben können.»

«Ganz genau. Eine Idee hat sich seiner bemächtigt, die ihn nicht mehr losläßt, die ihn zum Nachdenken zwingt. Er selbst hält sie für närrisch, ungereimt. Und dennoch! Er zögert zwar, sie laut werden zu lassen. Will schließlich mit mir sprechen. Doch leider, leider bin ich, als er sich endlich hierzu durchgerungen hat, bereits fortgegangen.»

«Wenn er wenigstens mir etwas mehr gesagt hätte!»

«Ja. Wenn er wenigstens ... Wer befand sich übrigens in jenem Augenblick in Ihrer Nähe?»

«Alle und jeder. Es war während des Aufbruchs, und man drängte sich um Mrs. Widburn.»

Wieder sprang Poirot auf seine Füße.

«Habe ich mich denn geirrt?» murmelte er, als er seine ruhelose Wanderung von neuem begann. «Habe ich mich die ganze Zeit geirrt?»

Mein Blick folgte ihm mit ehrlicher Anteilnahme. Was in seinem Kopf vorging, wußte ich nicht. «Verschlossen wie eine Auster», hatte Japp ihn genannt, und treffendere Worte konnte man kaum finden. Das einzige, was ich wußte, war, daß er gegenwärtig mit sich selbst haderte.

«Jedenfalls kann man diesen letzten Mord nicht dem jungen Lord Edgware in die Schuhe schieben», warf ich hin.

«Gewiß ist es ein Punkt, der zu seinen Gunsten spricht», gab mein Freund zerstreut zur Antwort. «Aber das kümmert uns im Augenblick nicht.» Und genauso jäh, wie er aufgesprungen war, fiel er wieder in seinen Sessel zurück. «Ich kann nicht gänzlich unrecht haben. Hastings, erinnern Sie sich, daß ich Ihnen einst fünf Fragen vorlegte?»

«Dunkel, ja.»

«Sie hießen: Warum änderte Lord Edgware seine Meinung über die Scheidung? Was geschah mit jenem Brief, den er seiner Gattin angeblich schrieb und den sie angeblich nicht erhielt? Was bedeutete sein wutverzerrtes Gesicht, als wir die Bibliothek verließen? Warum lag in Carlotta Adams' Handtäschchen ein Kneifer? Weshalb telefonierte jemand nach Chiswick und hängte, als Lady Edgware an den Apparat kam, sofort ein?»

«Richtig, Poirot, richtig; so lauteten sie. Jetzt erinnere ich mich.»

«Hastings, ich habe schon lange eine gewisse kleine Idee, wer der Mann war – der Mann hinter den Kulissen –, mit mir herumgetragen. Drei jener Fragen beantwortete ich, und die Antworten stimmen mit meiner kleinen Idee überein. Aber auf zwei Fragen finde ich keine Antwort, *mon cher*.

Ich will Ihnen auseinandersetzen, was das bedeutet: Entweder bin ich auf ganz falschem Weg, sowohl was die Person als auch was das Tatmotiv betrifft; oder die Antwort auf beide Fragen ist die ganze Zeit vorhanden, und ich sehe sie nicht.» Er erhob sich zum drittenmal, ging zu seinem Schreibtisch, schloß ihn auf und nahm den Brief heraus, den ihm Lucie Adams anvertraut hatte. Dann legte er ihn vor sich auf die Platte und brütete über ihm.

Minute reihte sich an Minute, aus ihnen wurden Viertelstunden. Ich gähnte und griff nach einem Buch, fest davon überzeugt, daß Poirots Studium zu nichts führen würde. Zu oft hatten wir den Brief bereits durchgelesen und waren nie schlauer geworden. Selbst zugegeben, daß er sich nicht auf Ronald Marsh bezog, so fehlte andererseits jeder Hinweis, wer sonst gemeint sein könnte.

Lustlos blätterte ich die Seiten um ... duselte schließlich ein ... War es ein Schrei, der mich aufweckte?

«Hastings!» Mit einem unbeschreiblichen Ausdruck sah Hercule Poirot mich an, die Augen grün und leuchtend. «Hastings! Wissen Sie noch, daß ich Ihnen sagte, wenn der Mörder ein Mann von Ordnung und Methode gewesen wäre, würde er die Seite abgeschnitten und nicht abgerissen haben?»

«Ja?»

«Das war ein Irrtum? Ordnung und Methode herrschen durchweg bei diesem Verbrechen, *mon cher.* Die Seite *mußte* abgerissen werden. Bitte, schauen Sie!»

«Meinen Sie, er sei in Eile gewesen?» fragte ich zaghaft.

«Eile oder nicht Eile – das kommt auf dasselbe heraus. Sehen Sie wirklich nicht, mein Freund? Die Seite mußte abgerissen werden ...»

Und während ich ratlos den Kopf schüttelte, gestand Poirot mit leiser Stimme: «Ich bin dumm gewesen. Und blind obendrein. Aber jetzt ... jetzt ... wird's mit Riesenschritten vorwärtsgehen.»

## 27

«Wir wollen ein Taxi nehmen, *mon cher.* Es ist neun Uhr, da können wir gerade noch einen Besuch machen.»

«Wohin soll's denn gehen?»

«Nach Regent Gate.»

Ich hielt es für klüger, mich weiterer Fragen zu enthalten. Poirot, das merkte ich wohl, war nicht zu Auskünften aufgelegt. Als wir Seite an Seite im Auto saßen, trommelten seine Finger mit einer nervösen Ungeduld auf sein Knie, die nicht zu seiner gewöhnlichen abgeklärten Ruhe paßte.

Derweilen ging ich im Geist Carlotta Adams' Brief durch, den ich fast auswendig kannte, und einmal über das andere wiederholte ich mir auch Poirots Worte über die abgerissene Seite. Aber nichts half – nach wie vor blieb es mir unbegreiflich, warum eine Seite durchaus abgerissen werden mußte.

In Regent Gate öffnete uns ein neuer Butler. Poirot fragte nach Miss Carroll, und während wir zum Zimmer der Sekretärin emporstiegen, überlegte ich mir zum fünfzigsten Male, wo wohl der griechische Gott geblieben war. Die Polizei hatte keine Spur von ihm entdecken können. Ein plötzlicher Schauder lief über meinen Rücken, als mir einfiel, daß auch er vielleicht nicht mehr unter den Lebenden weilte ...

Der Anblick Miss Carrolls, nüchtern, sachlich und augenfällig gesund, verscheuchte rasch diese finsteren Vorstellungen.

«Was führt Sie zu mir, Monsieur Poirot?» erkundigte sie sich, und man hörte, wie sehr sie dieser Besuch überraschte.

«Ich bin froh, Sie noch hier vorzufinden», sagte Poirot, während er sich höflich über ihre Hand beugte.

«Geraldine wollte nichts von meiner Abreise hören», erklärte Miss Carroll. «Sie bat mich, noch weiter zu bleiben. Und eigentlich braucht das arme Kind in diesen bösen Tagen auch jemanden – und sei es auch nur, um einen Puffer zu haben. Ich kann Ihnen versichern, Monsieur Poirot, daß ich, wenn erforderlich, ein sehr tüchtiger Puffer bin.»

Ich glaubte es ihr ohne weiteres und stellte mir vor, mit welcher Resolutheit sie Reporter und Neugierige vor die Tür gesetzt haben mochte.

«Mademoiselle, Sie sind mir immer als ein Muster an Tüchtigkeit erschienen», schmeichelte Hercule Poirot. «Und Tüchtigkeit stelle ich über alles. Mademoiselle Marsh verfügt über keinerlei praktischen Sinn.»

«Sie ist eine Träumerin. Ein Segen, daß sie es nicht nötig hat, sich ihren Lebensunterhalt zu verdienen!»

«Ja, wirklich.»

«Aber ich glaube kaum, daß Sie wegen dieser Frage hierhergekommen sind, Monsieur Poirot. Was kann ich für Sie tun?»

«Ich möchte mir über einige Punkte Aufschluß verschaffen, Mademoiselle», erklärte er. «Und Ihrem Gedächtnis kann man vertrauen.»

«Sonst würde ich eine sehr schlechte Sekretärin sein», erwiderte sie spitz und musterte ihn durch ihre Kneifergläser.

«War Lord Edgware im vergangenen November in Paris?»

«Ja. Wenn Sie das Datum wissen wollen, werde ich nachsehen.»

Sie erhob sich, nahm aus einer Schublade ein kleines, gebundenes Buch und verkündete nach einigem Hin- und Herblättern: «Lord Edgware reiste am 3. November nach Paris und kehrte am 7. zurück. Ferner unternahm er eine zweite Reise am 29. November, die bis zum 4. Dezember dauerte. Sonst noch etwas, Monsieur?»

«Ja. Aus welchem Grunde fuhr er?»

«Bei der ersten Gelegenheit beabsichtigte er den Ankauf einiger Statuetten, deren Versteigerung jedoch verschoben wurde. Die zweite Reise verfolgte keinen bestimmten Zweck, soviel ich weiß.»

«Begleitete Mademoiselle Marsh ihren Vater?»

«Sie hat ihn nie begleitet, Monsieur Poirot. Lord Edgware würde an dergleichen nie gedacht haben. Außerdem befand sie sich im November noch in einem Pariser Internat, aber ich bezweifle sehr, daß ihr Vater sie besuchte.»

«Und Sie begleiteten ihn auch nicht?»

«Nein.» Und unvermittelt fragte sie ziemlich barsch: «Was sollen eigentlich diese Erkundigungen?»

Mein Freund tat, als hätte er die Frage nicht gehört.

«Nicht wahr, Miss Marsh ist ihrem Vetter sehr zugetan?» fuhr er fort.

«Wirklich, Monsieur Poirot, ich verstehe nicht ...»

«Miss Marsh kam neulich zu mir. Wissen Sie das?»

«Nein.» Die Augen hinter den Gläsern blickten ganz verdutzt. «Ich hatte keine Ahnung davon. Was sagte sie?»

«Sie erzählte mir – obwohl nicht mit denselben Worten –, daß sie ihrem Vetter sehr zugetan sei.»

«Nun, warum fragen Sie mich dann noch?»

«Weil mir an Ihrer Meinung liegt.»

Jetzt entschloß sich Miss Carroll zu antworten. «Meine Meinung ist, daß sie viel zu sehr an ihm hängt – von jeher schon.»

«Mögen Sie den jetzigen Lord Edgware nicht?»

«Das habe ich nicht gesagt, Monsieur Poirot. Er liegt mir nicht. Ihm fehlt es an Ernst, obwohl ich nicht leugnen kann, daß seine spaßhafte, vergnügte Art manchmal sehr nett ist. Ich hätte es nur lieber gesehen, wenn Geraldine ihr Herz einem Menschen mit etwas mehr Rückgrat geschenkt hätte.»

«Einem Menschen von der Art des Herzogs von Merton?»

«Ich kenne den Herzog nicht, immerhin scheint er die Pflichten seiner Stellung ernst zu nehmen. Leider läuft er jetzt jenem Frauenzimmer nach – jener Jane Wilkinson.»

«Seine Mutter –»

«Oh, seine Mutter würde fraglos Geraldine als Schwiegertochter vorziehen. Doch was können Mütter tun? Söhne wollen nie die Mädchen heiraten, die die Mütter für sie aussuchen.»

«Glauben Sie, daß Miss Marshs Vetter ihre Neigung erwidert?»

«Das spielt doch in seiner jetzigen Lage keine Rolle.»

«Ah, Sie denken, daß man ihn schuldig sprechen wird?»

«Kann ich das wissen? Jedenfalls halte ich ihn nicht für den Mörder.»

«Nun, ich will Sie nicht länger stören, Mademoiselle.» Poirot erhob sich. «Kannten Sie übrigens Carlotta Adams?»

«Ich sah sie auf der Bühne. Sehr witzig und gescheit.»

«Ja, sie war gescheit.» Er versank in Nachdenken. «Ah, ich habe meine Handschuhe dort drüben hingelegt.»

Während er den Arm ausstreckte, um sie von der Tischplatte zu nehmen, verfing sich sein Ärmelaufschlag in der Kette von Miss Carrolls Kneifer und riß ihn herab. Poirot erging sich in einem Schwall von Entschuldigungen, hob ihn samt den Handschuhen, die ebenfalls hinuntergefallen waren, auf und gab ihn seiner Eigentümerin zurück.

«Seien Sie mir nicht böse, Mademoiselle», entschuldigte er sich. «Erst die späte Störung und jetzt noch diese Ungeschicklichkeit! Übrigens, die Störung: Ich gab mich der Hoffnung hin, von Ihnen eine Andeutung zu erhalten, daß Lord Edgwares Reise nach Paris mit persönlichen Schwierigkeiten zusammengehangen habe. Nein, nichts Derartiges? Also eine verlorene Hoffnung! Nun, dann gute Nacht, Mademoiselle. Und tausendmal Pardon für die Belästigung.»

Wir hatten die Tür erreicht, als Miss Carrolls Stimme uns zurückrief.

«Monsieur Poirot, das ist nicht meine Brille. Ich kann mit ihr nichts sehen.»

«*Comment?*» Hercule Poirot blickte sie bestürzt an. Aber dann verzog sich sein Mund zu einem breiten Lächeln. «Oh, ich unglaublicher Dummkopf! Als ich mich nach Ihrem Kneifer und meinen Handschuhen bückte, fiel mein eigener mir aus der Tasche, und da habe ich die beiden Paare verwechselt. Sie gleichen sich nämlich sehr. Bitte, überzeugen Sie sich.»

Mit Lächeln auf beiden Seiten wurde der Austausch vollzogen, worauf wir endgültig Abschied nahmen.

«Poirot», sagte ich, als wir draußen waren, «Sie tragen doch gar keine Brille!»

Er blinzelte mir zu. «Welch durchdringender Scharfsinn, Hastings!»

«Also war es der Kneifer aus Carlottas Täschchen. Glaubten Sie, er könnte Miss Carroll gehören?»

Poirot zuckte die Achseln. «Sie ist die einzige Person aus Lord Edgwares Umgebung, die eine Brille trägt.»

«Aber es ist nicht die ihrige.»

«So sagt sie.»

«Oh, Sie argwöhnischer alter Teufel!»

«Durchaus nicht. Höchstwahrscheinlich sagte sie die Wahrheit, denn sonst wäre ihr die Verwechslung schwerlich aufgefallen. Ich machte es doch sehr geschickt, was?»

Wir schlenderten durch die Straßen, mehr oder weniger aufs Geratewohl. Einmal schlug ich vor, ein Taxi zu nehmen, aber Poirot schüttelte den Kopf.

«Ich muß nachdenken, *mon cher.* Und das Gehen hilft mir.»

Folglich schwieg ich. Die Nacht war schwül, daher hatte ich keine Eile heimzukommen.

«Das Rätsel um den Buchstaben D ist noch völlig ungelöst», warf ich nach einer Weile hin. «Seltsam, daß keine einzige der in den Fall verwickelten Personen einen Namen hat, der mit D beginnt; ganz egal, ob Tauf- oder Familienname. Halt! Einer doch! Nämlich Donald Ross. Und der ist tot.»

«Ja», sagte Poirot düster. «Der ist tot.»

Ich dachte an eine andere Nacht, als wir zu dritt heimgewandert waren. Und plötzlich erinnerte ich mich noch an mehr.

«Bei Gott, Poirot», meinte ich. «Entsinnen Sie sich, was Ross über den dreizehnten Tischgast sagte? Er war der dreizehnte!»

Mein Freund erwiderte nichts. Ich selbst aber fühlte mich ein wenig unbehaglich, wie man sich stets fühlt, wenn sich ein Aberglauben bewahrheitet.

«Sonderbar ist es ... das kann niemand leugnen», murmelte ich.

«Eh?»

«Ich sagte, daß es sonderbar sei – Ross und die Nummer dreizehn. Poirot, worüber grübeln Sie eigentlich nach?»

Zu meiner größten Verwunderung und – ich gestehe es offen – ein wenig auch zu meinem Verdruß, begann mein Freund sich plötzlich vor Lachen zu schütteln.

«Worüber lachen Sie, zum Teufel?» fragte ich scharf.

«Oh! Oh! Oh!» japste Poirot. «Mir fiel ein Rätsel ein, das ich neulich mal hörte. Was ist das? – Es hat zwei Beine, Federn und bellt wie ein Hund?»

«Ein Hühnchen natürlich», meinte ich gelangweilt. «Das wußte ich schon in der Kinderstube.»

«Ach, Hastings, warum sind Sie so gebildet? Sie hätten sagen müssen: ‹Ich weiß es nicht.› Und dann hätte ich gesagt: ‹Ein Hühnchen›; und darauf Sie: ‹Aber ein Hühnchen bellt doch nicht wie ein Hund.› Und hierauf wieder ich: ‹Oh, das setzte ich nur hinzu, um es schwieriger zu machen.› Hastings, nehmen wir einmal an, das sei die Erklärung für den Buchstaben D!»

«Lächerlicher Einfall!»

Wir gingen gerade an einem großen Kino vorüber. In dichten Scharen strömten die Leute aus den Türen.

«Martin Bryan war doch wieder wundervoll ...», hörte ich eine junge Frau schwärmen. «Ich versäume keinen Film, in dem er spielt. Wie er da heute die Klippen hinabritt und just noch zur rechten Zeit mit den Papieren ankam ...!»

Ihr Begleiter war weniger begeistert. «Eine blöde Geschichte!» tadelte er. «Wenn sie nur so viel Verstand gehabt hätten, einfach Ellis zu fragen, wie es jeder vernünftige Mensch getan haben würde ...»

Der Rest ging im Lärm des Verkehrs unter. Ich überquerte die Straße, und als ich mich umwandte, sah ich Poirot mitten auf der Fahrbahn stehen. Und von beiden Seiten jagten die Autobusse auf ihn zu. Instinktiv legte ich die Hand vor die Augen. Dann gab's ein fürchterliches Kreischen von Bremsen, eine Flut von Schimpfworten aus den Kehlen erboster Chauffeure.

Ungerührt und ohne Eile erreichte Hercule Poirot schließlich die andere Seite ... Wie ein Schlafwandler sah er aus.

«Poirot, sind Sie verrückt geworden?»

«Nein, *mon ami.* Eine Erleuchtung überkam mich. Dort, gerade in jenem Moment.»

«Ein verflucht schlechter Moment», rief ich.

«Gleichgültig, Hastings. Ah, *mon cher,* ich bin blind und taub und unempfindlich gewesen. Jetzt aber sehe ich die Antworten auf alle meine fünf Fragen. Ja, auf alle. So einfach, so kindisch einfach ...»

## 28

Es wurde ein seltsamer Heimweg.

Poirot arbeitete offenbar an irgendeinem Gedankengang. Gelegentlich gab er Laute von sich, die einem dumpfen Knurren glichen, und ich glaubte einmal das Wort «Kerzenbeleuchtung» zu erhaschen und ein andermal etwas, das wie *«douzaine»* klang.

Kaum zu Hause angelangt, flog er ans Telefon. Er rief das Hotel Savoy an und verlangte Lady Edgware.

«Vergebliches Bemühen, alter Knabe», sagte ich belustigt. «Wissen Sie denn nicht, daß sie in einem neuen Stück auftritt? Es ist erst halb elf, da wird sie noch im Theater sein.»

Poirot würdigte mich keiner Antwort. Eifrig verhandelte er mit dem Hotelangestellten, der ihm anscheinend genau dasselbe mitteilte, was ich ihm gesagt hatte.

«Ah . . .? Soso. Dann möchte ich gern mit Lady Edgwares Kammerfrau sprechen.»

In wenigen Sekunden war die Verbindung hergestellt.

«Hier ist Hercule Poirot. Sie erinnern sich an mich, nicht wahr? Die gnädige Frau ist nicht anwesend, wurde mir eben mitgeteilt.»

«. . . . . . . . .»

«*Très bien.* Nun hat sich inzwischen etwas sehr Wichtiges zugetragen, und ich möchte Sie bitten, sofort zu mir zu kommen.»

«. . . . . . . . .»

«Aber ja. Sehr, sehr wichtig! Ich werde Ihnen die Adresse geben. Hören Sie gut zu.»

Er wiederholte sie zweimal und legte dann mit nachdenklichem Gesicht den Hörer auf. Meine Fragen fertigte er mit höchst aufreizendem Lächeln ab und sagte, ich solle mich in Geduld fassen. Hierauf begann er geschäftig das Zimmer aufzuräumen oder vielmehr umzuräumen.

Zehn Minuten später erschien die Erwartete bereits, eine kleine, schwarzgekleidete Person, die etwas nervös und unsicher umherschaute.

Poirot stürzte ihr entgegen. «Ah, wie nett, daß Sie gekommen sind! Bitte nehmen Sie Platz, Mademoiselle – Ellis, wenn ich nicht irre?»

«Ja, Sir. Ellis.» Folgsam setzte sie sich auf den Stuhl, den mein Freund ihr angewiesen hatte, und blickte, die Hände im Schoß gefaltet, abwechselnd uns beide an. Ihr kleines, blutloses Gesicht war ruhig und gelassen, die schmalen Lippen bildeten einen Strich.

«Darf ich zuerst einmal fragen, seit wann Sie bei Lady Edgware sind?»

«Seit drei Jahren, Sir.»

«Das dachte ich mir. Dann wissen Sie über ihre Angelegenheiten gut Bescheid.»

Ellis schwieg und preßte die Lippen fester aufeinander.

«Mißverstehen Sie mich nicht – ich meinte, Sie werden wissen, wo wir ihre Feinde zu suchen haben.»

«Fast alle Frauen sind ihre Widersacherinnen, Sir. Häßliche Eifersucht!»

«Ah! Also ihr eigenes Geschlecht liebt sie nicht?»

«Nein, Sir. Sie sieht zu gut aus und erreicht stets, was sie will. Oh, Sie ahnen nicht, wie im Schauspielberuf Neid und Eifersucht blühen!»

«Und wie steht's mit den Männern?»

Ellis gestattete sich ein säuerliches Lächeln. «Sie kann alle Herren um den Finger wickeln.»

«Kennen Sie Martin Bryan, den Filmschauspieler?»

«Gewiß, Sir.»

«Irre ich mich, wenn ich sage, daß Mr. Bryan vor einem Jahr sehr in Ihre Herrin verliebt war?»

«Bis über beide Ohren verliebt, Sir.»

«Er hoffte damals wohl auch, sie würde ihn heiraten, eh?»

«Ja. Und wenn Lord Edgware nicht die Scheidung verweigert hätte, würde sie ihn wohl auch geheiratet haben.»

«Dann aber erschien, wie ich vermute, der Herzog von Merton auf der Bildfläche.»

«Ja, Sir. Er befand sich auf einer Rundreise durch die Vereinigten Staaten. Liebe auf den ersten Blick war es bei ihm.»

«Und damit waren Martin Bryans Chancen gleich Null.»

Ellis nickte. «Gewiß, Mr. Bryan verdiente fabelhafte Summen», erläuterte sie, «aber der Herzog von Merton nimmt doch noch eine andere Stellung in der Gesellschaft ein. Als

Gemahlin des Herzogs von Merton wäre Lady Edgware eine der ersten Damen Englands.»

Sie sagte es mit einer selbstgefälligen Freude, die mich amüsierte.

«Also bekam Martin Bryan den Laufpaß. Wie fand er sich denn damit ab, Miss Ellis?»

«Schlimm war er. Machte entsetzliche Szenen, bedrohte sie mit dem Revolver. Aus Kummer fing er auch zu trinken an; kurz, es warf ihn völlig um.»

«Aber jetzt hat er sich beruhigt.»

«So scheint es. Doch mir gefällt der Blick in seinen Augen nicht, und ich habe die gnädige Frau auch schon gewarnt. Sie aber hat nur gelacht, denn sie gehört zu denen, die ihre Macht über andere genießen ... Ich weiß nicht, ob Sie mich verstehen.»

«Ja», sagte Poirot versonnen. «Ich verstehe Sie sehr gut.»

«Die letzte Zeit haben wir ihn kaum gesehen – ein gutes Zeichen, denke ich. Er scheint sich mit dem Korb abgefunden zu haben.»

«Vielleicht.»

Irgend etwas in Poirots Stimme mochte der Frau auffallen, denn sie sah ihn besorgt an.

«Meinen Sie etwa, sie sei in Gefahr, Sir?»

«Ja», erwiderte mein Freund ernst. «Sie ist in großer Gefahr. Aber sie hat es sich selbst zuzuschreiben.»

Seine Hand, die ziellos am Kaminsims entlangfuhr, stieß an eine mit Rosen gefüllte Vase. Sie kippte, und das Wasser ergoß sich über Ellis' Gesicht und Kopf. Selten unterlief Poirot eine Ungeschicklichkeit, und ich konnte mir vorstellen, wie sehr ihn das ärgerte. Aufgeregt holte er sofort ein Handtuch, half der Frau besorgt, Gesicht und Nacken zu trocknen, und sparte nicht mit Entschuldigungen, denen er durch eine Banknote mehr Gewicht verlieh. Schließlich begleitete er sie zur Tür, ihr nochmals für ihr bereitwilliges Kommen dankend.

«Aber es ist noch früh», meinte er mit einem Blick auf die Uhr. «Sie werden noch vor Ihrer Herrin wieder im Hotel sein.»

«Machen Sie sich deswegen keine Sorgen, Sir. Lady Edgware geht nach der Vorstellung noch irgendwohin zum Supper, und außerdem brauche ich, wenn sie es nicht vorher ausdrücklich sagt, nie bis zu ihrer Rückkehr aufzubleiben.»

Plötzlich irrte Poirot völlig vom Thema ab.

«Mademoiselle, Verzeihung, Sie hinken ja!»

«Nichts von Belang, Sir. Meine Füße schmerzen ein bißchen.»

«Die Hühneraugen?» raunte der Kleine mit der vertraulichen Stimme eines Dulders, der zu einem Leidensgefährten spricht.

Anscheinend waren es die Hühneraugen. Poirot sang eine Lobeshymne auf ein gewisses Mittel, das – wollte man seinen Worten trauen – Wunder wirkte.

Schließlich aber schloß sich die Tür hinter Miss Ellis.

«Nun, Poirot? Nun?»

Er lächelte über meine Ungeduld. «Heute abend keine Erklärungen mehr, *mon ami.* Morgen in aller Frühe werden wir Japp anrufen und ihn herbitten. Desgleichen werden wir Martin Bryan anrufen, der uns fraglos Interessantes erzählen kann. Außerdem habe ich ihm gegenüber eine Schuld abzutragen.»

«Wirklich?» Ich sah Poirot, der merkwürdig vor sich hin schmunzelte, von der Seite an. «Jedenfalls können Sie ihm nicht den Mord in die Schuhe schieben, mein Lieber. Den Gatten töten, damit die Witwe sich mit einem anderen verheiratet, nein, einer solchen selbstlosen Handlung ist kein Mann fähig.»

«Was für eine weise Schlußfolgerung, *mon cher*!»

«Lassen Sie gefälligst Ihren Spott», erwiderte ich verärgert. «Und womit tändeln Sie denn da die ganze Zeit herum?»

Hercule Poirot hielt den betreffenden Gegenstand mit spitzen Fingern hoch.

«Mit dem Kneifer der guten Ellis, teurer Hastings. Sie ließ ihn zurück.»

«Unsinn! Sie hatte ihn beim Weggehen auf der Nase.»

«Falsch, *mon ami.*» Er schüttelte sanft den Kopf. «Absolut falsch. Was sie auf der Nase hatte, war der Kneifer, den wir in Carlotta Adams' Handtäschchen fanden . . .»

## 29

Mir fiel die Aufgabe zu, am anderen Morgen Inspektor Japp zu benachrichtigen.

«Ach, Sie sind's, Captain Hastings», antwortete mir eine ziemlich bedrückt klingende Stimme. «Na, was gibt's?»

Ich übermittelte ihm Poirots Nachricht.

«Um elf Uhr bei Ihnen sein? Ja, das kann ich machen. Er hat doch nicht etwa das Geheimnis um den Tod des jungen Ross gelüftet? Ich gestehe offen, daß wir vollkommen im dunkeln tappen.»

«Eine gute Neuigkeit hat er, glaube ich, für Sie bereit», sagte ich. «Auf jeden Fall scheint er sehr mit sich zufrieden zu sein.»

«Das kann ich von mir gerade nicht behaupten. Also gut, Captain Hastings. Ich werde mich pünktlich einfinden.»

Mein nächster Anruf galt Martin Bryan. Ihm erzählte ich, wie mir befohlen war, daß Poirot eine Entdeckung gemacht habe, die seines Erachtens Mr. Bryan viel Vergnügen bereiten würde. Als er mich fragte, was es sei, antwortete ich wahrheitsgemäß, daß ich keine Ahnung hätte. Bryan schwieg, und erst nach einem Weilchen erklärte er: «Abgemacht. Ich werde kommen.»

Zu meinem Erstaunen rief daraufhin Poirot persönlich Jenny Driver an und bat sie ebenfalls zu uns her.

Er war ruhig und ernst, und ich belästigte ihn nicht mit Fragen. Als erster stellte sich Martin Bryan ein, wie immer in den letzten Wochen frisch und munter. Jenny Driver folgte ihm fast auf dem Fuß. Es schien sie zu überraschen, Bryan bei uns zu treffen, und er schien ihre Überraschung zu teilen.

Poirot schleppte zwei Stühle herbei und forderte die beiden auf, Platz zu nehmen.

«Inspektor Japp muß jeden Augenblick eintreffen», sagte er, auf seine Uhr guckend.

«Inspektor Japp?» wiederholte Bryan erstaunt.

«Ja, ich habe ihn ganz inoffiziell – als Freund – hergebeten.»

Der Schauspieler versank in Schweigen. Jenny streifte ihn mit einem raschen Blick und schaute dann in eine andere Richtung. Ich hatte den Eindruck, als sei sie heute morgen sonderbar zerstreut.

Gleich darauf trat Inspektor Japp ins Zimmer. Er begrüßte Poirot mit seiner gewöhnlichen Scherzhaftigkeit.

«Was bedeutet diese Versammlung hier? Sie wollen mir, vermute ich, irgendeine neue wundervolle Theorie anvertrauen?»

Poirot strahlte ihn an. «Nein, nein, keine wundervolle Theorie. Nur eine ganz einfache Geschichte, so einfach, daß ich mich schäme, sie nicht sofort durchschaut zu haben. Wenn Sie erlauben, werde ich den Fall von Anfang an mit Ihnen durchgehen.»

Japp seufzte und sah nach der Uhr. «Dauert es länger als eine Stunde?»

«Beruhigen Sie sich, *mon ami*, so lange brauchen Sie nicht auszuharren. Nicht wahr, Sie möchten wissen, wer Lord Edgware, wer Miss Adams und wer den jungen Ross tötete?»

«Das letztere vor allem», erwiderte Japp vorsichtig gespannt.

Poirot räusperte sich und begann dann dozierend vorzutragen:

«Ich komme zurück auf jenes Supper im Savoy, als Lady Edgware eine Unterredung mit mir verlangte. Sie wünschte ihren Gatten loszuwerden, und am Schluß unseres Gesprächs sagte sie – ziemlich unklug nach meiner Meinung –, daß sie schließlich noch ein Taxi nehmen und ihn eigenhändig töten würde. Diese Worte hörte auch Mr. Bryan, der in diesem Augenblick hereinkam.» Er wirbelte herum. «Eh? Stimmt das?»

«Wir alle hörten sie», verbesserte ihn der Schauspieler. «Die Widburns, Marsh, Carlotta – alle, ohne Ausnahme.»

«Zugegeben. *Eh bien*, es wurde dafür gesorgt, daß ich jene Worte Lady Edgwares nicht vergaß. Mr. Martin Bryan besuchte mich am folgenden Morgen eigens zu dem Zweck, sie mir in den Kopf zu hämmern.»

«Keineswegs», rief Bryan ärgerlich. «Ich kam –»

Poirot hob eine Hand. «Sie kamen, um mir eine Lügengeschichte von einem Mann, der Sie auf Schritt und Tritt verfolgte, zu erzählen. Wahrscheinlich lieferte Ihnen irgendein Film den Stoff dazu. Ein Mädchen, dessen Einwilligung Sie erst einholen müßten ... ein Mann, den Sie an einem Goldzahn wiedererkannten. *Mon ami*, heutzutage würde kein junger Mann mit einem Goldzahn in der Welt umherlaufen, besonders nicht in Amerika. Der Goldzahn ist ein hoffnungslos veraltetes Stück der Zahnheilkunde, merken Sie sich das! Nachdem Sie nun Ihre Geschichte vom Stapel gelassen hatten, kamen Sie zu dem eigentlichen Zweck Ihres Besuches: mir Gift gegen Lady Edgware ins Herz zu träufeln. Um es klar auszudrücken, Sie bereiteten den Boden für den Augenblick, da sie ihren Gatten ermorden würde.»

«Ich weiß nicht, wovon Sie reden», murmelte Martin Bryan, dessen Gesicht totenblaß geworden war.

«Sie ziehen die Vorstellung, daß er in eine Scheidung einwilligen könnte, ins Lächerliche. Und als ich an jenem Morgen zu ihm gehe, setzt Lord Edgware der Scheidung keinerlei Widerstand entgegen. Mithin entfällt jeder Beweggrund für Lady Edgware, ein Verbrechen zu begehen. Und überdies erzählt er mir, daß er seiner Gattin bereits einen diesbezüglichen Brief geschrieben habe.

Aber Lady Edgware weiß nichts von diesem Brief. Entweder lügt sie oder der Lord, oder jemand hat den Brief unterschlagen.

Nun drängt sich mir unwillkürlich die Frage auf: Warum macht sich Mr. Martin Bryan die Mühe, herzukommen und mir all diese Lügen aufzutischen? Welche inneren Mächte treiben ihn? Und es schält sich die Idee heraus, daß Sie, Monsieur, einmal wahnsinnig in Lady Edgware verliebt gewesen sind. Hierin bestärkt mich der Umstand, daß mir Lord Edgware mitteilte, seine Frau habe ihm erzählt, sie wolle einen Schauspieler heiraten. Aber die Dame änderte ihren Plan. Als Lord Edgware in seinem Brief die Einwilligung zur Scheidung gibt, ist jemand anders der Auserkorene – nicht Sie. Grund genug für Sie, Monsieur, jenen Brief zu unterschlagen.»

«Niemals habe –»

«Hinterher mögen Sie sagen, was Sie wollen. Aber vorläufig muß ich Sie bitten, mir zuzuhören.

In welcher seelischen Verfassung würden Sie sich nach dieser Niederlage wohl befinden – Sie, ein verwöhntes Idol, das bislang noch nie eine Zurückweisung erfahren hat? Wie ich es sehe, tobt in Ihnen eine Art irrer Wut, ein dämonischer Wunsch, Lady Edgware soviel Böses wie möglich zuzufügen. Und welches größere Übel können Sie ihr antun, als zu veranlassen, daß sie des Mordes angeklagt, vielleicht verurteilt wird?»

«Gerechter Gott!» sagte Japp.

Diesmal wandte sich Poirot an ihn. «Ja, ja, das war die

kleine Idee, die sich in meinem Hirn zu formen begann. Verschiedenes kam hinzu, um sie zu nähren. So die beiden Freunde von Carlotta Adams: Captain Marsh und Martin Bryan. Captain Marsh war ein armer, mit Schulden beladener Teufel, wohingegen Martin Bryan, ein reicher Mann, ihr sehr wohl zehntausend Dollar für den sogenannten Schabernack bieten konnte.»

«Ich tat es nicht. Ich schwöre, daß ich es nicht tat», kam es heiser von des Künstlers Lippen.

«Als der Inhalt von Miss Adams' Brief an ihre Schwester aus Washington gekabelt wurde – *oh, là, là!* da war ich fassungslos. Es schien, daß ich mich unrettbar festgefahren hatte. Doch später machte ich eine Entdeckung. Anhand des Originalbriefes stellte ich fest, daß eine Seite fehlte und daß mit dem ‹er› durchaus nicht Captain Marsh gemeint sein mußte.

Aber damit ist das Beweismaterial keineswegs erschöpft. Bei seiner Verhaftung bekundete Captain Marsh, daß er geglaubt habe, Martin Bryan in Lord Edgwares Haus eintreten zu sehen. Da diese Aussage aus dem Mund eines Angeklagten kam, legte man ihr kein Gewicht bei. *Eh bien,* Ronald Marsh wird verhaftet. Unverzüglich bessert sich Ihre Stimmung; die Angst schwindet. Obgleich Ihr eigentlicher Plan dadurch fehlschlug, daß Lady Edgware sich in letzter Minute zur Teilnahme an Sir Montagues Party entschloß, hat sich doch ein Sündenbock gefunden, der sie von aller Sorge um Ihre eigene Person erlöst. Und dann hören Sie bei einem Lunch Donald Ross, diesen netten, aber ziemlich beschränkten jungen Mann, etwas zu Hastings sagen, dem Sie entnehmen, daß Sie keineswegs sicher sind.»

«Es ist nicht wahr!» heulte Martin Bryan auf. Schweißtropfen rannen über sein verzerrtes Gesicht. «Bei meiner Seele schwöre ich Ihnen, daß ich nichts hörte, nichts, nichts, nichts –»

Und nun kam der heftigste Schock dieses Vormittags.

«Ja, das stimmt», sagte Poirot ruhig. «Und ich hoffe, Sie sind jetzt hinreichend dafür bestraft worden, daß Sie mir – mir, Hercule Poirot – mit einer Schwindelgeschichte zu kommen wagten, Monsieur.»

Wir atmeten alle auf.

«Sie sehen, ich enthülle Ihnen meine sämtlichen Irrtümer», fuhr mein Freund verträumt fort. «Fünf Fragen hatte ich mir gestellt – Hastings weiß es. Eine betraf Lord Edgwares plötzliche Sinnesänderung wegen der Scheidung. Entweder beabsichtigte er, eine neue Ehe einzugehen – aber nichts deutete darauf hin –, oder irgendeine Art von Erpressung gab den Ausschlag. Lord Edgware war ein Mann mit sonderbaren Neigungen. Die Möglichkeit bestand, daß anrüchige Tatsachen über ihn durchgesickert waren, die nach englischem Recht seiner Frau zwar keine Handhabe zur Scheidung boten, jedoch von ihr als Druckmittel benutzt werden konnten. Daß sich an seinen Namen ein offener Skandal heftete, wünschte Lord Edgware aber nicht. Daher gab er nach; die Wut über diesen Zwang schlug sich in dem mörderischen Ausdruck seines Gesichts nieder, den Captain Hastings zufällig sah.

Zwei Fragen aber machten mir unendlich zu schaffen. Sie drehten sich um den Kneifer in Miss Adams' Tasche, der ihr nicht gehörte, und um den Telefonanruf, der Lady Edgware von der Tafel weggeholt hatte. Mit keiner von beiden vermochte ich Mr. Bryan in Verbindung zu bringen.

Infolgedessen sah ich mich zu der Folgerung genötigt, daß ich entweder in bezug auf Mr. Bryan oder in bezug auf die beiden Fragen unrecht hatte. In heller Verzweiflung las ich jenen Brief von Miss Adams abermals sorgfältig durch. Und ich fand etwas! Ja, ich fand etwas!

Hier ist der Brief! Sie sehen, daß diese eine Seite abgerissen ist. Uneben, rauh, wie es oft passiert. Oben an der linken Ecke fehlt sogar ein Stück – scheinbar infolge unachtsamen Abreißens. Aber es ist nicht Unachtsamkeit gewesen, sondern wohlüberlegte Absicht. Denn dort oben, wo das Stückchen fehlt, stand ein Name oder vielleicht der erste Buchstaben eines Namens mit einem Punkt dahinter.

Nach dieser Entdeckung plagte mich mehr denn je der Buchstabe D, der in der Golddose eingraviert war. Aber es gab keinen Mitspieler in diesem Drama, dessen Name mit D begann. Vielleicht aber war es eine Mitspielerin?

Da war zum Beispiel Geraldine Marsh, die ihr Vetter in meiner Gegenwart einmal zufällig Dina genannt hatte. Zudem haßte sie ihren Vater, hatte es mir selbst gesagt. Sie war ein neurotischer, nervöser Mensch. Wie nun, wenn sie bei ihrer heimlichen Rückkehr den Vater erstochen und dann hinaufgegangen wäre, um die Perlen zu holen?

Dann war da noch Miss Jenny Driver ...»

Mein Freund zögerte und schaute Jenny an. Sie schaute mit spitzbübischem Lächeln zurück.

«Nun, und was ist mit mir?»

«Nichts, Mademoiselle. Nur eben Ihr Name, der mit D beginnt, und Ihre Freundschaft mit Martin Bryan.»

«Das ist nicht gerade viel», meinte sie lakonisch und zündete sich eine Zigarette an. «Fahren Sie fort!»

«Wen hatte Ronald Marsh ins Haus gehen sehen, wenn nicht Martin Bryan? Darüber mußte ich mir klarwerden. Und plötzlich fiel mir etwas ein, nämlich die erstaunliche Ähnlichkeit zwischen Mr. Bryan und dem schönen Butler aus Regent Gate. Ihn hatte Captain Marsh gesehen. Ich bin der Meinung, daß der Butler als erster seinen ermordeten Herrn entdeckte. Neben dem Toten lag ein Umschlag, der französische Banknoten im Wert von hundert Pfund enthielt. Er eignete sich die Noten an, schlüpfte aus dem Haus, brachte sie in Sicherheit und kehrte zurück, indem er sich vermittels Lord Edgwares Schlüssel ungesehen Eingang ins Haus verschaffte. Die Entdeckung des Verbrechens überließ er dem Hausmädchen. Gefahr für sich befürchtete er nicht, da er überzeugt war, daß Lady Edgware die Tat verübt hatte.

Und die Noten befanden sich bereits außer Haus und würden schon gewechselt sein, bevor man ihren Verlust entdeckte. Als jedoch Lady Edgware ein Alibi nachweisen konnte und Scotland Yard sein Vorleben zu erforschen begann, wurde ihm der Boden unter den Füßen zu heiß, und er verduftete.»

Inspektor Japp nickte zustimmend.

«Nun wende ich mich der Kneiferfrage zu. Gab es Personen, die in irgendwelchen, und sei es noch so lockeren Beziehungen zu dem einen oder anderen Beteiligten standen und einen Kneifer trugen? Ja, da war vor allem Miss Carroll, die Sekretärin des Ermordeten. Sie hielt sich an jenem Abend im Haus auf, sie hatte bereits – von dem Wunsch getrieben, Lady Edgware zu belasten – ungenaue Aussagen gemacht, und überdies war sie eine umsichtige und kaltblütige Frau. Ein Motiv sah ich zwar nicht; immerhin mochte während der langjährigen Tätigkeit bei Lord Edgware eines entstanden sein, von dem wir nichts ahnten. Miss Carroll hätte auch den Brief an Lady Edgware unterschlagen können. Und als sie mit Carlotta Adams die Einzelheiten festlegte oder sich mit ihr am Mordabend traf, war der Kneifer vielleicht aus Versehen in Carlottas Handtäschchen geraten.

Aber ein geschickt angestelltes Experiment bewies mir, daß der Kneifer nicht Miss Carroll gehörte. Etwas niedergeschlagen spazierte ich mit Hastings heim, mit dem Versuch beschäftigt, die Dinge in meinem Hirn methodisch zu ordnen. Und dann geschah das Wunder!

Zuerst sprach mein Freund Hastings von Donald Ross und der Tafelrunde der dreizehn bei Sir Montague Corner und erwähnte, daß Ross zuerst aufgestanden sei. In meine eigenen Grübeleien verstrickt, hörte ich nur mit halbem Ohr hin. Es schoß mir nur flüchtig der Gedanke durch den Kopf, daß das eigentlich, strenggenommen, nicht stimmte. Am Ende des Dinners mochte Donald Ross zuerst aufgestanden sein, doch in Wirklichkeit war Lady Edgware die erste gewesen, da sie sich erhob, um zum Telefon zu gehen. Und wie ich an sie dachte, fiel mir ein Rätsel ein – ein Rätsel, das meines Erachtens gut mit ihrer etwas kindischen Mentalität in Einklang stand. Ich gab es Hastings auf, der sich nicht dafür begeisterte. Als nächstes überlegte ich mir, wen ich wohl über Mr. Bryans Gefühle für Jane Wilkinson ausfragen könnte. Sie selbst würde mir nicht Rede und Antwort stehen. Und als wir gerade die Fahrbahn überquerten, äußerte ein Passant einen ganz einfachen Satz.

Er sagte zu seiner Begleiterin, daß irgendwer ‹Ellis hätte fragen sollen›. Und in derselben Sekunde lag das ganze bisher so Dunkle in blendender Helle vor mir.»

Er sah sich im Kreis um.

«Ja, ja, der Kneifer, der Telefonanruf, die kleine Frau, die in Paris die Dose abholte. Ellis, natürlich, Jane Wilkinsons Kammerfrau. Jetzt ging ich im Geist Schritt für Schritt rückwärts ... die Kerzenbeleuchtung ... das Dämmerlicht ... Mrs. van Dusen, die Jane Wilkinson am Abend vor dem Mord angeblich besuchte ..., alles. Ich *wußte* es plötzlich!»

## 30

Wieder sah er uns der Reihe nach an.

«Und jetzt, meine Freunde», sagte er freundlich, «lassen Sie mich Ihnen die wirklichen Ereignisse jener Nacht erzählen. Carlotta Adams verläßt um sieben Uhr ihre Wohnung. Von dort begibt sie sich mit einem Taxi zum Piccadilly Palace.»

«Was?» rief ich dazwischen.

«Jawohl, zum Piccadilly Palace, wo sie zuvor als Mrs. van Dusen ein Zimmer genommen hat. Sie trägt eine starke Brille, die, wie wir alle wissen, das Aussehen beträchtlich verändert. Wie ich bereits erwähnte, nimmt sie ein Zimmer, wobei sie bemerkt, daß sie mit dem Nachtzug nach Liverpool fährt und ihr Gepäck schon vorausgegangen ist. Um acht Uhr dreißig kommt Lady Edgware, fragt nach ihr und wird hinauf in ihr Zimmer geführt. Dort wechseln sie die Kleider. Mit einer blonden Perücke, einem weißen Taftkleid und einem Hermelincape verläßt Carlotta Adams – und nicht Jane Wilkinson – das Hotel und fährt nach Chiswick. Ja, ja, es ist durchaus möglich. Ich bin abends in Sir Montagues Haus gewesen. Die lange Tafel im Speisezimmer wird nur von Kerzen erhellt, die Lampen tragen dämpfende Seidenschirme, niemand dort kennt Jane Wilkinson sehr gut. Und das goldblonde Haar, die bezaubernde Stimme, ihr wohlbekanntes Gebaren – alles ist vorhanden. Oh, es ist ganz leicht. Und wenn doch jemand die Täuschung bemerkt hätte – nun, auch dafür hatte man Vorsorge getroffen. Lady Edgware, mit einer dunklen Perücke und dem Kneifer versehen, in Carlottas Kleidung gehüllt, zahlt die Hotelrechnung und fährt mit einem Taxi zum Euston-Bahnhof. Im Waschraum entledigt sie sich ihrer dunklen Perücke und gibt hernach den Koffer in der Gepäckaufbewahrung ab. Bevor sie sich nach Regent Gate begibt, ruft sie in Chiswick an und verlangt Lady Edgware zu sprechen. So war es vereinbart worden. Wenn alles gutgegangen ist, soll Carlotta nun antworten: Ja, Lady Edgware persönlich. Ich brauche wohl nicht hervorzuheben, daß Miss Adams von dem wahren Zweck des Anrufs nicht das mindeste ahnt. Nachdem Jane Wilkinson die vereinbarte Antwort erhalten hat, führt sie ihren Plan weiter durch. Sie fährt nach Regent Gate, fragt nach Lord Edgware, nennt offen ihren Namen und geht unangemeldet in die Bibliothek. Und dort begeht sie ihren ersten Mord. Allerdings weiß sie nicht, daß Miss Carroll von oben Zeugin ihres Erscheinens und ihres Verhandelns mit dem Butler war; Jane Wilkinson ist vielmehr überzeugt, daß lediglich die Aussage des Butlers, der sie nie zuvor im Leben gesehen hat und gegen dessen Blick sie überdies der schräg sitzende Hut schützt, der Aussage von zwölf wohlbekannten, hochgeachteten Leuten gegenüberstehen wird.

Sie verläßt das Haus, kehrt nach Euston zurück, verwandelt sich von einer blonden Frau wieder in eine dunkle und holt Carlottas Koffer. Jetzt muß sie ausharren, bis Carlotta, mit der sie einen ungefähren Zeitpunkt ausgemacht hat, aus Chiswick kommt. Deshalb wartet sie in Lyons Corner House, wobei sie öfter auf die Uhr schaut, denn die Zeit verrinnt langsam. Gleichzeitig aber bereitet sie den zweiten Mord vor. Sie legt die kleine, in Paris bestellte Golddose in Carlottas Handtäschchen, das sie natürlich bei sich behalten hat. Vielleicht findet sie bei dieser Gelegenheit den Brief, vielleicht hat sie ihn auch schon früher entdeckt. Wie dem auch sei – sobald sie die Adresse sieht, wittert sie Gefahr. Vorsichtig öffnet sie den Umschlag und sieht schwarz auf weiß die Bestätigung ihres Argwohns.

Vermutlich war ihre erste Eingebung, den Brief gänzlich zu vernichten. Aber dann kommt ihr ein besserer Gedanke. Wenn man die eine Seite entfernt, wird der Brief zu einem Ronald Marsh schwer belastenden Dokument – Ronald, der alle Ursache hat, seinen Onkel zu hassen. Doch selbst wenn Captain Marsh über ein Alibi verfügen sollte, bleibt nach wie vor die Anklage gegen einen Mann bestehen, sofern nur das verfängliche J., das oben auf der linken Seite steht, mit abgerissen wird. Und folglich trennt sie den halben Bogen ab und mit ihm das winzige Stückchen, das der schmale Buchstabe J. beansprucht hat. Nach vollbrachter Tat schiebt sie das übrige in den Umschlag zurück und legt ihn wieder in Carlottas Handtäschchen.

Als die Zeit gekommen ist, schlägt sie die Richtung nach dem Savoy-Hotel ein. Sobald das Auto vorbeifährt, in dem angeblich sie selbst sitzt, beschleunigt sie ihren Schritt, betritt fast gleichzeitig mit Carlotta Adams die Hotelhalle und geht, in unauffälliges Schwarz gekleidet, schnurstracks die Treppe hinauf.

Oben ist auch Carlotta Adams gerade erst im Zimmer angelangt, die Kammerfrau hat die keineswegs außergewöhnliche Anweisung erhalten, sich frühzeitig zu Bett zu begeben. Dann tauschen sie wiederum ihre Kleider, und hierauf, vermute ich, schlägt Lady Edgware einen kleinen Trunk vor – zur Feier des glänzenden Gelingens. In Carlottas Glas befindet sich das tödliche Gift. Sie gratuliert ihrem Opfer und verspricht, morgen den Scheck zu schicken. Carlotta Adams, bereits mit beginnender Müdigkeit kämpfend, fährt heim. Dort versucht sie noch einen Freund anzurufen, wahrscheinlich Captain Marsh oder Martin Bryan, die beide zum Amt Victoria gehören, aber die Schläfrigkeit ist stärker als ihr Wille. Sie geht zu Bett – und wacht nie wieder auf.

Somit ist das zweite Verbrechen erfolgreich ausgeführt worden. Nun folgt das dritte. Mrs. Widburn hat zu einem Lunch geladen, und während man bei Tisch sitzt, macht irgendwer eine Bemerkung über das ‹Urteil des Paris›. Jane Wilkinson, die schöne, aber ungebildete Jane Wilkinson, wendet das Wort Paris auf das einzige Paris an, das sie kennt – das Paris der Kleider und Hüte. Ihr schräg gegenüber aber sitzt ein junger Mann, der auch an jenem Dinner in Chiswick teilgenommen und gehört hat, wie die Lady Edgware jener Nacht über Homer und griechische Kultur im allgemeinen sprach, denn Carlotta Adams war eine hochgebildete, belesene Frau. Er kann das nicht begreifen . . . er starrt sie an . . . und plötzlich gehen ihm die Augen auf: Das ist ja gar nicht dieselbe Frau! Eine schreckliche Erregung bemächtigt sich seiner, er will an die Wahrheit seiner eigenen Entdeckung nicht glauben. Einen Rat braucht er, einen Rat! Da denkt er an mich, spricht mit Hastings . . .

Doch die Dame belauscht die beiden. Sie ist schlau genug, um sich zu vergegenwärtigen, daß sie sich irgendwie eine Blöße gegeben hat. Hastings gibt die Auskunft, daß ich erst gegen fünf wieder daheim sein werde. Was tut Jane Wilkinson? Zwanzig Minuten vor fünf sucht sie Donald Ross auf, der ihr zwar erstaunt, aber ohne Furcht Eintritt gewährt. Ein starker, behender junger Mann wird sich doch nicht vor einer Frau fürchten! Er geht mit ihr ins Eßzimmer, wo sie ihn mit irgendeiner Geschichte überfällt. Vielleicht sinkt sie vor dem Sitzenden auf die Knie und schlingt ihre Arme um seinen Nacken. Und dann, schnell und sicher, sticht sie zu. Vielleicht reicht seine Kraft noch aus, einen erstickten Schrei herauszuwürgen, mehr aber bestimmt nicht. Auch er ist zum ewigen Schweigen gebracht . . .»

Stumm saßen wir im Kreis.

Der erste, der Worte fand, war Inspektor Japp.

«Aber warum morden, nachdem Lord Edgware ihr seine Zustimmung zur Scheidung gegeben hatte?»

«Weil der Herzog von Merton eine Säule der Anglokatholischen Kirche ist», erläuterte Poirot. «Nie würde er eine geschiedene Frau geheiratet haben, deren Gatte noch lebt; er ist trotz seiner Jugend ein Mann von starren Grundsätzen. Als Witwe jedoch – oh, da würde es der schönen Jane gewiß gelingen, ihn zur Heirat zu bewegen. Fraglos hat sie es anfänglich mit der Scheidung probiert, bis sie einsah, daß all ihre bezaubernde Schönheit diese Grundsätze nicht ins Wanken zu bringen vermochte.»

«Zugegeben, das hat Hand und Fuß. Warum aber wurden Sie dann noch zu Lord Edgeware geschickt?»

«*Ah, parbleu!* Um mir Sand in die Augen zu streuen, *mon ami.* Um in mir einen Zeugen für die Tatsache zu haben, daß kein Grund für ein Verbrechen vorlag! Ja, sie erdreistete sich, mich, Hercule Poiroi, zu ihrem Werkzeug zu machen. *Ma foi,* es gelang ihr sogar! Oh, dies merkwürdige Hirn – kindlich und gerissen zugleich. *Parbleu,* sie kann schauspielern! Wie gut sie die Überraschung zur Schau zu tragen wußte, als man ihr von dem Brief erzählte, den ihr Gatte geschrieben und den sie angeblich nie erhalten hatte! Fühlte sie auch nur die leisesten Gewissensbisse wegen eines ihrer drei Opfer? Nein – das will ich beschwören.»

«Ich habe Sie gewarnt!» rief Martin Bryan. «Ich wußte, daß sie ihn töten würde, das heißt, ich fühlte es. Und ich fürchtete, daß sie straflos ausgehen würde. Sie ist ungeachtet ihrer sonstigen Naivität verteufelt raffiniert. Und ich wollte, daß sie kennenlernte, was leiden heißt. Ich wollte, daß sie für ihre Tat büßte, daß sie gehenkt würde.»

Sein Gesicht hatte sich dunkelrot gefärbt, die Sätze kamen stoßweise aus seinem Mund.

«Na, na», sagte Jenny Driver, wie zu einem aufgeregten Kind.

«Und die goldene Dose mit dem Buchstaben D und Paris, November im Deckel?» fragte Japp.

«Lady Edgware hat sie brieflich bestellt und dann ihre Ellis nach Paris gesandt, um sie abzuholen. Natürlich forderte Ellis lediglich das Paket, für das sie, ohne den Inhalt zu kennen, den geforderten Preis bezahlte. Von Ellis entlieh Lady Edgware auch den Kneifer, den die sogenannte Mrs. van Dusen trug; hinterher aber vergaß sie ihn, und er blieb in Carlotta Adams' Handtäschchen – ein folgenschweres Versehen. Oh, das alles enthüllte sich mir, als ich dort inmitten des hektischen Verkehrs auf der Fahrbahn stand! Ellis! Ellis' Kneifer! Ellis, die die Dose bei dem Pariser Juwelier abholt. Ellis – und daher Jane Wilkinson. Höchstwahrscheinlich lieh sie außer dem Kneifer auch noch etwas anderes von Ellis.»

«Was?»

«Ein Hühneraugenmesser ...»

Ich fröstelte.

Wieder saßen wir stumm da, und wieder ergriff Inspektor Japp zuerst das Wort. Er stellte eine Frage, aber man merkte, wie er die Antwort in gläubigem Vertrauen erwartete.

«Monsieur Poirot, ist das wahr?»

«Es ist wahr, *mon ami.*»

Dann sprach Martin Bryan, und was er sagte, war kennzeichnend für ihn.

«Was habe ich denn damit zu tun?» nörgelte er. «Warum haben Sie mich hierherbestellt? Und warum haben Sie mich beinahe zu Tode geängstigt?»

Poirot musterte ihn kühl. «Um Sie zu strafen, Monsieur, weil Sie sich eine Unverschämtheit erlaubten. Wie können Sie sich erkühnen, Hercule Poirot an der Nase herumzuführen?»

Jenny Driver lachte hell. «Geschieht dir ganz recht, Martin», sagte sie kichernd. Die nächsten Worte galten meinem Freund: «Ich kann Ihnen nicht beschreiben, wie froh ich bin, daß Ronnie Marsh, den ich immer gern leiden mochte, unschuldig ist. Und froh – froh, froh, unendlich froh – bin ich auch, daß Carlottas Tod gerächt wird. Was aber diesen Übeltäter hier betrifft, Monsieur Poirot, so werde ich ihn heiraten. Und wenn er sich etwa einbildet, daß er sich nach bekanntem Hollywoodmuster im Hui scheiden lassen kann, um alle zwei Jahre eine neue Ehe einzugehen, so befindet er sich in dem größten Irrtum seines Lebens. Er wird mich heiraten und an mir kleben bleiben!»

Poirot betrachtete sie, betrachtete ihr energisches Kinn und ihr leuchtendes Haar.

«Das halte ich für sehr wahrscheinlich», meinte er mit seinem aus Schalk und Güte gemischten Lächeln. «Sie haben Mut und genügend Nerven – um selbst einen Filmstar zu heiraten.»

## 31

Zwei Tage später wurde ich durch ein Telegramm plötzlich nach Argentinien gerufen, und so kam es, daß ich Jane Wilkinson nie wiedersah und nur in der Zeitung über ihren Prozeß und ihre Verurteilung las. Unerwarteterweise – unerwartet wenigstens für mich – brach sie völlig zusammen, als man ihr die Wahrheit vorhielt. Solange sie auf ihre Schlauheit stolz sein und ihre Rolle spielen konnte, beging sie keinen Fehler, doch als ihr Selbstvertrauen erschüttert wurde, weil ein anderer sie durchschaut hatte, zeigte sie sich unfähiger als ein Kind, eine Täuschung aufrechtzuerhalten.

Wie ich bereits früher einmal gesagt habe, begegnete ich bei jenem Lunch Jane Wilkinson zum letztenmal. Aber wenn ich an sie denke, sehe ich sie immer vor mir, wie sie in ihrem luxuriösen Hotelzimmer vollkommen von dem Probieren kostbarer schwarzer Gewänder in Anspruch genommen wurde. Ich bin überzeugt, daß dies keine Mache war; nein, sie benahm sich, wie es ihr inneres Wesen verlangte. Erfolgreich hatte sie ihren Plan durchgeführt und hatte deshalb keine weiteren Skrupel und Zweifel.

Ich gebe nun noch ein Schreiben wieder, das nach ihrem Tod wunschgemäß an Hercule Poirot gesandt wurde und das am besten die bezaubernde und gänzlich gewissenlose Frau charakterisiert.

Lieber Monsieur Poirot,
ich habe hin und her überlegt und fühle, daß ich Ihnen schreiben muß. Wie ich weiß, veröffentlichen Sie bisweilen Berichte über Ihre Fälle. Aber haben Sie schon je einen Bericht von dem Täter selbst veröffentlicht? Ja, Monsieur Poirot, ich möchte gern, daß alle Welt erfährt, wie ich es zuwege brachte. Auch heute denke ich noch, daß es gut eingefädelt war, und wenn Sie nicht gewesen wären, würde alles gut abgelaufen sein. Nicht wahr, Monsieur Poirot, Sie werden meinen Brief gebührend an die Öffentlichkeit bringen? Ich will, daß man sich meiner erinnert. Und ich denke, daß ich ein wirklich einzigartiger Mensch bin – diese Meinung scheinen alle hier zu hegen.

Es begann in Amerika, als ich Mertons Bekanntschaft machte. Ich merkte sofort, daß er mich, wäre ich verwitwet, heiraten würde. Bedauerlicherweise hatte er ein sonderbares Vorurteil gegen die Scheidung, das ich zuerst zu bekämpfen suchte, aber ohne Erfolg. Und ich mußte vorsichtig zu Werke gehen, weil er ein leicht verletzbarer Mann war.

Bald gewann ich die Überzeugung, daß Lord Edgware einfach sterben mußte. Aber wie das bewerkstelligen? Drüben in den Vereinigten Staaten kann man dergleichen viel leichter erledigen. Oh, wie habe ich gegrübelt und gegrübelt! Und dann sah ich plötzlich Carlotta Adams' Vorstellung und gleichzeitig einen Weg. Mit ihrer Hilfe konnte ich mir ein Alibi verschaffen. Am selben Abend liefen Sie mir über den Weg, und es fiel mir ein, daß es nicht schlecht sei, wenn ich Sie zu meinem Mann schickte, damit Sie von ihm die Scheidung verlangten. Gleichzeitig wollte ich von der Absicht reden, Lord Edgware zu töten, denn ich habe immer bemerkt, daß niemand einem Glauben schenkt, wenn man in ziemlich einfältiger Weise die Wahrheit spricht. Bei Kontrakten habe ich dies Verfahren oft angewendet. Und es ist immer gut, dümmer zu erscheinen, als man ist. Bei meiner zweiten Begegnung mit Carlotta Adams brachte ich meinen Einfall zur Sprache. Ich gab an, es handle sich um eine Wette – und sie zeigte sich wundervoll gefügig. Sie sollte an meiner Statt eine Gesellschaft besuchen und hinterher zehntausend Dollar dafür erhalten. Wie sie sich begeisterte! Und einige gute Winke hinsichtlich des Kleiderwechsels, des Schminkens usw. verdanke ich ihr. Wegen Ellis konnten wir uns nicht bei mir umkleiden, und wegen ihrer Haushälterin nicht bei ihr. Carlotta begriff natürlich nicht, warum wir es nicht konnten. Das war der einzige etwas peinliche Augenblick. Ich sagte kurz und bündig nein. Und sie gab, obwohl sie mich wegen meiner dummen Grille ein bißchen auszankte, nach und erfand mit mir den Hotelplan.

Selbstverständlich sah ich ein, daß auch Carlotta Adams aus dem Weg geräumt werden mußte. Eigentlich schade

um sie; andererseits aber waren ihre Imitationen reichlich frech. Wenn es mir nicht so gut in den Kram gepaßt hätte, wäre ich über die Nachäffung meiner Person sehr verärgert gewesen. Ich nahm selbst ab und zu Veronal, aber nicht oft. Also kam mir die Idee, den Anschein zu erwecken, als ob Carlotta medikamentenabhängig sei. Ich bestellte eine Dose – das Duplikat einer Dose, die ich selbst einmal als Geschenk erhalten hatte –, ließ die Initialen von Miss Adams darauf anbringen, im Innendeckel die Ihnen bekannte Gravierung einätzen und schickte Ellis über den Kanal, um sie abzuholen.
An dem fraglichen Abend ging alles wie am Schnürchen. Während Ellis in Paris war, besorgte ich mir eines ihrer scharfen, handlichen Hühneraugenmesser, das ich später an Ort und Stelle zurücklegte, so daß sie nichts bemerkte. Ein Arzt in San Francisco zeigte mir einst, wo man den Stich ansetzen müsse. Er hatte über Punktion des Rückenmarks gesprochen und setzte hinzu, daß dabei äußerste Vorsicht geboten sei, da man sonst das Hauptnervenzentrum durchbohre, was den sofortigen Tod zur Folge haben würde. Verschiedene Male ließ ich mir von ihm die genaue Stelle zeigen, unter dem Vorwand, ich wolle die Idee in einem Film verwenden. In Wirklichkeit sagte ich mir, daß mir dieses Wissen eines Tages vielleicht nützlich sein könnte.
Von Carlotta Adams finde ich es höchst unehrenhaft, daß sie ihrer Schwester von unserem Plan schrieb. Sie hatte mir strengstes Schweigen gelobt. War es nicht sehr geschickt, den halben Bogen abzureißen, Monsieur Poirot? Auf diesen klugen Einfall bin ich stolzer als auf alles andere. Da behauptet man von mir immer, ich hätte kein Hirn – meinen Sie nicht auch, daß nur ein vorzügliches Hirn einen solchen Gedanken fassen kann? Als dann am Morgen nach dem Mord der Inspektor von Scotland Yard zu mir kam, hätte es mir Spaß gemacht, wenn er mich ver-

haftet hätte. Ich fühlte mich unbedingt sicher. Mußten denn nicht sämtliche Gäste Sir Montagues meine Anwesenheit bezeugen?

Ach, ich fühlte mich so glücklich und zufrieden! Wenn mich die alte Herzogin auch abscheulich behandelte, so war ihr Sohn dafür desto zärtlicher. Er wollte mich so schnell wie möglich heiraten und hegte nicht den geringsten Verdacht.

So glücklich wie diese wenigen Wochen bin ich noch nie gewesen. Als dann der Neffe meines Mannes verhaftet wurde, schien mir meine Sicherheit verbürgt. Leider ereignete sich später der Zwischenfall mit Donald Ross. Noch jetzt weiß ich nicht ganz genau, wie er mir auf die Spur kam. Irgendein Paris, das keine Stadt, sondern eine Person war, nicht? Keine Ahnung, wo dieser Mensch lebt oder gelebt hat. Jedenfalls finde ich den Namen sehr albern für einen Mann.

Es ist seltsam, wie das Glück, sobald es sich erst einmal gegen einen wendet, sich ganz abkehrt. Den jungen Ross mußte ich schnell unschädlich machen, hatte keine Zeit, für ein Alibi zu sorgen. Aber mit seinem Tod glaubte ich mir endgültige Sicherheit erkauft zu haben.

Natürlich erzählte mir Ellis, daß sie bei Ihnen gewesen sei und daß Sie ihr einige Fragen gestellt hätten. Ich war der Meinung, es handelte sich um Martin Bryan. Ich hatte keine Ahnung, worauf Sie aus waren. Mit keiner Silbe hatten Sie ihr gegenüber das Päckchen aus Paris erwähnt. Warum nicht? Glaubten Sie, daß ich dann Lunte riechen würde? So wie die Dinge lagen, war nachher alles eine vollkommene Überrumpelung für mich. Unheimlich erschien es mir, wie Sie über jeden meiner Schritte Bescheid wußten.

Ob Sie nicht doch manchmal Bedauern darüber fühlen, was Sie anrichteten? Was wollte ich denn, Monsieur Poirot? Doch lediglich auf meine eigene Art glücklich werden. Und wenn ich Sie nicht selbst hineingezogen hätte, würden Sie nie mit dem Fall in Berührung gekommen sein. Ich ließ mir nicht träumen, daß Sie so schrecklich gescheit sind – Sie sehen nämlich gar nicht gescheit aus.

Es ist seltsam, aber mein gutes Aussehen habe ich nicht eingebüßt, trotz der gräßlichen Gerichtsverhandlung und der Unmenge Fragen, mit denen man mich plagte. Ich bin viel blasser und dünner, doch es steht mir. Alle Welt sagt, ich sei tapfer. Heutzutage wird man nicht mehr in aller Öffentlichkeit gehenkt, nicht wahr? Ich finde das schade.

Und nun muß ich Ihnen noch Lebewohl sagen. Komisch eigentlich, nicht? Morgen früh wird mich der Geistliche besuchen.

Es vergibt Ihnen (weil man doch seinen Feinden vergeben muß)

Ihre Jane Wilkinson